백의민족의
기운이 하나가 되면
두 마리의 용들이
깨어나
이 세상을 밝게
비추게 된다
-도선국사-

소설 백의민족(白衣民族)

이 세상은 우리의 의식들이 각자 만들어가고 있는

단순한 의식 세계일 뿐이라는 것입니다.

아인슈타인이 말하듯,

빛의 속도가 일정하고,빛의 속도보다 빠를 수 없는 이유는

바로 이 세상이,

빛의 속도로 그려지고 있는

현상에 불과하기 때문입니다.

- 차례 -

1. 자장(慈藏) 율사와 당 태종(太宗) 이세민

당(唐)나라 오대산(五臺山) 기슭의 어느 산사(山寺)

"그대가 바로 신라에서 온 자장법사이구려."

황금색 용포를 입은 당(唐)나라 태종(太宗) 이세민이 태산교악(泰山喬嶽)처럼 서서, 앞에 있는 한 스님을 뚫어져라 쳐다보며 말했다.

'이 스님이 바로 눈먼 봉사의 눈을 뜨게 했다는 바로 그 스님이란 말인가?'

소문에 득도를 한 스님이라고 들었는데, 나이는 오십 대 초반으로 그리 많아 보이지 않았고, 얼굴도 평범하게 보여, 사람들이 모두들 그를 생불(生佛)로 여긴다는 말이 믿어지지가 않았다. 다만 그의 표정에서 풍겨 나오고 있는 짙은 온화함과 그윽한 눈빛에서 풍기는 알 수 없는 깊이가 미묘하게 이세민의 호기심을 끌어당기고 있었다.

이세민에게 큰 절을 마친 자장스님이 앞에 있는 그의 얼굴을 천천히 훑어보았다. 하늘을 떠받칠 것 같은 드넓은 어깨와 짧고 견고한 목, 각진 사각형 얼굴에 중앙에 우뚝 자리 잡은 바위 같은 코, 선 굵은 입술, 짙은 눈썹 아래에서 형형하게 빛나고 있는 초롱초롱한 눈빛, 근육으로 다져진 굵은 몸매와 튼튼한 허리선. 가히 당나라를 평정할만한 영웅호걸의 기개가 담겨있었다.

"제가 신라에서 온 자장법사입니다. 먼 길을 이렇게 찾아주시니 빈승에게는 큰 영광이옵니다."

"백성들을 다스리려면 많은 현인들의 조언이 필요한 법이지요. 나의 곁에는 수많은 학자들과 고승들이 많지만, 법사님처럼 설법으로 봉사의 눈을 뜨게 했다는 말은 처음 들어 보았소. 그래서 내 장안에서 생불로 소문이 난 그대를 직접 만나고자, 이렇게 한걸음에 이곳 오대산까지 달려온 것이오."

"생불이라니요? 다 순진한 백성들의 마음에서 만들어지는 허상일 뿐이지요."

"눈 먼 봉사의 눈을 번쩍 뜨게 하셨다던데, 그럼 그게 헛소문이란 말씀이오?"

"소승은 그저 보이지 않는 눈으로 살아가는 그에게, 설법으로 마음의 눈을 뜨게 해 주었을 뿐, 속세의 눈을 뜨게 하지는 않았습니다."

"하하하. 그런 것이오? 육체의 눈이 아니라 보이지 않는 눈을 뜨게 한 것이오? 하지만 백성들 모두는 그대가 병자를 고칠 수 있는 신비한 힘이 있다고들 믿고 있는데, 법사가 너무 겸손하신 것 아니요?"

이세민이 호탕하게 웃더니 다시 자장스님을 쳐다보며 말을 했다.

"아무튼 내 그대의 명성을 듣고 이렇게 천리를 한걸음에 달려왔으니, 나에게도 어디 마음의 눈을 뜨게 설법을 좀 해 주시구려."

자장스님이 잠시 생각하더니 조용히 대답했다.

"황상은 이미 하늘을 품으셨습니다. 천하를 평정하시고 지금은 태평성대를 만드시어 백성들의 칭송이 자자하시거늘, 어찌 동쪽의 작은 나라에서 온 소승에게 답을 구하십니까?"

"내 비록 민란을 평정하고 백성의 안위를 위해 큰 뜻을 품고 전쟁을 일으켜 오랑캐를 쫓아냈지만, 어찌 피를 나눈 형제의 목숨까지 앗아가며 황위에 오른 나의 업보를 영원히 없앨 수 있겠습니까? 내 마음을 씻어줄 스님들과 같은 고인들의 설법이 필요하다오. 천하는 한 사람의 것이 아니라 만인의 것이요. 하지만 그 천하를 얻은 한 사람은 만인의 고통을 혼자 감내해야 하오. 지금껏 많은 현인들에게 왕의 법도를 배우며 익히면서 마음의 안정을 위해 배움을 청했지만, 나의 마음에 평정을 안겨준 학자들은 아직까지 없는 듯하오. 밤마다 나는 악몽에 시달리고 있소. 그게 바로 내가 머나 먼 이곳까지 달려온 이유라오."

"일반 백성들의 삶과 황상의 삶은 비교되는 것이 아니지요. 몇몇 형제의 피로써 수많은 백성들의 피를 대신할 수만 있다면, 그것은 황상의 희생이라 할 만 합니다. 역사는 많은 사람들의 피를 먹고 변화되고 있습니다. 가족을 버리고 백성을 끌어안을 수 있는 외로운 영웅의 악몽이라면 후세들은 그의 고통을 이해하고 칭송하게 될 것입니다."

"나의 괴로움을 잘 이해하는 대답인 듯 하구려!"

"다만 한 가지 걱정스러운 것은……."

자장스님이 말끝을 흐리자 이세민이 다급히 물었다.

"무엇이 걱정스럽단 말이오?"

"황상의 마음이 최근 편안하시지 못하는 것은, 혹시나 또 다른 하늘을 마음속에 품고 있지 않나 하는 생각이 들기 때문입니다."

"또 다른 하늘이라니?"

"비록 백성들의 평안함을 위해 큰 나라를 세우셨지만, 북쪽의 돌궐뿐만 아니라 동쪽의 고구려까지 생각하고 계시니 마음이 크게 어지러우신 것이 아닌 가 생각됩니다."

이세민은 자장스님의 말을 듣고 심기가 불편한 듯, 눈을 크게 뜨며 눈썹을 천천히 치켜 올렸다.

"어찌 신라에서 온 그대가 나에게 그런 말을 할 수가 있는 것이오? 최근 다시 세력을 확장시키고 있는 북쪽 돌궐족은 백성들의 안위를 위해 반드시 정벌해야만 하오. 그리고 고구려 역시 당나라를 호시탐탐 노리고 있소. 요동지역은 이미 고구려가 다 장악하고 있지 않소. 얼마 전에도 신라 선덕여왕과 글을 주고받았는데, 그대의 여왕은 지금, 고구려와 백제의 침공에 시달려 우리 당나라의 도움을 절실히 구하고 있소. 스님은 여태 그걸 모른단 말이오?"

이세민의 높은 언성에 자장스님이 황망히 고개를 숙이며 나직이 말했다.

"고구려는 당나라와 신라에 큰 적이지요. 소승은 그저 국가의 대사보다는 황상의 마음의 평안을 위해 올린 말입니다. 오해는 하지 마십시오."

"그럼 자장법사는 당나라가 신라와의 관계에도 불구하고 고구려와 친해지거나, 아니면 그들과 가까운 나라가 되길 바란다는 뜻이오?"

"그런 뜻이 아닙니다. 소승은 정치와는 무관합니다. 다만 돌궐족이든 고구려이든 전쟁으로 피폐해지는 불쌍한 백성들의 마음과, 앞으로 전쟁을 치르며 겪어야 할, 수많은 당나라 군사와 가족들의 고통을 헤아려 주시라는 말씀이지요. 백성 개개인의 심적 고통보다 수백만의 삶을 좌지우지 하시는 황상의 심적 부담이 그들보다 수백만 배 크다는 것을 알고 있는데, 어찌 소승이 황상께 다른 의도를 가지고 말을 올리겠습니까? 소승은 세상의 평안은 한 순간에 이루어지지 않고, 수백 년 또는 수천 년의 기나긴 변화를 통해 이루어진다고 생각하기에, 지금 황상의 가시는 길이, 어려운 전쟁의 지름길 보다는, 당나라의 먼 미래를 위해, 길지만 더 조용하고 평탄한 길이 나을 것이란 생각에 말씀을 드리는 것입니다."

"내가 북쪽의 돌궐을 치고, 서방의 토번을 정벌하며, 또 동쪽의 고구려를 쫓으려 함은, 바로 이 나라에 다시는 전쟁이 없는 세상, 즉 아무도 넘보지 못하는 강력한 힘의 우위를 가지려 함이오. 나는 형제의 피를 보며 이 자리에 올랐지만, 백성들에게는 더 이상 피를 보지 않게 하기 위한 나의 뜻이오."

"하지만 황상께서는 이미 많은 인재들을 평등하게 등용하여 당나라의 정치는 지금 태평성대에 접어들지 않았습니까. 외세의 힘을 꺾기 위해 다시 국력을 낭비한다면 이 또한 백성들이 겪어야 할 큰 고통이 아니겠습니까?"

"나는 황제로써 두 가지 원칙을 가지고 있소. 큰 상을 내리던지, 아니면 다시는 다른 마음을 절대 품지 못하게 만드는 것이오. 그것이 사람이라면 그 사람을 죽일 것이고, 그것이 이웃 나라라면 그 나라를 정복하여 회복 불가능한 상태로 만드는 것이오."

"권력을 앞세우면 역사가 어두워지고, 마음을 앞세우면 역사가 밝아지는 법입니다. 황상께서는 당나라 백성들뿐만 아니라, 세계 만 백성을 위하시는 위대한 황제가 되어주시길 부탁드립니다. 이 세상은 한 사람의 힘만으로는 바뀌지 않는 세상입니다. 권력은 한 사람의 힘과 지략으로 얻고 통치할 수 있는 것이나, 세상은 모든 백성들의 삶과 희망에서 만들어지는 신성한 것입니다. 제발 전쟁만은 삼가 해 주시기를 부탁드립니다. 가장 정점에 계시는 황상의 마음 속 의도가 백성들을 평화롭고 안정되게 하시는 것이라면 당나라는 후일 큰 복을 받게 될 것입니다."

"나는 항상 청동거울을 보며 나 자신을 다스리고, 역사란 거울을 통해 주변 국가와의 정치를 행하며, 위정과도 같은 입바른 신하의 입을 통해 객관적 지표로써 백성들에게 맞는 정치를 행하려 노력하고 있소. 수나라의 두 황제가 고구려를 치려다가 많은 군사를 잃고 멸망의 길을 걸었던 것을 나는 분명히 알고 있소. 나는 그대가 생각하는 것처럼 큰 전쟁을 일으켜 서로가 망하는 그런 욕심은 내질 않을 것이요. 하지만 국경을 안정시키려 하는 마음에는 변화가 없소. 내가 돌궐을 정복하고 요동으로 힘을 뻗치려 함은 후대를 위한 안배인 것이요."

"저는 비록 작은 산사에서 불법을 수련하며 배움을 행하고 있지만, 부처님의 큰 세상은 한 나라의 역사뿐만 아니라 모든 나라의 역사를 극락세상으로 바꾸려는 넓은 세계임을 알고 있습니다. 당나라의 황제이신 황상께서 이웃나라의 평화마저 함께 생각해 주신다면, 이 세상의 큰 복이라 할 수 있을 것입니다."

"좋소. 전쟁에 대한 이야기는 이만 합시다. 내 어찌 부처님의 말씀을 배우는 그대와 살생에 대해서 논한단 말이오. 아무튼 그대의 올바른 심기에서 한 나라를 보지 않고, 세상 전체를 넓게 보라는 충고로 받아들이겠소."

"황송하옵니다. 역사를 직접 만들어 가시는 황상께, 역사를 객관적으로 바라보는 미천한 제가 이런 말씀을 올려 죄송하옵니다."

이세민은 알았다는 듯 천천히 고개를 끄덕이더니 조용한 어조로 말을 했다.

"신라에 그대와 같은 많은 현인들이 있기에, 이곳 당나라 학자들은 유학 온 신라 학자들을 항상 친구로 생각하며 학문을 논하는 것이오. 동방의 세 나라는 작은 나라들이면서도 세상의 이치와 도리를 깨달은 자들이 상당히 많은 것 같소. 어떻게 우리로부터 문자를 가지고 가서 배운 작은 나라들에서, 우리보다 더 뛰어난 학자들이 생기는 지 정말 신기할 따름이오. 나는 가끔 고구려, 백제, 신라, 이 작은 세 나라들이 합쳐지게 되면 과연 어떤 힘을 발휘하게 될지 궁금한 적이 많다오. 아니 두렵다는 표현이 맞을 것이오. 사실 내심은 당나라에 위협이 되는 이 세 나라의 통일을 바라지 않고 있소. 하지만 어찌 되었든 그대들이 사는 곳은 권모와 술수가 넘쳐나는 이곳과는 조금 다르다는 느낌이 든다오."

"선덕여왕님의 제안을 수락하셨습니까?"

"생각하는 중이오. 하지만 여자의 몸으로 신라를 이끌고 있는 선덕여왕에게 그대와 같은 현인들이 있다는 것이 부러울 따름이오. 나는 신라를 항상 형제의 나라로 생각할 것이오. 그대는 훗날 신라로 돌아가거든, 그대의 선덕여왕에게 나의 이와 같은 뜻을 알려주길 바라오."

"황공하옵니다. 빈승 명심하겠습니다."

이세민은 그가 궁금해 했던 불교의 여러 가지 뜻과 왕이 해야 할 일들에 대해 몇 가지 더 물으며 자장스님의 말을 경청했다. 자장스님은 이세민에게 부처님이 가르치는 도리와 백성들에게 베풀어야 할 황제의 도리에 대해 그가 생각하는 바를 알려주었다. 이세민은 이야기를 듣는 도중 고개를 끄덕이기도 하며, 뭔가를 깊이 생각하느라 말을 잠시 멈추기도 했지만 진지하게 그와 많은 시간을 보내며 대화를 나누었다.

이윽고 오후 햇살이 약해지고, 곧 어둠이 내리려 하자, 하산을 권유하는 신하들의 뜻에 따라, 이세민은 자장스님에게 고마웠다는 말을 남기고는 일행을 데리고 산사를 떠났다. 이세민이 걸음을 옮길 때마다 산기슭에서 불어오는 바람이 그의 용포를 흔들고, 비단 위에 수놓인 두 마리 용들이 때를 기다렸다는 듯이 하늘로 승천하듯 펄럭이며 산사의 공간을 진동시켰다. 산사의 모든 스님들은 산 아래 기슭까지 이세민을 따라 내려가며 그를 배웅하였다.

당 태종 이세민이 떠난 후, 산사에 다시 들어 온 자장 스님에게 그의 제자 중 한 명이 갑자기 말을 꺼냈다.

"스승님. 그런데 황제 뒤에 서 있었던 여인은 누구 입니까?"

"눈빛을 보니 몇 년 전 궁궐에 들어온 태종의 후궁 무미랑인 것 같구나. 얼마 전 고승들께서 말한 당나라를 뒤흔들 여인이 황제의 기운과 서서히 겹쳐지고 있다고 하던데, 바로 저 여인이 풍기는 기운인 것 같구나."

"스승님도 그녀의 눈빛에 감추어진 대욕(大慾)을 보셨습니까?"

"어찌 대욕(大慾)만 보았겠느냐? 황제를 능가하는 탐욕과 지략이 감추어져 있더구나. 그녀의 눈빛에는 후일 어린 황제를 좌지우지하며 정치를 쥐락펴락하는 탁고기명(託孤寄命)의 기운이 깃들여져 있더구나."

"그럼 그녀가 후일 황상의 뒤를 이을 황태자를 가진다는 말씀이십니까?"

"내가 어찌 하늘의 뜻을 알겠느냐? 천심(天心)보다는 그녀의 눈빛에서 발하는 인간의 욕심을 읽은 것뿐이다. 지금의 시대는 여인의 부드러운 음(陰)의 기운이 활기찬 양(陽)의 기운을 품고 하늘로 오르는 기세이다. 신라도 그렇고, 그 여인을 보니 이곳 당나라도 곧 그렇게 될 것 같구나. 여인의 지혜가 남자의 용기를 감싸 안을 시기가 온 것 같다!"

"지금 신라에서는 스승님이 빨리 불법을 깨우치고 귀향하시기를 바라고 있사온 데, 언제쯤 가실 예정이십니까?"

"부처님의 마음을 좀 더 알고 갈 예정이다."

"그런데 스승님. 스승님은 항상 저희들에게 속세의 일에는 관여하지 말고 불법에만 신경을 쓰라고 하셨는데, 선덕여왕님의 명대로 귀국하시어 정치에 관여하시려는 겁니까?"

"내가 선덕여왕님을 도우려는 것은 정치가 아니라 백성을 돕고자 하는 마음이다. 속세의 일과 정치는 다른 법이니라. 불제자라 해서 부처님의 마음만 쫓으면 어찌 이 세상이 돌아가는 이치를 알고, 백성을 돕는 수레바퀴의 역할을 할 수가 있겠느냐? 부처님의 마음도 알고, 군주의 마음도 알고, 또 백성의 마음을 헤아리는 것이 곧 이 세상을 올바르게 바꾸려는 기본이라 할 수 있을 것이다."

"하지만 선덕여왕님께서는 불법을 이용하여 정치적 안정을 꾀하시려는 것이 아니실까요?"

제자의 얼굴은 여전히 호기심이 가시지 않는 표정이었다.

"정치적 안정이 백성들의 안정과 직결된다면, 어찌 그들의 행복을 바라는 불제자들이 인간세상의 지옥도 마다하지 않겠느냐? 넌 불법에서 벗어날 경우 일어나는 너의 평정심의 혼란을 두려워하는 것이냐?"

"아닙니다. 이제 백성들을 위한다는 것이 무엇인지 알 것 같습니다. 그런데 스승님."

"왜 그러느냐?"

"고구려와 백제 때문에 신라에도 이제 곧 큰 전쟁이 일어난다는 소문이 돌고 있는데, 삼국의 장래는 장차 어찌되는 것입니까? 꼭 삼국통일이 되기 위해서는, 같은 민족, 세 나라가 큰 전쟁을 해야만 하나요?"

"우둔한 군주들이 작은 땅덩어리를 차지하기 위해, 서로의 백성을 죽여 가며 그들의 삶을 피폐하게 만들고 있으니, 세상의 극락을 바라는 불제자로써 항상 괴롭기만 하구나! 글로써 칼을 이겨야 하고, 마음으로써 싸움을 그만두게 만들어야 하는데, 지금의 상황을 보니 그렇게 해결이 될 것 같진 않구나. 부처님의 자비로운 마음으로는 저들의 호전성을 고칠 수가 없음이야."

"불법을 더욱 전파시켜, 정치적 신념에 부처님의 자비를 실으면 전쟁이 줄지 않을까요?"

"속세에서는 불법보다는 세력가들의 욕심과 권력이 더 큰 법이다. 백성들의 삶을 편안하게 만들기 위해서는 그들을 다스리는 올바른 법도가 있어야 하고 그것을 실천하는 것이 가장 중요한 것이다. 나는 귀국하게 되면 선덕여왕님께 그러한 법도를 알려주고 권력이 백성들을 위해 사용이 되도록 행동으로 옮기고 싶은 게야."

"그럼 저희들이 귀국하여 해야 할 일들은 무엇인가요?"

"불법으로 인간들의 자비로움을 깨우치게 하기 위해, 다스리는 자와 다스림을 받는 자 모두를 감싸 안아야 된다. 고통을 주는 자에게는 깨우침을 주고, 고통을 받는 자에게는 은혜를 베푸는 것이 부처의 마음이며, 나라가 어지럽거나 위험에 처했을 때, 정치와 나라의 안정에 도움을 주는 호국불교 역시 백성들의 편안함을 위한 희생이니라."

"그래서 스승님께서는 항상 불법을 마음속으로만 익히지 말고, 세상과 함께 익히라고 하셨군요."

"그렇다. 내가 너희들을 이곳 당나라까지 데려와 불법을 배우고, 새로운 문물을 익히게 한 이유는, 바로 너희들에게 나라의 장래를 맡기기 위함이야. 나라의 장래는 큰 그림을 이해하고 실천할 수 있는 사람들에 의해 결정이 되는 것이다. 권력을 휘두르는 자를 막고, 백성을 괴롭히는 자를 쫓아내는 것만이 정도가 아니라, 미래를 위해 백성들의 마음에 변화를 주는 것이 더 큰 자비인 것이다. 나는 너희들이 신라에 돌아가서도 너희들이 이곳에서 배우고 깨달은 것들을 불법에만 쓰지 말고, 백성들을 위해서 쓰길 바란다. 다시 말해 고구려, 백제, 신라라는 울타리와는 상관없이 너희들이 관여하는 모든 사람들에게, 무엇이 세상의 기준이 되고, 무엇이 가장 소중한 것인 지를 깨닫게 만들어라. 한 나라의 흥망성쇠는 외적으로는 그 나라에서 나고 자란 수많은 영웅호걸들과 그 주변을 둘러싼 다른 나라들의 정치세력에 의해 좌지우지 된다. 그렇지만 내적으로는 나라 전체에 미치는 그 민족 백성들의 집단적 마음에 의해 그림자와 같은 영향을 받게 되는 것이다. 이곳에 있는 너희들은 몇 명 안 되지만, 후일 너희들이 가르친 제자와 그 제자의 제자들은 아마도 수천 년을 이어가며, 신라뿐만 아니라 통일된 미래의 나라에도 큰 영광을 주게 될 것이다. 작은 지혜들이 모여 올바른 세상이 만들어지고, 작은 힘들이 모여 다툼 없는 세상이 만들어지면 그게 바로 너희들이 추구하고, 부처님이 말하는 극락세계인 게야."

"네 알겠습니다. 스승님!"

제자들이 우렁차게 대답했다. 자장스님은 제자들에게 몇 가지 당부를 더 하고 그들을 산사로 들여보낸 후, 홀로 그곳에 남아 잠시 생각에 잠기더니, 이윽고 고개를 들어 신라가 있는 동쪽하늘을 바라보며 나직이 읊조렸다.

'아! 나라를 지배하는 왕이 사악해지면, 정치인들과 지식인들이 그 허물을 가려주며, 그들마저 욕심에 눈이 멀어 나라가 피폐해지면, 백성들의 선한 마음들이 일어나 나라를 구하는 것이 역사의 수레바퀴이거늘……, 우리 민족은 지금 삼국으로 나누어져 저렇게 전쟁만 하고 있으니……, 인간들의 이런 살심(殺心)은 대체 어디서 나오는 것이란 말인가? 살생(殺生)을 부르는 살생(殺生)의 억겁을 인간들의 힘으로는 끊을 수 없다는 말인가?'

17

2.도선(道詵) 국사와 고운(孤雲) 최치원

통일신라말엽 금강산 어느 깊은 산골

"고운(孤雲) 선생. 왜 당나라에서 벼슬을 하지 않고 이곳 신라로 다시 돌아온 것이오?"

"도선(道詵) 국사님과 같은 생각 때문입니다."

"내 생각과 같다니요?"

"계속되는 신라여왕의 부덕(不德) 탓에, 이 나라의 기운이 온통 음습한 월훈(月暈)에 가려져 있거늘, 어찌 저 혼자 당나라에서 마음 편하게 살 수 있겠습니까?"

"그래서 계림을 떨어지는 누런 잎으로 비유하였던 것이오?"

"가난과 굶주림에 시달리고 있는 백성들의 원성을 보지 못하는 신라의 장래가 걱정입니다. 도선 국사님께서는 앞으로 이 나라의 장래가 어떻게 될 것이라 생각하십니까?"

"모든 것은 이 나라 만백성과 천상과의 인연에 달려있는 법. 이 세상을 구원할 영웅이 나타나길 바랄 수밖에요."

말을 마친 도선의 두 눈이 무겁게 감겼다.

"그래서 도선 국사님께서는 새로운 나라를 만들기 위해 그 일토인(一土人)이란 왕(王)씨 소년을 데려와 가르침을 주시는 것입니까?"

최치원이 도선 국사를 쳐다보며 물었다. 도선이 눈을 뜨며 부드러운 어조로 대답했다.

"지금 많은 불제자를 가르치면서도, 또 속세에서 찾아온 인재들을 가르치려 함은 바로 백성들의 미래를 위해서입니다. 두 마리의 범들이 이미 북쪽과 남쪽에서 나타나 세력을 키워 가고 있으니, 그 야수들을 물리칠 새로운 푸른 기운을 보호할 수밖에요."

"늙은 고목나무라도 물을 주고 가꾸면 새로운 잎이 돋아나는 법이지요. 고목나무를 쓰러트리려는 생각보다 어찌 고목나무를 살리려는 생각은 안 하십니까?"

"지금 신라의 운명이 풍전등화와 같습니다. 신라는 색(色)의 힘만 강하고 기(氣)의 힘은 약해져 있으며, 공(空)의 힘은 아직까지 형성되어 있지 않아, 이렇게 계속 지탱하기는 어려울 것입니다."

"제가 천문을 짚어 보니 영원히 번영을 누릴 것 같은 당 나라 역시 살생과 음모가 난무하는 혼란기에 접어들었더군요. 대륙의 기운이 꺼져가는 등불과 같았습니다. 신라의 운명도 이제 그와 같다는 말씀입니까?"

"고운 선생의 높은 학문이야 모두가 다 아는 사실인데, 신라의 운명을 이미 알면서도, 왜 저에게 다시 묻는 것인가요?"

"제가 어찌 덕망 높으신 도선 국사님의 예지력에 비견될 수 있겠습니까? 제가 배운 천문은 잡기일 따름이지요."

"고운 선생도 두 고목나무가 쓰러지는 형국을 간파하셨을 것입니다. 목화토금수(木火土金水) 오성(五星)들의 움직임과 주변 별들의 위치가 태미원(太薇垣)인 삼태성(三台星)의 기운에 점점 밀리고 있질 않습니까? 중국과 이곳을 비추는 별들이 자미원(紫薇垣)의 기운을 받아,

태미원(太微垣)을 누르고 천시원(天市垣)을 감싸 안아야 할 터인데, 그런 기운은 전혀 보이질 않습니다. 그렇기에 당나라와 신라의 기운은 이미 회복 불가능한 상태라 할 수 있지요."

"그렇다면 어지러운 지금의 삼한이 다시 하나가 된다면 백성들은 오랫동안 태평성대를 누릴 수 있게 될까요?"

"허허허. 이 나라가 영원히 태평성대를 누릴 수 있게 된다면 내 어찌 이 나라의 운명을 슬퍼하겠습니까? 지금의 어지러움은 아마 왕(王)씨 소년의 기운으로 잠시 잠재울 수는 있으나, 내 그의 기운을 살펴보니, 그의 기개는 고구려와 백제를 모두 끌어안을 만한 큰 그릇이 아닌 것 같습니다. 그의 그릇은 나라의 어지러움을 흡수할 뿐, 그들의 정신까지 흡수할 정도는 아니라는 뜻입니다."

"그래서 도선 국사님께서는 이 나라의 장래를 생각하여 그를 가르치려 하시는 것이군요."

"제가 어찌 하늘이 도모하는 일들을 알 수 있겠습니까? 다만 착한 백성들의 마음에 상처를 주지 않는 그런 영웅들이 나타나길 바라는 노승의 마음이지요."

"정치를 하는 귀족들은 저마다 권력을 잡기 위해 음모술수에 능해 있고, 지방의 호족들 역시, 자신들만의 부와 영욕을 위해 백성들을 핍박하고 있으니, 어찌 이 나라가 혼돈 속에서 벗어날 수 있겠습니까?"

"천기(天氣)에도 그 흐름이 있는 법이지요. 그리고 그 흐름이란 인간들의 마음과 어울려 미래를 형성하게 됩니다."

"백성들의 마음이 아직 그 흐름을 따라가지 못한다는 말씀이시군요."

"그렇습니다. 고운 선생 같은 호걸들이 이 나라를 이끌며 백성들을 가르쳐야 나라의 운명이 밝은 법인데, 지금은 권력에 눈이 먼 귀족들이 올바른 자들을 헐뜯으며 나라를 망쳐가고 있으니……."

"삼라만상이 모두 인과관계에 있습니다. 제 뜻이 지금의 정치와 맞지 않아 이렇게 유랑을 즐기는 것뿐이지요. 그리고 설사 제가 높은 벼슬을 한다고 해서 저 같은 선비 하나가 어찌 나라의 운명을 바꿀 수 있겠습니까?"

"하늘을 읽으려면 먼저 인간들의 마음을 읽는 것이 중요하지요. 난 고운 선생께서 하늘보다도 백성들의 마음을 먼저 읽어주길 바라오. 자연과 마음이 하나가 되면 평온해지듯이, 하늘의 뜻과 인간들의 생각이 하나가 되면 비로소 극락 같은 아름다운 세상이 펼쳐집니다. 허허허. 그런데 지금 이 나라의 형국은, 많은 까마귀 떼들이 고운 선생 같은 백로들을 몰아내고, 백성들의 마음을 저렇게 핍박하여 독차지하고 있으니, 정말 딱할 따름이지요."

"하늘의 뜻이란 기다림에 있는 것이 아니겠습니까?"

"고운 선생."

도선의 얼굴에 순간 법열(法悅)의 미소가 피워 올랐다.

"왜 그러십니까? 도선 국사님."

최치원이 잔잔한 눈빛을 발하며 대답했다.

"미래를 보는 마음이 생긴 듯 보이는데 중단전을 터트리셨습니까?"

"아닙니다. 중단전을 터트리고, 미래에서 오는 기운을 느끼기 위해서는 선천적으로 기(氣)에 민감한 체질을 지니고 태어나야 하는데 저는 아직 멀었나 봅니다."

"후천적으로 명상을 통해 시공간의 벽을 뚫고 그걸 받아들일 수 있는 마음의 수련을 쌓았을망정, 하늘과의 인연이 없으면 그 또한 불가능한 것이지요. 하지만 고운 선생의 글을 보면 음양중(陰陽中)의 원리를 모두 깨달으신 것 같던데 제 생각이 틀린 것인가요?"

"양(陽)의 힘이란 만물의 형상을 만들고 있는 색(色)의 힘이라 누구나 볼 수 있는 것이고, 음(陰)의 힘이란 만물을 조종하는 인력(引力)과 척력(斥力)의 힘으로, 시공간(視空間)을 비트는 힘이기에 모두가 학문을 통해 이치를 배우면 스스로 느낄 수가 있습니다."

"그렇습니다. 양(陽)의 힘이란 바로 탄생의 힘이며, 음(陰)의 힘이란 물질들을 질서 있게 조절하는 쌍방향의 힘입니다."

"그런데 중(中)의 힘이 문제입니다."

"중(中)의 힘을 깨닫지 못했습니까?"

"네. 중(中)의 힘이란 만물을 탄생시키고 소멸시키는 힘으로, 양(陽)과 음(陰)의 근본이 되는 공(空)의 힘이라 했습니다."

"그렇습니다. 중(中)의 힘이란 바로 공(空)의 힘이고, 공(空)의 힘이란 바로 무(無)의 힘입니다. 중(中)의 힘은 모든 힘의 근원입니다. 중(中)의 힘은 양(陽)과 음(陰)을 탄생시키고, 또 그들을 순환시키며, 마지막으로 모든 힘을 흡수하여 새롭게 탄생시키는 마법의 샘물과도 같습니다."

"헌데 저에게는 이 마법의 샘물이 마음속에서 솟아나지 않는 것 같더군요."

"양(陽)과 음(陰), 그리고 중(中)의 힘들은 색(色)과 기(氣)와 공(空)의 힘과도 같습니다. 색(色)은 물질을 탄생시키고, 기(氣)는 탄생된 물질을 조정하며, 공(空)은 다시 그들을 순환시키는데, 우주 만물의 탄생과 소멸을 바로 이 힘들의 조화와 결부 지어 생각하시면 될 것입니다."

"미래를 보기 위해서는 공(空)의 기운과 공명현상을 일으켜야 가능하다고 했습니다. 그런데 저는 아직 그런 공명현상을 느끼지 못했습니다."

"과거와 현재, 미래는 모두 하나이며, 모두가 한 시공간에 머물러 있습니다. 그러므로 그 기운을 느끼면서, 자신의 의식을 명상을 통해 무의식과 초자아의 흐름 속에 맡겨야, 비로소 중(中)의 힘이 느껴지며 중단전이 트이는 법입니다."

"저의 아둔함을 나무라시는 것 같군요."

"아닙니다. 고운 선생의 마음 속 포용력은 저보다도 더 넓습니다. 아직 저보다 나이가 어리셔서 그러실 건데, 점차 수련법이 몸에 익혀지고 마음이 자유로워지면, 언젠가는 저처럼 마음의 눈이 뜨이면서 중단전의 문이 열리기 시작할 것입니다."

"그런데 도선 국사님."

갑자기 최치원이 근심스런 표정을 지으며 도선 국사에게 물었다.

"왜 그러시죠?"

"이 나라의 먼 장래에 대해서 저에게 말씀해 주실 수 있겠습니까? 저의 학문으로는 지금 나라의 장래를 본다는 것이 불가능하기에 이렇게 도선 국사님에게 부탁하고 싶군요."

"허허허. 고운 선생께서 왜 이렇게 나약한 말씀을 하십니까? 우리들이 나라의 장래를 본들 무엇 하겠습니까? 이 나라 역사의 수레바퀴는 이미 돌이킬 수 없는 험난한 길로 들어서 버렸는데요."

"네?"

"그저 우리가 할 수 있는 일이란 그 수레바퀴를 더 넓고 안전한 곳으로 이끌어주는 것이지요."

"자세히 듣고 싶습니다. 도선 국사님."

"지상에 살고 있는 미천한 제가 어찌 하늘이 도모하는 깊은 뜻을 넘어설 수가 있겠습니까? 다만 백성을 구하기 위해서는 나라를 먼저 구해야 한다는 자장 율사님의 말씀대로 이 나라를 위해 최선을 다하는 것뿐이지요. 하지만 새롭게 탄생될 왕조 역시 잠시 평화를 누리다가 다시 서서히 사라질 운명이니 이를 한탄할 수밖에 없에요."

"……그럼, 그 뒤로 또 다시 새로운 왕조가 탄생된다는 말씀인가요?"

"허허허. 송악의 기운은 양(陽)이라 할 수 있습니다. 헌데 내 천기를 짚어보니 오백 년이 지나면 불행히도 음기(陰氣)가 강한 요승들과 궁녀들이 송악의 기운을 어지럽게 할 징조가 보이더군요. 나라의 기운이란 개인의 힘이 아닙니다. 온 백성들의 마음만이 그 나라의 장래를 결정하고 미래를 바꾸게 합니다. 하지만 새롭게 탄생되는 왕조는 나라의 힘이라 할 수 있는 백성들의 원기(原氣)를 같은 민족끼리의 내분 때문에 모두 소진시켜 버릴 가능성이 있습니다. 그러므로 모든 백성들의 마음은 그런 자들에 의해 양기(陽氣)를 크게 상하게 되고, 나라의 운명 역시 풍전등화와 같은 꼴이 된다는 뜻이지요. 불쌍한 건 그저 마음 약한 백성들뿐입니다. 새롭게 탄생될 왕(王)씨의 뿌리 역시 점점 약해지고, 백성들을 보호할 수많은 잎들이 우수수 다 떨어지게 되니, 백성들은 할 수 없이 썩은 왕(王)씨의 나무에서 거센 바람을 피하기 위해 새로운 오얏나무 아래로 몸을 피신하게 될 것입니다."

"오얏나무라고요?"

"그렇습니다. 오얏나무. 이(李)씨의 세상이 된다는 뜻입니다. 그 오얏나무는 음(陰)의 기운을 견딜 수 있는 나무입니다. 그 나무는 나라가운데 뿌리를 두게 될 것이고, 수명은 족히 오백 년은 될 것입니다. 하지만 아뿔싸! 그 때가 되면 북쪽 오랑캐 대신, 동쪽 오랑캐가 또다시 풍랑을 일으키니, 북쪽 오랑캐도 잠에서 깨어나고, 주위의 세력들이 호시탐탐 이 나라를 노리게 되니, 불쌍한 것은 바로 의지할 데 없는 이 나라의 만백성입니다."

"예? 아……."

고운 최치원은 도선 국사의 예언을 들으며 비통함을 감추지 못했다. 이 나라 이 민족은 왜 이렇게 많은 외세의 침략으로 항상 고통을 받을 운명을 가지고 태어났단 말인가. 왜 이렇게 길고 긴 힘든 길을 걸어야 한단 말인가. 도선 국사가 계속 말을 이었다.

"임진년이 되면 섬나라 오랑캐가 한반도를 괴롭히고, 병자년이 되면 북쪽 오랑캐가 이 나라를 위태롭게 할 것입니다. 어질지 못한 임금은 나라 안에 고립되고, 선비들의 지혜는 무용지물이 되며, 여군주(女君主)가 정서를 논하게 되고, 동쪽이 입어야 될 화(禍)가 서쪽까지 밀어닥치니, 수백 년을 지탱해 온 큰 오얏나무는 반드시 베어지게 될 운명입니다."

"아! 고난을 지닌 민족이군요……."

"하지만 후일 이 나라는 지혜롭고 총명한 많은 사람들이 무수히 탄생되어 어지러운 시대를 이끌어나갈 선도적 역할을 할 것입니다. 나중에 이 땅에 깃들어 있는 민족의 기운이 하나로 합쳐지게 되면 두 마리의 용들이 나타나 반드시 세상을 밝게 비추어 줄 것입니다. 지금 우리가 해야 할 것은 새로운 변화를 요구하는 하늘의 뜻을 헤아려, 이 나라에 작은 변화를 일으켜야 한다는 것입니다. 그리고 그 변화의 시작은 전체를 바꿀 수 있는 부분에 집중함으로써 가능합니다. 그래서 저는 후일을 도

25

모하기 위해 새로운 나라를 탄생시킬 나무의 뿌리가 되는 사람을 가르치며 도와주고 있는 것이지요."

"그런 깊으신 뜻이 있으셨군요."

"하지만……, 후! 나의 수명이 얼마 남지 않았습니다. 많은 제자들이 미천한 나 옥룡자(玉龍子)를 따라 일생을 소모하였으니, 항상 제자들의 은덕을 감사히 여기고 있습니다. 그리고 이렇게 죽기 전에 고운 선생을 만나 마음속으로 기쁘기도 하구요."

"도선 국사님! 수명이 얼마 남지 않았다니……, 대체 그게 무슨 말씀이십니까?"

최치원이 도선을 쳐다보며 놀라 소리쳤다. 도선이 길게 한숨을 내쉬더니 대답했다.

"내 스스로 후세인들의 미천함을 대비하여 도승(道乘) 등 많은 제자들에게 불법과 함께, 양(陽), 음(陰), 중(中)의 힘을 가르쳤습니다. 그 이유는 제자들이 시대에 따라 수시로 변하는 하늘의 흐름을 따라 잡아, 이 나라, 이 백성들을 위해 그 길을 밝혀주라는 뜻이지요. 힘에만 의존하는 인간들이 방향을 잘못 잡을 경우, 하늘의 기운 역시 크게 손상되게 되므로, 제자들 역시 역사의 운명과 같이해야 할 각오로, 후일 나처럼 먼 훗날을 위해 또 다른 제자들을 정성껏 가르치는데 힘쓰도록 교육을 시켰습니다. 모든 만물은 항상 변화무쌍한 성질을 가지고 있으므로, 수시로 변모하는 산수지기(山水地氣)를 놓치지 말고, 영산(靈山)의 지맥(地脈)을 살핀 다음, 후에 태어날 후세들의 기개가 끊어지지 않도록 안배를 했습니다."

"……"

"하늘과 땅의 이치를 깨우칠 수 있는 감여(堪輿)사상이 이제 제자들에게 다 전수되었으니, 이제 저도 얼마 남지 않은 여생을 백계산(白鷄山) 옥룡사(玉龍寺)에서 편히 보낼 수 있겠군요."

"도선 국사님!"

도선이 고개를 들어 최치원을 조용히 바라보다가 하늘에 시선을 돌리며 혼잣말처럼 나지막한 목소리로 읊조렸다.

"신라의 국운은 나날이 쇠퇴해 가고, 영웅호걸들은 모두 다 이 산천을 떠나고 있으니, 이 나라의 운명은 과연 어떻게 변할 것인가? 미천한 나 옥룡자의 재주가 천상(天上)의 순리를 못 따르니, 후세의 기인(奇人)들이 나타나 이 나라를 짊어지고 감을 기대할 수밖에……, 허허허……."

멀리서 도선의 웃음소리가 바람을 타고 웅웅거리며 메아리를 만들었다. 하늘의 별빛은 산마루로 쏟아졌고, 잽싼 몸놀림을 자랑하듯 밤바람이 이들 두 사람 사이를 휭 하니 가로지르며 암흑 속으로 사라져갔다.

3. 무학(無學) 대사와 삼봉(三峰) 정도전

고려말엽 묘향산 어느 봉우리.

"계림황엽(鷄林黃葉), 송악청송(松岳靑松)."

"……"

"계림은 누런 낙엽이 들고, 송악은 이제 푸른 소나무로 들어섰다는 최치원 선생의 말씀이 바로 엊그제 같거늘, 벌써 고려의 푸른 소나무들도 병들어 저렇게 누렇게 변해 가는군요."

"무학 대사님……."

"정도전 선생. 이제 제가 왜 이(李)장군을 도와 조선을 건국하려는 것인지 아시겠습니까?"

"글쎄요……, 백성들을 저버리는 썩은 관리들을 도려내기 위함이 아니겠습니까?

"하늘이 고려를 버렸기 때문이지요."

"……"

"선생께서도 도선 국사님의 제자의 가르침을 받은 적이 있으므로 아마 천운을 읽으실 줄로 압니다."

"저의 능력으로는 어려운 일이지요."

"겸손해 하시는군요. 그럼 평소에 한나라 고조가 장자방을 이용한 것이 아니라 장자방이 한나라 고조를 이용했다는 말씀은 단지 취중에 하신 말씀인가요?"

"아닙니다. 어찌 선비로써 나라의 장래를 생각하지 않는 자가 있겠습니까? 저는 다만 백성들의 삶을 안정시켜 줄 강력한 왕권과 제도화된 관리들의 희망을 말한 것뿐입니다."

"허허 그런가요? 고려는 멸망하게 되어있습니다. 그건 크게 네 가지 이유 때문인데, 그 첫째는 원 나라를 세운 몽고의 기운이, 이 나라 고려의 기운을 깊숙이 눌러 돌이킬 수 없는 크나 큰 상처를 입혔기 때문이며, 두 번째는 고려 왕실의 이곳저곳에 퍼져있는 요망한 색(色)의 기운이 양(陽)의 기운을 흐트러뜨리고 있기 때문이고, 세 번째는 나라의 무게 중심이 백성이나 중용(中庸)의 도(道)에 있지 않고, 중심축이 없는 무관들의 싸움판 위에 올려져있어, 정치 이념이나 문화 자체가 어지러워지고 있기 때문입니다. 그리고 마지막으로 네 번째는 고려란 나라가 삼국을 통일하고 나서도 고구려와 백제의 기운을 제대로 흡수하지 못해 건강하지 못한 나라로 계속 지탱해 오고 있었던 까닭이지요."

"올바른 판단이신 것 같습니다……."

"하하하, 이 나라를 다시 건강하게 만들고 일으켜 세우려면 썩은 살은 반드시 도려내야 합니다. 왕실이 썩었을 경우엔 왕실을 도려내고, 신하가 썩었을 때는 신하를 도려내야 하는 법이지요."

"다 역사의 업보겠지요."

"오백 년간 지탱해 온 고려의 역사는 이제 새롭게 탄생될 영웅을 위해 밑거름으로 사라져야만 합니다. 나무의 싹을 자라나게 하기 위해선 많은 희생과 거름을 필요로 하게 되지요."

"무학 대사님께서는 저보다 더 정치에 관심이 많으신 가 봅니다."

"반드시 거쳐야만 되는 역사일 뿐입니다. 도(道)란 감춤에 있지 않고 드러냄에 있습니다. 헌데 이 나라의 운명을 다 알고 계시는 여러 도승(道僧)들께서 그 무거운 짐을 싫다 하고 깊은 산 속에만 은거해들 계시니, 소승과 같이 능력이 없는 천승(賤僧)이 그 짐을 짊어지고 갈 수밖에요."

"지금의 시대는 살기가 난무하는 무인의 시대입니다. 많은 사람들이 백성들의 어려움을 헤아려주지 않고, 어지러운 속세를 떠나 조용히 혼자 살기를 바라는 풍토가 생겼지요."

"살기 위해 허둥대는 백성들의 수레바퀴는 그럼 누가 굴린다는 말이오."

"그러기에 불도의 힘을 넘어, 백성들을 위해 큰 걸음을 하시는 무학 대사님의 행보에 많은 사람들이 고마움을 느끼고 있습니다."

"미천한 불제자가 어찌 이 나라에 큰 도움이 되겠습니까?"

"아닙니다. 역사의 수레바퀴를 돌리는데, 불교가 어떻고, 유교가 어떻고, 또 사상을 논하겠습니까? 모든 것을 아우르는 부처님처럼, 큰 혜안을 가지신 대사님과 같은 분들이 이 나라 백성들의 고통을 줄여주는 데 큰 힘을 보태고 있으니, 많은 선비들이 무학 대사님의 용기와 지략에 큰 감명을 받았을 것입니다. 과거 이 나라의 운명을 도모하신 원효 대사님과 진표 율사님, 그리고 도선 국사님을 제외하고는 어찌 누가 감히 이 나라의 수레바퀴를 돌리는데 그 힘을 보태겠습니까? 비록 북쪽 기운을 잠재우고 이 나라의 혼란을 없앨 수 있는 기회라고 생각하신 묘청 대사님께서, 과거 이 나라의 안정을 도모하려 업보를 저지르셨지만, 개인의 욕심이 너무 앞선 까닭에 하늘은 그의 뜻을 저버렸지요. 더구나 그 뒤에 나타나 이 나라 전체 역사를 깨달으신 일연 대사님께서 몽고에 시달리는 백성들에게 민족의 자긍심을 불러일으킬 수 있도록 새로운 기반을 마련하셨으나, 계속된 어지러움에 학문을 멀리한 백성들이 그 깊은 뜻을 이해하지 못하고 지나쳤으니, 참으로 억울한 일이라 할 수 있겠지요. 하지만 이제 천기를 아는 무학 대사님께서 이렇게 나라의 장래를 위해 앞에 나타나셨으니 어지러운 나라에서 고초를 겪고 있는 백성들의 복이라 할 수 있겠지요."

"제가 어찌 이 나라의 운명을 전부 알겠습니까? 단지 역사를 바로 세우기 위해 노력하는 범부중의 한 사람일 뿐이지요. 헌데 이곳에 오신 이유는 무엇 때문이십니까?"

"제가 이곳에 찾아 온 이유는 꿈 때문입니다."

"무슨 꿈을 꾸셨는데요?"

"얼마 전 태백산에서 마음을 안정시키기 위해 묵좌식상 상태에서 산법(算法)을 행하여 천문을 읽고 있다가 잠깐 졸았는데, 홀연 금강산 방향에서 하늘로 치달아 오른 빨간빛이 태백산을 향해 날아와 내 품 안으로 홀쩍 쏟아져 들어오더니, 다시 밖으로 나가 이곳 묘향산으로 치달아 오더니, 갑자기 이 근처에서 사라지더군요. 그래서 꿈에서 깨어 한걸음에 이곳으로 와보니 81자 글씨가 써진 암석이 있지 않겠습니까? 아마도 조상님들이 세상 이치가 담긴 이 천부경(天符經)을 저에게 보여주기 위해 그랬던 것 같습니다."

"그래서 무얼 얻으셨습니까?"

"천부경은 단순하면서도 놀라운 이치를 말하고 있더군요. 만일 백성들이 천부경에서 말하는 한인, 한웅, 단군의 삼극(三極) 개념을 터득하게 된다면, 이 나라에 자비와 도덕과 이로움이 넘쳐 태평성대의 시기를 맞이하게 될 것 같다는 생각이 들더군요. 그렇게 천부경의 뜻을 해석하며 지내다가, 바로 근처 산사에 대사님께서 잠깐 기거하고 계신다는 소리를 듣고 이렇게 찾아와 대사님을 만나 뵙게 된 것입니다."

"허허, 삼봉 정도전 선생께서 학문과 주역에 뛰어나시다는 소리는 들었지만, 천문과 역술에도 조예가 이리 깊은 줄은 오늘에야 알게 되었습니다."

"아닙니다. 단지 잡기에 불과 합니다. 그런데 무학 대사님."

"왜 그러십니까?"

"암석에 써진 천부경 81자를 무학 대사님께서는 모두 터득하셨습니까?"

"도(道)란 끝이 없거늘, 소승이 어찌 터득이란 말을 감히 입에 담겠습니까."

"저 역시 천부경의 내용을 며칠간 계속 생각하여 봤으나, 너무 오묘하여 이해하기가 어렵더군요."

"글 하나하나를 생각하게 되면 모두 다 자신의 뜻에 따라 해석하게 되므로 어려울 수밖에 없지요. 글자와 자연을 하나로 합쳐 생각해야 합니다."

"81자와 자연을 하나로 합쳐 생각해야 한다고요?"

"그렇습니다. 예로써 인중천지일(人中天地一)이란 정도전 선생도 아시다시피, 사람 가운데 하늘과 땅이 하나란 뜻으로, 이 글귀를 자연현상과 하나로 합치어 해석하게 되면, 하늘과 땅으로 대표되는 양(陽)과 음(陰)의 힘이 한데 모아져, 인간의 마음속에서 영혼이라고 할 수 있는 중(中)의 힘으로 발전되어 승화가 된다란 뜻입니다."

"그럼 일시무시일(一始無始一) 석삼극(析三極) 무진본(無盡本)이라 했는데, 이것은 모든 것이 다 하나에서 나오며, 시작과 끝이 같음을 나타내는 것이옵니까?"

"그렇습니다. 천지 창조의 기본을 가리키는 것이지요."

"천지 창조의 기본이라뇨?"

"양(陽)과 음(陰)과 중(中)의 기운이 한데 모이면 천지를 창조한 무(無)의 기운이 됩니다."

"도선 국사님께서는 무(無)의 기운이 곧 공(空)의 기운이라 하셨습니다."

"맞습니다. 무(無)의 기운은 바로 공(空)의 기운이며, 양(陽)과 음(陰)을 합한 중(中)의 힘과도 같습니다. 중(中)에서 양(陽)과 음(陰)이 나오고, 양(陽)과 음(陰)이 합쳐지면 다시 무(無)가 되지요."

"그렇다면 삼극(三極)이 모두 무(無)의 근원이자 변형이란 뜻이군요."

"그렇습니다. 역시 삼봉 선생이라 이해가 빠르시군요. 아무 것도 없는 공간에는 사실 모든 것이 담겨져 있습니다. 이 우주를 창조한 모든 힘이 이 무(無)라는 공간 속에서 창조된 것입니다. 하지만 이 무(無)란 없음이 아니라, 이 세상 모든 것을 만드는 힘이 끝이 없이 많다는 무한대의 힘을 일컫는 것입니다. 무한대의 힘을 가진 무(無)란 공간 속에서 모든 세상이 탄생되고 사라지는 비밀을 담고 있다는 뜻입니다. 그러니 당연히 세 가지 힘인 삼극(三極) 역시 이 무(無)란 공간 속에 무수히 담겨져 있는 본래의 힘이며, 세상의 자각에 의해 탄생되고 사라지는 변화의 결과물일 뿐입니다."

"천일일(天一一) 지일이(地一二) 인일삼(人一三) 일적십거(一積十鉅) 무궤화삼(無匱化三)이란 뜻도 그럼 무(無)의 근원에서 탄생된 천(天), 지(地), 인(人)이란 삼극(三極)의 기운이 모든 변화를 일으킴을 일컫는 말이겠군요?"

"그렇습니다. 그 글귀는 하늘과 땅과 사람에게서 일어나는 모든 일들이 서로 연결되어 있으며, 그러한 인과관계는 억겁의 세월을 통해 서로 간섭되고 변화를 일으켜, 탄생되고 사라지고, 다시 탄생되는 무한반복을 통한 우주의 진화를 일컫는 말입니다."

"허면 천이삼(天二三) 지이삼(地二三) 인이삼(人二三) 대삼합육생칠팔구(大三合六生七八九) 운삼사성환오칠(運三四成環五七)이라 했는데, 천(天), 지(地), 인(人) 삼극(三極)이 모두 다 한 가지 무(無)에서 나왔다고 했거늘 왜 이(二)라는 두 가지 숫자를 사용하여 양(陽)과 음(陰), 중(中)을 설명하려 했는지요?"

"양(陽)과 음(陰), 중(中)에서 만들어진 천(天), 지(地), 인(人) 삼극(三極)은 모든 물질과 힘, 그리고 정신의 근원이라고 할 수 있습니다. 헌데 그 세 가지 힘들이 제각각 서로 다른 두 가지의 힘으로써 상호보완관계에 있음을 말함입니다."

"서로 다른 두 가지의 힘이라뇨?"

"양(陽)은 양(陽)인데 양(陽)의 힘을 조절하는 양(陽)의 힘이 있으며, 음(陰)은 음(陰)인데 음(陰)의 힘을 조절하는 음(陰)의 힘이 있고, 중(中)은 중(中)인데 중(中)의 힘을 조절하는 또 다른 중(中)의 힘이 있으니, 양(陽)과 음(陰), 중(中)에서 만들어진 천(天), 지(地), 인(人) 모두가 두 가지의 힘을 가지고 있을 수밖에요."

"학문이 얕은 저는 잘 이해하지 못하겠습니다."

"너무 겸손해 하시는군요. 선생의 기개는 선생의 깊은 학문에서 나오는 것이지요. 선생의 눈빛에서 나는 그것을 읽을 수 있습니다."

"무학 대사님. 우둔한 제 머리로는 정말 무학 대사님의 깨우침을 받아들이기가 무척 힘이 듭니다. 자세히 설명해 주십시오."

"허허허. 인간의 육신과 정신이 따로 있듯, 모든 힘에도 상호보완 관계에 있는 또 다른 힘이 있는 법이지요. 물질에서의 양(陽)과 반양(反陽), 힘에서의 음(陰)과 반음(反陰), 영혼에서의 중(中)과, 반중(反中)을 가리킴이지요."

"천부경은 정말 어려운 시와 같군요."

삼봉 정도전이 난처한 표정을 지으며 고개를 흔들었다. 무학 대사는 정도전의 말에 빙긋 웃더니 목소리에 좀 더 힘을 주어 설명하기 시작했다.

"양(陽)의 힘이란 탄생을 좌우합니다. 그리고 음(陰)의 힘이란 소멸을, 중(中)의 힘이란 탄생과 소멸이라는 두 가지의 현상을 모두 관장하고 있습니다. 헌데 양(陽)의 힘 중에서도 탄생을 제어하는 힘이 있고, 음(陰)의 힘 중에서도 소멸을 방지하는 힘이 있으며, 중(中)의 힘 중에서도 탄생과 소멸 자체를 억제하려는 힘이 모두 존재합니다. 그것이 바로 양(陽)과 음(陰), 중(中)의 힘에 반대되는 또 다른 힘이지요. 그러한 힘들은 서로 대칭성으로 연결되어 있으며 모든 물질의 변화에 관여를 합니다. 두 가지 서로 다른 힘들이 천지인 세 가지 삼극과 어울려, 모든 경우를 나타내는 아홉 가지 변화에 관여한다는 글귀이지요."

"……실로 난해한 대답이십니다. 무학 대사님."

"그럼 일묘연만왕만래용변부동본(一妙衍萬往萬來用變不動本)이라 했는데 이 말이 무슨 뜻인지는 알겠는 지요?"

무학 대사가 정도전을 쳐다보며 물었다. 정도전은 잠시 생각을 하더니 고개를 끄덕이며 대답했다.

"당연히 무(無)에서 나온 한 가지 힘이 만물의 모든 변화와 묘한 작용을 나타낸다는 뜻이겠지요."

"맞습니다. 모든 만물의 작용이 다 하나의 힘에 의해서 나타난다는 뜻입니다. 그리고 그 뒷구절에 나오는 본심본(本心本) 태양앙명(太陽昂明)이란 것은 우주 구석구석을 밝히는 태양처럼, 우주의 근원적인 마음이 우주 만물에 깃들어 있음을 말함입니다. 즉 모든 힘은 하나로 통일될 수 있으며, 그러한 힘을 바탕으로 만물 역시 시공간을 떠나 그물망처럼 하나로 연결되어 있다는 뜻이기도 하지요. 그러므로 당연히 만물이 조화를 부리는 우주적 구조 속에, 마음을 창조하는 인간의 역할을 깨닫게 하기 위해서는 반드시 인중천지일(人中天地一)이란 구절이 뒤따라야 하며, 이는 곧 사람 가운데 하늘과 땅이 하나란 뜻으로, 양(陽)과 음(陰)의 힘이 한데 모아져, 인간의 영혼이라고 할 수 있는 중(中)의 힘으로 승화된다란 뜻이기도 하지요. 즉 한마디로 우리들 마음 자체가 이 세상을 탄생하게 만드는 태양의 빛처럼, 모든 것을 인식하고 창조하며 만들어가고 있다는 것입니다, 부처님께서 말하신 '모든 것이 마음속에 있다' 라는 뜻이 '이 세상의 모든 변화가 생명체들의 자각에서 비롯되는 것이다' 라는 뜻과 일치합니다."

"일종무종일(一終無終一)이란 마지막 글귀 역시 우주의 모든 형상과 사건들이 하나의 근원으로부터 순환되므로, 우주란 시작과 끝이 없는 순환적인 존재란 것을 말함이겠군요."

"맞습니다. 도선 국사님께서 일러주신 대로 우주란 모든 업이 연관되어 굴러가는 거대한 수레바퀴처럼 시작과 끝이 연결되어 있으며, 탄생과 소멸 역시 인과응보에 따른 변화의 일부분이란 뜻입니다. 저와 같은 불제자들이 모두가 당도하고 싶은 부처님의 깨달음과 같은 것이지요. 보이지 않는 무(無)와 같은 우주의 의식에서 만물이 탄생되며, 다시 그 만물은 생명체의 의식을 진화시키고, 다시 그 생명체는 우주의 마음을 진화 시킨다는 억겁의 세상을 설법한 글입니다. 모든 사람들이 이러한 세상의 흐름과 그 흐름을 조절하는 힘을 느낄 수만 있다면 모두가 다 부처가 되는 극락 세상이 완성되는 것이지요. 저는 곧 그런 날이 올 것이라 생각하고 있습니다."

"무학 대사님의 혜안에 정말 깊이 감복했습니다. 천부경에 나오는 글자 하나하나와 숫자에만 매달린 우둔한 저를 이렇게 시원하게 깨우쳐 주셔서 정말 감사하옵니다."

"하하하. 아직 제가 깨달은 것은 이 세상의 일부이며, 아직도 갈 길이 멀었습니다. 오늘 이렇게 말한 소승의 말재간을 꾸짖지나 말아 주십시오."

"도선 국사님께서 후일 이 나라에는 많은 영웅들이 탄생되어 미래를 이끌어 나간다고 하셨는데, 이런 어지러운 이 시대에 무학 대사님을 뵙게 되니 크게 한숨이 놓입니다."

"그저 빈승은 이 나라 영웅들이 도모하는 일들이 이 나라의 운명을 구할 수 있기를 바랄 뿐입니다. 아마도 삼봉 정도전 선생의 지략이 이 나라에 더 큰 도움이 될 것입니다."

"제가 할 일은 먼 후세를 위한 준비과정에 지나지 않습니다. 저는 이 세상의 변화는 올바른 사람들의 끊임없는 행동에서 시작된다는 사실을 깨닫고 모든 것을 행동으로 나서는 것이 옳다고 생각하고 있습니다. 비록 지금은 무인들의 세력 안에 몸을 담고 있는 처지이지만, 이 나라 백성들을 괴롭히는 난세를 평정하기 위해서는 그들의 힘을 이용하고, 더러운 정치에도 발을 들여 놓아 세상의 흐름을 읽고 그 흐름의 속도를 알아야 한다고 생각하고 있습니다. 더러운 곳을 씻어내려면 자신의 몸을 더럽히지 않고서 어떻게 세상을 깨끗하게 만들겠습니까?"

"지옥을 없애기 위해 지옥으로 들어가 그 뜨거움을 견뎌야 한다는 말로 들리는군요. 정말 삼봉 정도전 선생의 의지는 대단하시군요."

"아닙니다. 무학 대사님의 미래를 내다보는 안목과 어찌 비교가 되겠습니까? 그저 대사님의 끊임없는 가르침을 바랄 뿐입니다."

정도전은 자세를 고쳐 무학 대사에게 합장을 올리며 고개를 숙였다. 붉은 저녁노을이 점차 흐드러지며 무학 대사와 정도전의 모습을 빛 무리 속으로 감추어 갔다.

4. 격암(格菴) 선생 과 보우(普雨) 대사

조선 중엽 계룡산 어느 정상

"계룡(鷄龍)의 목운(木運)이 서서히 빛을 발하니, 갑자(甲子)년에서 계해(癸亥)년까지, 천상의 말(馬)과 지상의 소(牛)들이 어우러져 아홉 번의 제주를 넘으면, 이 나라에 비로소 태평성대가 시작될 것 같군요."

"이 나라의 훗날을 읽으시다니, 격암(格菴) 선생께서는 이미 중단전도 터트리시고 상관천문(上觀天文)의 경지에도 다다랐군요. 격암 선생께서 이렇게 천운을 자유자재로 읽으니 이 나라에 큰 복이 내릴 것 같습니다."

"아닙니다. 보우 대사님. 이제야 하달지리(下達地理)를 깨우쳐 이 땅의 이치만을 조금 깨달았을 뿐, 아직도 중찰인사(中察人事)의 복잡한 인간사를 깨우치지 못하여 이렇게 고행을 하는 중인데, 어찌 제가 신승(神僧)들께서나 가능한 천문에 통달했다고 할 수 있겠습니까. 단지 저의 깨달음은 젊었을 때 저를 깨우쳐 주시고, 천문과 풍수지리를 가르쳐 주신 울진 불영사의 큰스님의 가르침 때문이지요. 저의 능력은 그분에 비하면 아직 잡기에 불과 합니다."

"잡기라니요? 과거 선인들의 격물치지(格物致知)의 단계를 격암 선생께서는 이미 다 깨우쳤다고 소문이 자자하던데요. 그래서 격암 선생을 자동선생(紫洞先生)이라 칭하는 것이 아니겠습니까."

"저와 같은 인간의 힘으로 어찌 천기를 읽겠는 지요. 어느 누구든 사물을 깊이 헤아리고 생각하다 보면, 그 스스로가 세상의 이치를 아는 법이지요. 다만 잡기를 높이 보는 백성들의 마음이 부담스러울 뿐입니다. 더구나 소수서원(紹修書院)의 이황 어르신이 아니었으면, 저 역시 주역의 뜻만 헤아리며, 속세의 이치에만 눈을 뜬 범부가 되었을 것입니다."

"겸손하시군요. 격암 선생. 선생의 예언은 이미 많은 백성들의 마음을 흔들었는데, 어찌 부는 바람에 흔들리는 국운의 변화를 모른 체 하시렵니까?"

"나라가 어지럽다 보니 불법을 행하시는 대사님들조차 이렇게 백성들의 앞날을 걱정하시는 군요."

"백성들이 없이 어찌 부처가 있겠습니까? 백성들의 마음이 곧 부처님의 마음이지요."

"대사님의 자비에 고개가 절로 수그러드는군요. 헌데 대사님께서는 어찌 저를 찾으신 것입니까?"

"겹겹이 쌓인 구름 속 암자는 본래부터 사립문을 두지 않았고, 누대의 숲은 늦은 푸름을 안았으며 뜰의 국화는 저녁볕을 띠었다. 제가 지어 보내준 이 시에 내포된 뜻을 혹시 격암 선생께서는 아시겠습니까?"

"대사님의 생각과 같이할 인재들에게 사립문을 열어 둔다는 뜻이 아니겠습니까?"

"맞습니다. 격암 선생의 학문은 서로를 격리시키는 사립문과 같은 속세적인 허물에 관여치 않을 것이란 생각에 찾아온 것입니다. 지금의 시대는 불교가 억압을 받고 있어 불교에게는 큰 고난의 시기이지요. 비록 왕의 어머님이신 문정왕후께서 불교의 숨통을 트이게는 하였지만, 아직은 불법의 힘이 너무 약합니다. 더구나 책상에 앉아 자신들의 이익만을 위해 다투는 간신배들의 잘못된 정치에, 이미 이 나라의 국운은 크게 기울었습니다. 게다가 얼마 전 천기를 읽으니 곧 이 나라에 고된 풍랑이 몰아 닥칠 것 같더군요 그래서 먼 곳에서 격암 선생의 조언을 받기 위해 이렇게 찾아 온 것입니다."

"보우 대사님께서도 아마 붉은 기운이 이 나라의 하늘을 곧 덮쳐올 것을 느끼셨나 보군요."

"그렇습니다."

"이 나라는 곧 섬나라 동인(東人)들에 의해 수많은 피를 흘리게 될 것입니다. 보우 대사님께서는 왜인(倭人)들의 미친 광기를 보신 것입니다."

"아! 동쪽에 자주 출몰하는 왜인들이 곧 침략을 해온다는 뜻이로군요."

"그렇습니다. 이 나라에 큰 전쟁의 기운이 싹트고 있습니다."

"그들의 광기가 이 나라에 얼마나 큰 상처를 입힐까요?"

"광기가 아니라 살기였습니다."

"살기라고요?"

"네. 얼마 전 꿈자리가 너무 사나워 목욕재계하고 묵상을 하며 천상(天象)을 살펴보았는데, 갑자기 눈앞이 어두워지며, 온 세상이 불타오르더니 백성들의 신음소리가 끊이질 않았습니다. 마치 지옥에서 들려오는 소리 같았습니다. 그리곤 어두운 하늘에서 천발살기(天發殺氣)의 푸른 색 기운이 나타나 이 나라 온 강산을 휘덮어 가는 것이 보이더군요."

"저 역시 곧 이 나라에 큰 변고가 있음을 알고 부처님께 자비를 구하는 중입니다. 이 나라의 백성들이 또 얼마나 많은 고통을 감내해야 할지……, 나무관세음보살! 격암 선생. 격암 선생은 역학(易學)과 천간지지(天干地支)의 운영, 그리고 하도낙서(河圖洛書)의 상생상극(相生相剋)의 순환원리를 모두 깨우치신 분이라고 하던데 이런 큰 위험을 막을 수는 없겠습니까?"

"벼를 머리에 인 여인들이 동쪽으로부터 이 나라에 들어와 난동을 부리니 붉은 피가 천리를 흐르게 될 것이며, 호랑이와 용이 싸우는 동안은 온 나라가 들썩거리므로, 죄 없는 백성들은 어수선한 집안을 잠시 떠나 피난을 가는 것이 최선이겠지요."

"전쟁을 미리 막을 수는 없는 것입니까?"

"인간들 스스로 천기(天氣)의 흐름을 바꿀 수 없는 법이지요. 우린 단지 그 피해를 줄이도록 최선을 다해 노력해야 할 뿐입니다."

"그럼 그 피해를 줄일 수 있는 방법이란 어떤 것입니까?"

"곧 일어날 천재지변에 대해서 백성들에게 널리 알려주셔야 합니다. 그렇게 되면 미리 많은 사람들이 이 나라의 운명을 바꾸기 위해 노력할 것입니다. 그들 중엔 성리학을 공부하는 선비들도 있고, 불법을 공부하는 승려들도 있으며, 창과 칼을 쓰는 무사나, 무지한 백성들도 있습니다. 많은 이들이 훗날 자신들의 몸을 앞세워 이 나라를 구하기 위한 방패가 되어 줄 것입니다. 그들의 마음에 불씨를 일으킬 예언이 필요한 것이지요. 하지만 그와 더불어 꼭 병행해야만 되는 다른 중요한 것들이 더 있습니다."

"중요한 것들이라뇨?"

"백성들의 혼란스런 마음을 안정시켜 주는 역할과 어려움을 극복할 용기를 말하는 것입니다."

"백성들의 마음을 안정시켜 주고 용기를 준다?"

"네. 백성들의 두려운 마음을 달래주고, 백성들의 용기를 끄집어 내주는 역할을 말합니다. 그렇게 되면 많은 사람들에게 나라를 향한 성의정심(誠意正心)이 생기며 패망의 위기를 막아줄 것입니다."

"내 일찍이 무학 대사께서 금강산 금장암(金藏庵)에서 입적하신 후 큰 인물이 탄생하지 않음을 항상 한탄하였는데, 격암 선생의 지혜를 접하니 한시름이 놓입니다."

"일개 선비가 나라의 국운을 어떻게 할 수는 없는 것이지요. 우리 모두가 노력을 해야겠지요."

"격암 선생은 혹시 미리 준비해 둔 묘책이 있습니까?"

"저는 백성들의 피해를 최소한으로 줄이기 위해 이 나라 방방곡곡을 돌아다니며, 백성들이 안전하게 피할 피난처를 보고 왔습니다."

"십승지(十勝地)를 말하시는 거군요……."

"네. 이 나라 산수보길지(山水保吉地)를 다 둘러보고 올바른 지맥을 택해 세상에 알리니, 이게 바로 저 격암이 할 일인 것 같습니다."

"허허허. 진표 율사와 도선 국사께서도 700년 전 이미 백성들이 몸을 보전할 십승지(十勝地)를 찾아내어 후세에 그 지맥의 기운을 이용할 수 있도록 하셨지요. 하지만 우주만물이 무상하여 지기(地氣)가 수시로 변하므로 백성들을 구할 피난처를 다 알 수는 없다고 하셨습니다. 헌데 다시 격암 선생께서 변모된 지기(地氣)를 밝은 눈으로 찾아내어, 우둔한 백성들을 깨우치시니 빈승은 그저 고마울 따름입니다."

"토정 이지함 선생도 저처럼 선천적으로 천문지리에 깊은 조예를 타고 났습니다. 그는 이미 백성들의 두려운 마음을 알아채고 그들의 심리를 안정시켜 줄 묘책을 구상하는 중이지요. 하지만 그의 힘은 백성들의 희망과 마음속에 있습니다. 그리고 보우 대사님처럼 불교에 뜻을 두고 대자대비 하신 부처님을 좇아 중생을 구제하고 있는 여러 대사님들의 힘도 필요하고, 지방에서 나라를 걱정하는 많은 의인들 역시 스스로 일어나 많은 백성들을 구하려고 노력해야 합니다."

"결국은 수많은 사람들의 희생으로 이 나라의 운명을 지켜야 한다는 뜻이로군요."

"네. 하지만 이번의 고통은 시작일 따름입니다. 불행하게도 앞으로 이 나라는 아홉 갑자 동안 혹독한 시련을 계속 당하게 될 것입니다."

"격암 선생. 이 나라의 운명은 선조들의 영혼들이 보살피고 있습니다. 그분들은 이 나라 이 민족을 이끌어 나갈 새로운 영혼들의 탄생을 위해 끊임없는 준비를 하셨습니다. 그들의 뜻을 물려받은 우리들이 최선을 다해 백성들의 마음을 안정시키고 새로운 인물들을 키운다면 아마도 그 어려움을 극복할 수 있을 것입니다."

"혹독한 운명 속에는, 어두운 먹구름이 온 나라를 감싸고, 또한 불길이 방방곡곡에서 솟아올라, 태극의 음양처럼 나라가 둘로 갈라지는 악운도 들어 있습니다. 아마도 먼 후세 사람들이 서로 나뉘어져 얽히고설킨 전쟁에 휩싸이게 되는 혼돈의 시기가 올 듯합니다."

"또 다시 나라가 둘로 갈라진다고요?"

"네 그렇습니다. 하지만 우리가 용기를 잃지 않고 많은 어려움을 극복해 나간다면, 분명 우리 민족은 어떤 어려움도 반드시 슬기롭게 이겨 나가게 될 것입니다. 그리고 미래에는 병아리가 부화되어 알에서 깨어나듯, 충분한 힘이 길러진 다음에 이 세상을 향해 힘차게 나아가게 될 것입니다."

"인간들이 겪는 지옥도, 아귀도, 축생도, 아수라도, 인간도, 천상도인 육도(六道) 역시 인간들이 거쳐야 할 세상입니다. 어려움이 있으면 지혜로움이 다가오고, 슬픔이 있으면 기쁨이 찾아오는 법입니다. 인간들의 끝없는 윤회가 펼쳐지는 이곳 역시 부처가 계시는 수미산이라 할 수 있지요. 수많은 고통과 험난한 길을 이기게 되면 분명 인간들 역시 행복이 깃든 수미산을 깨달을 수 있을 것 입니다."

보우 대사가 말을 마치고 크게 한숨을 쉬더니 잠시 생각에 잠겼다가 조용히 다시 말을 꺼냈다.

"격암 선생."

"네."

"후일 격암 선생의 지식으로 백성들의 운세를 볼 때 항상 밝은 운세가 만들어지도록 도움을 주시기 바랍니다."

"밝은 운세가 되도록 만들어주라고요? 제가 어찌 개개인이 가지고 태어난 그들의 운세를 좌지우지 할 수 있겠습니까?"

"운명이라는 것은 자기 자신이 바꿀 수 있다는 것을 격암 선생도 잘 아시질 않습니까?"

"그런 뜻에서 하신 말씀이시군요……."

"그렇습니다. 인간사 모든 일들이 인간들 개개인의 마음속에서 시작이 되듯, 인간들의 운명이라는 것도 그들이 살아가고 있는 삶의 방향에서 만들어지는 법이지요. 밝게 생각하면 밝은 운명이 옵니다. 그러므로 백성들에게 밝은 세상을 보는 법을 가르쳐 주세요."

"마음을 긍정적으로 바꾸게 만들 수 있는 희망을 주시라는 말씀이군요."

"네. 어려움 속에서도 희망이라는 조그마한 불씨라도 있어야, 그 불씨로 인해 후일의 밝은 미래가 탄생되는 것입니다."

"보우 대사님의 백성들을 위하시는 마음은 정말로 저를 감복하게 만드시는군요. 오늘 대사님을 뵙게 된 것이 큰 영광입니다. 대사님의 말씀처럼, 앞으로 저의 작은 재주를 백성들에게 희망을 주는데 쓰도록 노력하겠습니다."

격암이 땅에 엎드려 보우 대사에게 크게 절을 올렸다.

"일어나십시오. 격암 선생. 소승은 절을 받을 정도의 그런 인물이 아닙니다. 일어나세요."

보우 대사가 격암 선생을 일으키며 그의 두 손을 꼭 잡았다.

"격암 선생. 이 나라 이 민족은 앞으로 다가올 난세를 모두 이겨내고 훗날 크게 번영을 누릴 것입니다. 어떤 어려움이 있어도 우린 그 꿈이 헛되지 않도록 모두가 노력을 해야 할 것입니다."

"물론입니다. 보우 대사님. 세상의 이치를 깨달은 자들은 자신이 속한 세계를 바꾸기 위해 자신의 영혼과 육체를 희생시키는 법입니다. 다른 나라를 넘보지도 않고, 오직 예의만 중요시 한 이 나라에는 앞으로 온 세상을 뒤바꿀 힘을 가진 영혼들이 무수히 탄생될 것입니다. 저는 이미 그걸 감지하고 있습니다."

격암이 보우 대사의 손을 불끈 마주 잡으며 대답했다.

"감사합니다, 격암 선생. 나무관세음보살!"

5. 연기(緣起)

　춘변산(春邊山) 추내장(秋內藏)이라고 했던가? 단풍으로 유명한 가을 내장산에 비해 이곳 늦은 봄 변산의 풍경은 병풍에서나 볼 수 있는 신선들이 사는 그런 곳이었다. 채석강을 뒤로 하고, 변산의 최고봉인 의상봉을 중심으로 작은 산들이 용틀임하는 작은 산세는 이곳을 찾아온 관광객들에게 작은 탄성을 자아내게 했다. 비록 주위의 산들이 지리산이나 설악산과 같은 빼어난 풍경이나 장중한 계곡의 어지러움을 가지고 있지는 않았지만, 서해안을 바라보며 잔잔히 물결치는 작은 산맥들이 모인 이 곳은 간결하기 그지없었다.

　정준형은 변산 앞 바다에서 불어오는 시원한 바람을 맞으며 한껏 기지개를 켰다. 하얀 백사장 옆의 굴곡진 해안선. 그리고 시루떡을 차곡차곡 쌓아 놓은 것 같은 채석강(彩石江)의 기기묘묘함. 떼 지어 비상하는 한 무리의 괭이 갈매기들. 서해바다의 고요하고 평화로운 풍경은 동해안과는 또 다른 맛이었다.

　'월정 스님과 만나기로 한 시간이 곧 되어가는군. 이제 개암사로 가야지.'

　정준형은 아름다운 서해바다를 배경으로 셀카와 주변 모습을 카메라로 몇 번 찍은 후, 차를 몰고 바로 근처 개암사로 향했다. 개암사는 그리 크지도 화려하지도 않은 작은 절이었다. 하지만 보물로 지정된 조선 중기의 목조건물인 대웅보전은 육중한 자태를 자랑하고 있었다. 단층 팔작지붕 양식에 간결한 정자살문과 배흘림 없는 직선의 둥근 기둥들이 안정적인 좌우 대칭으로 배치되어 있고 주위 배경과 아늑하게 조화를 이루고 있었다.

정준형은 호랑이의 자태를 하고 하늘을 향해 등을 구부리며 산 밑 개암사를 내려다보는 형상의 거대한 바위를 잠시 넋 놓고 쳐다보았다.

'저 울금 바위가 마치 사대천왕처럼 사찰 뒤에서 이곳으로 들어오는 사람들을 향해 두 눈 부릅뜨고 쳐다보고 있는 것 같군!'

능가산 뒷산에 덩그렇게 놓인 커다란 울금 바위가 주변을 지키는 수호신처럼 산 위에 턱 하니 주저앉아 개암사를 내려다보고 있었다.

개암사에서는 경 읽는 소리나 목탁소리도 들리지 않았다. 다만 코를 은은히 찌르는 숲 냄새와 나뭇잎 흔들리는 바람소리가 전부였다. 관광객도 몇 명 보였으나 그들은 산사의 운치보다는 산의 싱그러운 공기에 더 관심이 있는 듯, 나무의자에 앉아 조용히 잡담만 나누고 있었다.

정준형은 약속한 장소인 대웅보전 앞에 월정 스님이 보이지 않자, 주변을 서서히 거닐며 서성거렸다. 그러다 문득 돌계단에 세워 놓은 기왓장들에 눈길이 갔다. 계단에는 많은 기왓장들이 놓여 있었는데, 기왓장 위에는 하얀 페인트로 깨알 같은 글들이 쓰여 있었다. 그는 호기심이 일어 기왓장이 놓인 곳으로 다가갔다.

수행에 집중하는 마음을 가져라.
마음은 모든 일의 근원이니,
마음을 깨끗하게 하여 괴로움에서 해탈하라.
– 법구경 –

모든 사물은 존재하지 않는 공(空)이다.
무(無)를 깨달으면 저절로 욕심은 사라진다.
– 금강경 –

모든 사물, 모든 현상이 바로 자신의 스승이다.
그리고 그것을 깨달았을 경우 반드시 타인에게 가르쳐라.
– 화엄경 –

마음은 그림을 그리는 화가와 같아서
스스로 온갖 모양을 나타낸다.
– 보적경 –

정준형은 기왓장의 글을 읽으며 잠시 생각에 잠겼다. 요 몇 년간 정신없이 보낸 자신의 기자생활이 갑자기 주마등처럼 떠오른 것이다.

취재를 위해 잠을 못 자며 새벽까지 돌아다닌 날들이 얼마나 많은가? 또 취재하려 다니다 멱살 잡힌 일, 협박전화 받으며 우울증에 빠졌던 일, 마감시간 맞추려 날마다 시달리는 스트레스들. 정준형은 긴 한숨을 내쉬었다. 엷은 바람 한 조각이 준형의 목덜미를 스쳐 지나갔다.

"왜 그렇게 한숨을 쉬는 건가요?"

뒤에서 갑자기 굵은 중년남성의 목소리가 들려왔다. 정준형은 뒤를 돌아보았다. 얼굴이 희고 안경을 쓴 스님 한 분이 단정히 서 계셨는데, 마른 몸매에 키는 비교적 커 보였다.

"전화를 주신 정기자님이신가 보군요."

스님이 다시 말을 꺼내며 정준형에게 합장을 하였다.

"아— 네. 제가 정준형 기자입니다."

정준형이 고개를 숙이며 같이 인사를 했다.

"제가 전화를 받았던 월정입니다."

"안녕하세요. 월정 스님. 바쁘실 텐데 저에게 기(氣)수련 방법을 일러주신다고 하시니 정말 고맙습니다."

"아닙니다. 서울에서 이곳까지 오시느라 고생 하셨겠습니다. 그런데 점심은 드셨는지요?"

"네. 오는 길에 휴게소에서 먹었습니다."

"그런데 왜 기 수련법이 필요하신 것이죠?"

"요즘은 직장인들이나 은퇴자 분들께서 건강에 관심들이 많아 스님들의 참선 수업이나 기 수련 같은 것에 아주 궁금해 하십니다. 그래서 제가 이번에 특집 기사를 맡게 되었는데, 기 수련에 능통하신 스님을 찾다가 우연히 월정 스님의 이야기를 전해 듣고 전화를 했던 것입니다. 그런데 저에게 이렇게 선뜻 허락하여 주셔서 감사합니다."

"아닙니다. 다른 분들의 건강을 위한 일이라면 불제자로써 어떤 것이든 할 수 있습니다. 다만 저희들에게 특별히 더 뛰어난 기 수련법 같은 것은 없기에 실망이나 하지 않으실지 모르겠습니다."

"서울 조계사에 게시는 큰스님께서는 월정 스님께서 전문가라며 스님을 추천해 주시던데요?"

"제가 불교신문에 잠깐 명상법에 대해 글을 쓴 적이 있었는데 아마도 그걸 읽고 저를 추천하신 듯합니다."

"아! 스님도 불교 신문에 글을 쓰시는 분이신가 보군요? 그러면 저와 같은 기자들을 잘 이해해 주시겠군요."

"어찌 제가 영특한 기자님들과 같다고 하겠습니까. 다만 스님들의 국제적 감각을 돕기 위해 틈틈이 책을 읽고 불교신문의 국제 면에 사설을 쓰거나, 아니면 스님들의 건강에 도움이 되는 여러 수련법들을 찾아 글을 정리하여 올리고 있을 따름입니다. 전국의 사찰에서 많은 분들이 책들을 보내주고 또 도움을 주고 있어서 가능한 일이지요. 자, 일단 제 방으로 가서서 이야기를 하시지요."

"네."

월정 스님은 정준형을 사찰 외곽에 있는 작은 방이 있는 누각으로 안내하였다. 둘은 자리를 잡고 마주 앉았다. 월정 스님이 녹차를 두 잔 만들어 앞에 내어 놓으며 말을 했다.

"그런데 기 수련은 해 본 적이 있으십니까?"

"아닙니다, 전혀 없습니다."

"그래요? 그럼. 제가 자료를 드린다거나 제가 하는 말을 녹음하시기보다는 직접 저희들이 하는 방법을 익히고 느끼시는 게 더 빠른 방법일 것 같습니다."

"네? 기 수련법을 말로 안 하시고 저에게 직접 가르쳐 주신다고요?"

"네. 경험해보지 않고서는 좋은 글이 잘 나오질 않는 법이지요."

"그렇긴 합니다만, 제가 그렇게 빨리 배울 수 있을까요?"

정준형이 놀라 물었다.

"한 시간이면 충분합니다. 명상 호흡법은 그리 어렵지 않습니다."

"한 시간요?"

"네. 지금 명상 호흡법을 바로 가르쳐 드리도록 하지요."

"제가 녹음을 해도 되겠습니까?"

"네. 괜찮습니다. 그리고 먼저 겉옷을 벗어 몸을 편하게 하시지요."

"네. 알겠습니다."

정준형은 겉옷을 벗어 옆에 놓은 후, 가방에 있던 녹음기를 꺼내 버튼을 누른 후, 월정 스님을 마주 보고 앉았다.

"명상은 마음의 건강에 아주 좋습니다. 책을 읽지 않고도 사람들에게 어떤 깨달음을 주는 그런 수련법이지요. 명상으로 마음의 문을 열면 오감이 높아지고, 넓은 무의식 세계를 느끼게 됩니다. 평소에 느꼈던 의문에 대한 해답들이 저절로 떠오를 때도 있고, 힘든 세상일을 잠시 잊고 평화로움을 느낄 수도 있습니다. 자, 먼저 저처럼 앉아 보세요."

월정 스님이 가부좌 자세에서 허리를 펴고 양손을 무릎 위에 올렸다.

"명상 호흡법의 기본은, 올바른 자세로, 편안한 호흡을 익혀, 자연스럽게 정신집중을 하는 것입니다. 저처럼 등을 곧게 펴고, 어깨가 한쪽으로 처지지 않도록 자세를 고쳐 앉은 다음, 고요한 마음가짐을 유지하도록 해보세요."

정준형은 월정 스님의 말대로 방석 위에서 자세를 바르게 고쳐 앉고, 어깨를 편안하게 폈다.

"머리는 정수리가 바닥과 수직이 되도록 하시고, 눈은 편안하게 뜨고, 턱과 입의 힘을 빼서 호흡이 편하도록 해보세요. 그리고 처음엔 10초 정도의 편안한 속도로 무의식적으로 복식 호흡을 시작해 보세요."

"……"

정준형은 천천히 복식호흡을 하며 자세를 안정시켰다.

"가슴은 되도록 움직이지 마세요. 짧고 얕은 흉식호흡은 피하고 길고 깊숙한 복식호흡을 규칙적으로 해야 합니다, 네. 맞습니다. 그렇게 규칙적으로 복식호흡을 천천히 하여야 합니다."

정준형의 자세가 점차 안정을 되찾자 월정 스님이 말을 이어갔다.

"호흡법은 체내 에너지 소비를 최소한으로 줄여, 몸에 의존하는 자신의 영혼을 자유롭게 만들어서 주위 환경과 동화되게 하여, 자연이 주는 기쁨을 느끼고, 삶에 적응해나가는 생명체의 깊음을 느낄 수 있게 해줍니다. 몸의 생명현상을 축소시켜, 두뇌의 정신능력을 높인다는 뜻이기도 하지요. 계속해서 천천히 복식호흡을 하며 눈을 감고 아무 생각이 없는 무아지경을 잠시 느껴 보세요."

정준형은 월정 스님이 일러준 데로 천천히 호흡하며 자신을 캄캄한 어둠 속에 있는 수행자로 생각하고, 잡다한 상념들을 버리기 시작했다. 하지만 월정 스님이 앞에 있는 탓인지, 주변에 신경이 쓰이며 금방 마음이 산란해졌다.

"어때요? 처음엔 잘 안되지요?"

월정 스님의 물음에 정준형이 눈을 뜨고 대답했다.

"네. 처음이라 집중이 잘 안 되는군요. 나중에 시간이 나는 대로 천천히 연습을 하겠습니다. 그냥 말로써 가르쳐 주십시오."

"사실 명상 호흡법은 이게 답니다. 단지 호흡의 길이에 차이가 있을 뿐, 10초이든 1분이든 자신의 능력에 맡게끔 천천히 호흡하며 정신을 집중하는 것입니다. 나중에 다시 천천히 연습해보면 더욱 잘하게 될 것이고, 머리도 맑아짐을 느낄 수 있을 겁니다."

"호흡법이 추위나 더위도 줄일 수가 있다고 하던데 그게 사실입니까?"

"네. 추위나 더위를 완전히 쫓을 수는 없지만 조금의 도움은 될 것입니다. 명상 호흡법은 주변에 대한 동화를 유도하여 심신을 안정시키고 두려움과 고통을 없애줍니다. 우리가 숨을 쉬고 있는 이 공기 중에도 만물의 기가 흐르고 있습니다. 공기의 차가움이나 뜨거움 역시 호흡 수련자가 그걸 자연스럽게 받아들이고 동화가 되면, 추위나 더위에 대한 민감도가 줄어들고, 그러한 느낌들이 단순한 현상이므로 쉽게 견딜 수 있다는 자신감이 생기며, 안정감을 느낀다는 것입니다."

"그럼 일반인들이 즐겨 하는 선도의 기(氣)수련법도 이와 동일한 것입니까?"

"기 수련법도 명상 호흡법과 크게 다르지 않습니다."

"하지만 기 수련법을 터득하려면 굉장히 오랜 시간이 필요하고, 또 여러 가지 전문용어 들이 있고, 방법도 굉장히 많아 수련하기 어렵다고 하던데요."

"부처의 말씀을 모두가 다 다르게 해석하는 것과 같은 것이겠지요. 하지만 본질은 같습니다."

"그럼 명상호흡법만으로는 부족하니 스님이 알고 계시는 기 수련법을 간략하게 설명해 주실 수는 없습니까?"

"네. 그러도록 하죠. 그게 뭐 그리 어려운 일이겠습니까? 그럼 방법을 가르쳐 주기 전에, 기 수련의 뜻을 설명해 주겠습니다. 뜻을 알지 못하면 기(氣)의 운용이 잘 되질 않지요."

"알겠습니다."

"기 수련이라는 것은 별로 특별한 것이 아닙니다. 천천히 행하는 호흡을 통해 인체의 여러 기관들을 쉬게 하고, 주변과 자신을 조화시키면서, 생체리듬의 균형을 유지하여 건강한 삶을 살도록 도와주는 선조들의 수련법입니다."

"기(氣)라는 것은 생체에너지를 말하는 것이지요?"

"네 그렇습니다. 생명이 있는 동물들은 모두 기(氣)를 가지고 있지요. 기 수련법은 그런 생체에너지를 컨트롤 할 수 있는 방법을 말합니다. 생명체들은 스트레스를 받으면, 기(氣)가 한쪽으로 쏠리며 균형이 깨지게 되는데, 그게 일시적이면 상관없지만, 오랜 시간이 지나게 되면, 기(氣)의 원활한 소통이 불가능해져 건강에 악영향을 미치지요. 그러기에 우리 선조들은 항상 기 수련을 통해 몸과 마음을 다스리길 좋아했지요."

"꼭 배워야 하겠군요."

"기 수련법의 기본 역시 명상 호흡법처럼, 올바른 자세, 편안한 호흡, 정신집중입니다. 그러므로 이와 함께 폐기(閉氣)의 기본만 익히시면 기(氣)수련을 하실 수 있을 겁니다."

"폐기(閉氣)요?"

"네. 기(氣)를 단전에 머물게 하여 생체 에너지를 모은다는 말입니다."

"기(氣)를 단전에 머물게 한다는 게 대체 무슨 뜻인가요?"

"인체가 만들어내고 있는 기(氣)를 한곳으로 갈무리한다는 뜻입니다."

"마음의 집중을 통해 한 곳으로 기를 모은다는 말인가요?"

"네. 기(氣)를 모으는 힘의 근원은 수련자의 정신력입니다. 그래서 반드시 무아지경의 정신집중이 필요합니다."

"스님. 한 가지 궁금한 점은 여러 선도(仙道) 단체에서 기 수련을 위해 기맥이니 경맥이니 하며 설명을 하던데 그것은 무슨 말이지요?"

"기(氣)가 다니는 통로는 해부학에서 말하는 혈관이나, 신경도 아니고, 그렇다고 근육과 같은 어떤 조직 사이를 따라 흐르는 것도 아닙니다. 기(氣)는 자석 사이에 생기는 자기장의 변화처럼 경락이라는 어떤 특이한 영역을 통해 흐릅니다. 흔히 말하는 경락이란 혈액의 흐름이나 신경에서 일어나는 활동전압과는 전혀 무관하게, 인체의 전자기적 밸런스를 이루는 장소를 말합니다. 바로 인체에 펼쳐져 있는 인체 전자기장의 분산된 평행점들을 말함이지요. 과거 선조들은 '기(氣)는 혈(血)을 통수하고, 기(氣)와 혈(血)이 막히면 병이 생기고, 기(氣)와 혈(血)이 통하면 병이 낫는다' 고 해서 인체에 있는 경맥과 기맥을 중요시하고 있지만, 전체적인 호흡법에서는 기맥과 경맥의 위치가 별로 중요하지 않습니다. 제일 중요한 것은 자신의 마음과 자연을 일치시키는 물아일체(物我一體) 같은 명상의 올바른 방법이죠."

"해부학적인 지식보다는 자연과 일치시키는 정신 가짐이 중요하다는 뜻이군요."

"그렇습니다. 호흡법이야 쉽지만 자신의 내면을 갈무리해서 정신을 오래도록 집중한다는 것은 무척 많은 수련을 필요로 합니다. 호흡법과 함께 자연과 자신이 하나라는 명상 속에서 자신의 주파수를 우주의 주파수에 맞추는 방법을 터득해야 하지요."

"그럼 단전에 기(氣)를 모은다는 것은 무슨 뜻인가요?"

"단전에 기(氣)를 모은다는 것은 배꼽아래 몸속에 있는 하단전(下丹田)에 기(氣)를 모은다는 축기법(蓄氣法)을 말함입니다. 우리의 몸속에는 석문혈을 중심으로 기해와 관원 사이로 한 치 오 푼 깊이에 둥그렇게 기(氣)가 자주 모이는 공간이 있는데, 그 공간이 바로 하단전(下丹田)이고, 축기법이란 바로 의식적으로 기(氣)를 그 공간으로 보내어 뭉치게 한다는 뜻입니다. 단(丹)이란 뜻은 불이 타오르는 것을 말하는 것으로, 위치를 나타내는 자리, 즉 전(田)이란 뜻과 서로 합쳐져 기(氣)의 흐름이 잘 모이는 장소를 일컫는 단전(丹田)이란 단어가 되었습니다. 하지만 옛날 고승들께서는 기(氣) 수련법에서는 하단전의 축기법 훈련보다, 만물의 이론을 깨우칠 수 있는 양 눈썹 사이의 인당혈에 해당되는 상단전(上丹田), 그리고 마음을 넓힐 수 있는 심장 부근의 전중혈과 옥당혈 사이의 중단전(中丹田)을 깨우치는 것이 더 중요하다고 배웠습니다."

"하단전 말고도 상단전, 중단전이 있는가 보군요."

"그렇습니다. 사실 상단전과 중단전은 훈련을 하기보다는 명상과 사색을 통한 깨달음을 뜻하기도 합니다. 다만 기(氣) 훈련을 통한 심신 수련이 중요하기에 함께 엮어져 있는 것이지요."

"몸과 마음을 함께 수련해야 의미가 있다는 뜻인 것 같군요."

"그렇습니다."

"그럼 과거 고승들처럼 상단전, 중단전, 하단전의 원리를 모두 깨우친 사람들은 어떻게 되는 것인가요?"

"그렇게 되면 세상을 보는 눈이 일반인들과 달라진다고 합니다. 자신의 마음에 따라 육체의 현상이나 감정의 기운을 통제하게 되므로, 자신의 올바른 기운에 의해 마음이 긍정적으로 변하는 의기영수(意氣領

隨) 단계와 본능인 욕망과 정을 억제하여 속세의 재물과 욕심을 버리고 올바른 기운에 집중할 수 있는 연정화기(煉精化氣) 단계, 그리고 그러한 심신수련의 결과로써 정화된 깨끗한 영혼을 얻게 되는 연기화신(煉氣化神) 단계를 통달하게 되면, 인간세상의 인과관계에 얽매이지 않고, 무엇이 올바른 세상의 흐름인지 알게 되는 연신환허(煉神還虛) 단계에 다다른다고 합니다. 바로 무(無)와 공(空)의 세계를 이해하신 부처님의 깨달음과도 같은 것이지요."

"그럼 혹시 스님은 그 단계를 깨우치셨습니까?"

"저는 아직 멀었습니다. 혹시 제가 모시는 무운 큰스님께서 깨우치셨는지는 모르겠습니다. 하지만 큰스님께서 말씀하시길, 인간들이 만들어 놓은 수련법칙에 얽매이는 것 자체가 스스로의 허영심에서 나오는 욕심이기에, 그저 아무런 욕심 없이 자연과 자신을 일치시키는 수련 자체를 즐기는 것이 세상을 올바로 바라볼 수 있는 깨달음이라 하셨습니다."

"수련의 방법보다 수련의 마음가짐의 중요성을 강조하신 것이군요."

"그렇습니다. 그럼 이왕 여기까지 왔으니 제가 기(氣)를 운용시키는 기본 기술도 가르쳐 드리도록 하겠습니다. 시간이 나시는 대로 연습하시면 건강에 큰 도움이 되실 겁니다."

"네. 고맙습니다."

월정 스님이 다시 가부좌 자세를 바르게 하고 고쳐 앉더니 눈을 감았다. 정준형도 스님 옆에 바짝 앉아 그를 보며 따라 했다.

"기 흐름의 중추라 할 수 있는 것은 바로 임맥(任脈)과 독맥(督脈)입니다."

"임맥과 독맥은 어디를 말하는 것입니까?"

"임맥은 음의 기가 흐르는 곳으로 신체 전반부에 위치하고 기를 양성시키고 훈련시키는 역할을 하고 있으며, 독맥은 양의 기가 흐르는 곳으로 신체 후반부에 위치하며 모든 맥의 중추이자 원기(元氣)를 근원적으로 일으키는 곳입니다."

"잘 이해가 가지 않습니다."

"이해하지 말고 오늘은 물 흐르듯 마음속으로 그냥 받아들이십시오. 양(陽)의 기는 신체 뒷면에 있는 척추 주위 경락을 통해 흐르는 것이고, 음(陰)의 기는 전면의 소화기관 주위에서 흐릅니다. 예로부터 본능적인 힘은 음에 가깝고, 다스리는 힘은 양에 가깝다고 했는데, 음과 양이 조화되었을 경우에 비로소 몸의 변화를 일으키는 기가 생기게 되는데, 만약 음이 양에 순응하여 하나로 뭉칠 경우는 순양(純陽), 양이 음에 순응하면 순음(純陰)이라는 힘이 됩니다. 하지만 중요한 것은 이 양과 음이라는 힘을 조절하는 중(中)의 힘을 조절하는 것입니다."

"스님의 뜻을 잘 이해하지는 못하겠지만, 아마도 지금 말씀하시는 중(中)의 힘이란 마음의 힘을 말함이겠군요……."

"그렇습니다. 양이나 음의 힘이 본래 중(中)의 힘에서 나왔으므로 기(氣)를 조절하기 위해서는 인간의 마음이라고 할 수 있는 중(中)의 힘을 조절해야만 기(氣)의 흐름을 조절할 수가 있다는 것입니다. 기(氣)의 흐름은 대체적으로 임독이맥(任督二脈)을 따라 순환하는데, 마음이 맑고 정신이 무아지경에 이르면, 기가 신체 전반부의 임맥과 신체 후반부의 독맥을 타고 돌며 단전으로 모였다가 넘치는 물이 흐르듯 자연스럽게 이동하며 몸 안에서 원처럼 순환을 하게 됩니다."

"마음으로 기를 조절한다는 뜻이 무엇이죠?"

"마음을 평정시켜, 부드러운 호흡을 통해 우리의 마음을 그 호흡에 실어야 한다는 뜻입니다. 실제로 방법을 가르쳐드리겠습니다. 먼저 복식호흡을 이용하여 숨을 천천히 들이마셨다가 천천히 숨을 내쉼으로써 전신을 이완시키는 행동을 반복하십시오. 이때 중요한 것은 숨을 받아들이고 내뱉는 일을 전적으로 복부의 뱃심으로만 하여야 한다는 것입니다. 처음에는 조금 길게 내쉰 다음, 같은 속도로 숨을 들이켜 보면서 반복을 하도록 하십시오."

월정 스님이 잠깐씩 눈을 뜨고 정준형의 숨의 깊이와 간격을 살피면서 불규칙성을 조절해 주었다.

"배는 더 안으로 약간 당기고, 하체 역시 항문을 약간 조이듯 치켜 올린 다음, 긴장을 풀고 숨 쉬는 것을 반복하여야 합니다. 숨을 쉴 때 코를 이용하여 가늘고 길게 쉬면서 끊어지지 않도록 해야 외부의 기가 몸속으로 흘러들어 갑니다. 그렇다고 단전호흡이란 것이 외기를 끌어들여 기도와 폐를 통과시킨 다음, 자연스럽게 단전에 기운만 쌓는 것이라고 생각하면 안 됩니다. 단전호흡이란 외부의 기가 자신의 내부의 기와 융합이 되었을 때만 진정한 힘을 발휘하는 것입니다. 그렇기 때문에 억지로 외부의 기만 모으려 호흡을 길게 하지 말고, 자신의 리듬에 맞게 자연스럽게 하여야 됩니다.

"……"

"호흡이 부드러워지면 호흡과 함께 하복부에 있는 하단전(下丹田)에 몸의 생체에너지가 모인다는 생각을 하십시오. 하단전이란 배꼽 아래 5cm에서 안쪽으로 다시 4-5cm 정도의 거리에 있는 기의 모임 장소입니다. 무아지경에서 정신을 집중시키면 그곳에서의 어떤 변화를 감지하게 될 것입니다. 복부에 너무 힘을 주는 것 같군요. 억지로 기를 하강시켜 단전으로 보내려고 하면 안 되고, 기의 흐름 역시 자연스러운 시냇물의 흐름처럼 받아들이세요. 호흡을 통해 끌어들인 외부의 기를 자연스럽게 하단전에 쌓기 위해서는 들어온 기를 강물이 바다로 흘러들 듯 기존의 기와 자연스럽게 합류시켜야 합니다. 하단전이란 모든 기를 멈추게 하여 한 곳에 모이게 하는 곳이 아니라 흐름의 중간에서 댐처럼 잠깐 거쳐 가는 저장소입니다."

"……"

"기를 느끼지 못한다고 해서 호흡법의 가장 기본인 폐기(閉氣)를 억지로 하면 안 됩니다. 억지로 기(氣)를 단전에 머물게 하면 가슴이 답답해지면 기의 흐름이 오히려 흐트러지게 됩니다. 가슴이 답답하거든, 배꼽 반대편에 있는 명문혈을 열어, 호흡으로 끌어들여 엉켜있는 기에 숨통을 트이도록 하세요. 명문혈은 기의 출입문과 같은 곳으로, 답답해진 기들의 움직임에 신선함을 주는데, 마음속에서 스스로 그 위치를 알 수가 있을 겁니다. 명문혈을 통해 기의 왕래를 허락하면 자신이 느끼는 압박감을 스스로 조절할 수가 있을 것입니다."

"……"

정준형은 월정 스님이 가르쳐 준 대로 연습을 했다. 한 참이 흐른 후 월정 스님이 정준형의 안색을 살피며 말을 꺼냈다.

"배꼽 하방에서 어떤 뜨거운 기운을 느낄 수 있겠지요?"

정준형이 눈을 감은 채 고개를 끄덕거렸다.

"지금 느끼고 있는 것이 바로 인체가 의식적으로 기의 감각을 느끼기 시작했다는 뜻입니다. 기를 수련하는 사람들이 말하는 하단전에 기를 모은다는 것이 바로 이것을 말함입니다. 자 이제 눈을 뜨십시오."

월정 스님의 말에 정준형은 눈을 떴다. 어쩐지 복근 아래의 근육이 후

끈거리며 아직도 온기가 느껴지는 듯 했다. 복근의 운동 때문인지 하단 전의 반응 때문인지 명확히 구분이 되지는 않았지만, 심신이 안정되고 기분이 가뿐한 것이 너무 좋다는 생각이 들었다.

"어때요. 이제 대충 기 수련법이 무엇인 지, 감이 오시지요?"

"네. 스님 말씀대로 직접 해 보니, 무슨 글을 어떻게 써야 할지 생각이 나는군요. 정말 감사합니다."

"아닙니다. 부처님의 설법 역시 다 중생들을 위한 것인데, 중생들을 위해 건강 수련법을 가르쳐 줄 수 있게 기회를 주셔서 감사드립니다. 전법회 준비 때문에 가봐야 하므로, 이곳에 조금 더 계시며 주변을 구경하시다가 서울로 조심히 올라가도록 하십시오."

"네 알겠습니다. 그런데 스님."

"네?"

"혹시 저 산 위의 울금 바위에서 하루 묶었다 가면 안 되겠습니까?"

"울금 바위요? 아직 봄이지만 추우실 텐데 산속에서 주무시려고요?"

"네. 출장은 내일까지인데 잠시 그곳에서 하루 머물다 가고 싶습니다. 사실 옛날부터 고승들이 수련했다는 그곳에서 꼭 하루 묶어보고 싶었는데, 그게 가능한 지 여쭈어 보는 것입니다. 그리고 저는 밤하늘의 별들을 찍는 취미가 있는데, 울금 바위에서 밤을 보내며 밤하늘을 찍어 보고 싶어서요."

월정 스님이 잠시 생각하더니 정준형을 다시 쳐다보며 가볍게 웃으며 말했다.

"기자님의 얼굴에 자연을 즐기는 행각승 같은 표정이 느껴지네요. 선승들 중에는 여름이나 겨울철의 안거(安居)가 끝나면, 봄과 가을을 이용해 이리저리 돌아다니면서 고승들처럼 산자수명(山紫水明)한 풍수를 즐기는 분들이 많은데, 울금 바위에서 주무시고 싶다니, 마치 불제자 같으십니다."

"불제자가 아니면 안 되는 것입니까?"

"원래 등산객의 취식은 금지 되었지만, 저희에게 도움을 주는데, 제가 주지스님께 말씀을 드리도록 하겠습니다."

"그래요? 고맙습니다. 스님 그럼 나중에 글이 완성되면 스님께 한 번 보여드리도록 하겠습니다."

"네. 그렇게 하시지요. 그런데 밤에 꽤 추우실 건데 침낭같이 주무실 것들은 준비되었나요?"

"네. 기본적인 것은 가져왔습니다. 아침에 흔적도 없이 치우고 내려오겠습니다."

"알겠습니다. 그럼 조용히 보내시다가 서울로 올라가십시오."

"네. 감사했습니다. 스님. 다음에 뵙겠습니다."

"네. 저는 이만 일 때문에 먼저 자리를 뜨겠습니다."

정준형은 월정 스님과 헤어진 후, 개암사 뒷길을 지나 울금 바위로 향했다. 울금 바위로 향하는 산길은 생각보다 그리 가파르지 않았다. 개암사 오른쪽 대나무 숲을 지나 호젓한 산책로를 따라 걷다가, 굽이진 비탈길을 타고 계곡의 오솔길을 따라 분주히 오르니, 덩그렇게 놓인 울금 바위가 정준형 앞에 불쑥 나타났다.

길고 탐스러운 꼬리를 가진 청설모 한 마리가 후다닥 도망치며 소나무들 사이로 뛰어오르더니 그에게 경계의 눈빛을 보냈다. 산새들 역시 낯선 침입자라도 감지한 듯, 재잘재잘 수선을 떨며 적멸(寂滅)의 공간 속에 자리 잡은 숲의 고요함을 깨트렸다.

울금 바위는 뭉퉁하고 봉긋한 민둥 바위 모양이었는데, 천고(千古)의 풍상을 겪었을 절벽 밑에 커다란 굴이 어두운 아가리를 턱 벌리고 있었다.

정준형은 가쁜 숨을 몰아쉬며 울금 바위 밑에 뚫려있는 커다란 구멍을 바라보았다. 굴은 길이가 약 8 내지 9m 정도로 그리 깊지 않은 반원형 동굴이었는데, 굴 안쪽에 다시 1.2m 정도의 작은 굴이 4~5m 뻗어 있었다. 큰 굴과 작은 굴이 이중으로 버겁게 겹쳐있는 상태였다.

정준형은 이마에 흐르는 땀을 손수건을 꺼내 닦은 후, 동굴 안으로 천천히 들어가 여기저기를 직접 세밀하게 살펴보았다. 동굴은 푸르스름한 암벽으로 둘러 싸여있었다. 군데군데 이끼 낀 곳이 많았고, 굴 중심부 주위에는 아마도 불교 신자들이 이곳에 찾아와서 기도를 드린 양, 수많은 촉농들이 더덕더덕 떨어져 있었다. 암벽에서는 은은한 향냄새와 암석 냄새가 스며 나왔다.

'이곳이 바로 진표 율사나 원효 대사 등 많은 고승들이 수련을 했던 곳이구나. 정말 꼭 이곳에 한 번 오고 싶었는데……, 드디어 오늘 왔군. 선조들이 수련한 동굴에서 하룻밤을 보내다니……, 신나는군. 근데 이 정도의 동굴이면 텐트 없이 침낭 하나만으로도 밤을 보낼 수가 있겠는데?'

그는 동굴 주변에 널려 있는 돌이나 동굴을 이루고 있는 벽들을 천천히 살펴보았다. 동굴 벽은 검붉은 색을 띤 암벽이었지만, 그렇게 차가운 느낌이 들지 않았다. 그는 고귀한 문화재를 관람하는 관광객처럼 동굴 안을 신비스럽게 둘러보며 오늘밤은 이곳에서 보내야겠다는 생각을 하였다.

어둠이 금방 깔리기 시작했다. 그는 서둘러 일인용 작은 텐트를 치고 침낭을 깔았다. 동굴 안쪽에는 작고 습한 웅덩이가 있었지만, 동굴이 작은 탓에 바람도 들어오지 않고 아늑한 게 고즈넉한 맛을 풍겼다. 골이 그리 깊지 않은 산이라 그런지 동굴 안인데도 습한 공기 없이 청아한 흙냄새만 떠돌고 있었다.

깊은 산골의 나무들이 슬금슬금 어둠 속으로 몸을 완전히 숨길 때쯤, 그는 배낭에서 가져온 빵과 과일, 음료수 등을 꺼내 먹었다. 밖은 이미 시커먼 먹물에 잠긴 것처럼 완전한 어둠에 휩싸여 있었다. 하지만 나뭇가지 사이로 비친 밤하늘은 조금씩 수많은 별들로 가득 차고 있었다.

정준형은 식사 후, 더 어두워질 때까지 텐트 속으로 들어가 음악을 들으며 이런 저런 생각을 했다. 그러다가 밤 9시가 되자 카메라를 꺼내 삼각대에 설치하고, 조리개와 셔터 스피드를 맞춘 후, 별들을 찍기 위해 삼각대의 위치를 조정했다.

'인간들이 육안으로 바라 볼 수 있는 별들은 약 6000개. 이렇게 조용한 곳에서 별들만 바라보면 힘든 세상사, 모든 것이 다 잊혀지니…….'
정준형이 밤하늘을 바라보며 맑은 공기를 한껏 들이쉬었다 내뿜었다.

'푸아- 정말 밤공기 한 번 끝내 주는군!'
그는 카메라 옆에 벌렁 누워 밤하늘에 두 눈을 고정하고 한참을 바라보았다. 쏟아지는 별빛으로 그의 눈이 황홀할 지경이었다.

'항상 봐도 역시 굉장하군! 이 맛에 이걸 한다니까…….'
정준형은 자기가 알고 있는 별자리를 찾아보며 보석처럼 반짝이는 별들에게 그렇게 정신을 빼앗겼다. 그런데 얼마쯤 흘렀을까? 갑자기 옆에서 누군가가 자신을 보고 있는 듯한 느낌이 들어 고개를 돌렸다.

'어?'
정준형은 어두운 한 그림자가 자기를 보고 있는 것을 발견하고 화들짝 놀라 앉았다.

"누구시죠?"

반사적으로 옆에 놔둔 작은 손전등을 후다닥 집어 들었다. 그리고 다시 침착하게 자세를 가다듬으며, 눈부시지 않게끔 손전등을 낮추어, 가까이 다가 온 그림자에게 서서히 불빛을 비추어보았다. 그런데 스님 한 분이 그를 바라보며 빙그레 웃고 서 있는 게 아닌가? 키는 제법 훤칠했다. 그런데 그 모습이 어딘지 모르게 눈에 익었다.

"어? 월정 스님이 아니십니까?"

정준형은 월정 스님의 얼굴을 알아보고 그제야 안심을 하며 의아한 목소리로 물었다.

"아니 그런데 무슨 일로 이렇게 밤늦게 오셨죠? 혹시 이곳에서 불빛이 흘러나가나요? 텐트 치는 것을 다른 스님들께서 염려하시나요?"

"아닙니다. 저는 그것 때문에 온 것은 아닙니다."

"네?"

말을 마친 월정 스님은 호기심 어린 정준형의 눈빛에도 아랑곳하지 않고 아이처럼 빙긋 웃더니, 호주머니에서 종이 한 장을 꺼내 땅에 깔고, 정준형이 앉아있는 캠핑매트 옆에 털썩 주저앉았다.

"정기자님. 혹시 여기 있는 이 캔커피를 제가 마시면 안 되겠습니까?"

"네? 캔커피요? 아- 네. 자 드십시오. 스님께서도 커피를 드시는가 보군요."

정준형이 얼떨결에 캔커피를 그에게 건네주었다.

"고맙습니다. 우유만 섞여있지 않으면 커피나 녹차나 똑 같은 것이지요."

월정 스님은 캔커피를 받아 들고 뚜껑을 따자마자 벌컥벌컥 단숨에 절반을 마셔버렸다. 무척 목이 말랐던 모양이었다. 월정 스님은 주위를 두리번거리다 하늘을 보더니 다시 캔커피를 조금씩 마셨다. 정준형은 잠시 멍하니 있다가 텐트에 가서 작은 LED 랜턴을 가지고 와서 월정 스님 옆에 앉으며 랜턴을 켜고 주위를 약간 밝혔다.

"밤을 혼자서 이렇게 보내시다니 대단하시군요. 혹시나 불성(佛性)을 익힐 재목이 아닌가 모르겠습니다."

"네? 불교요? 아닙니다. 불교에 관심은 있지만, 종교는 저에게 없습니다. 더구나 저 같은 기자들은 때로 속물근성이 더 많은 법이지요."

"이곳 동굴은 그리 깊은 동굴은 아니지만, 지금까지 이 나라의 정신을 이끌고 나간 수많은 고승들이 수양을 쌓았던 곳입니다. 그런데 이런 곳을 찾아와서 밤을 지내시는 걸 보니, 시주님에게도 어떤 기운이 있나 보지요?"

"옛 고승들이 기거하셨던 곳이라고 하면 누구나 다 호기심이 생기지 않겠습니까?"

"고승들의 육체는 사라졌어도 그분들의 정신은 기거하신 모든 물체에 깃들여져 있는 법이지요. 물질과 정신은 모두 하나입니다. 불교에서 물질과 의식의 구별은 없습니다. 억겁의 의식 속에서 물질이 탄생되었고, 탄생된 물질은 생명체로 진화되어 다시 새로운 의식을 만드는, 이 세상은 돌고 도는 것이지요. 요즈음은 양자역학에서도 항상 떠오르는 이슈가 아닙니까?"

"네?"

정준형은 갑작스레 그가 양자역학이란 말을 꺼내자 깜짝 놀라 스님을 쳐다보았다.

"하하. 무슨 말인지 이해를 못하겠습니까?"

월정 스님이 웃었다.

"아. 네. 물론 양자역학 책을 읽어서 물질과 정신이 관계가 있다느니, 우주는 홀로그램과 관계가 있다느니 하는 것은 알고 있으나, 그건 어디까지나 과학적 현상일 뿐……, 불교만 공부하셨을 것 같은 스님에게서 그런 말을 들으니……, 갑자기 이상하군요."

"요즘의 불교는 과학과 철학의 구분을 따로 두지 않습니다. 더구나, 사미계, 비구계를 거친 스님들 중에는 과학자들도 계시고, 교수님이셨던 분들도 계시고 그렇습니다."

"아, 그렇군요. 그런데 이 밤에 저를 찾아오신 이유가 무엇이지요? 혹시 밤하늘 촬영하는 것에 저처럼 관심이 있으신가요?"

"아닙니다. 전 시주님과의 만남이 불교의 연기(緣起)라 느껴 찾아온 것입니다."

"연-기요? 아. 인연이란 말씀이시군요."

"네. 역시 기자님이라 해박하시군요. 연기(緣起)란 불교어로 '말미암아 일어나는 것'이란 뜻이지만, 바로 이 세상을 올바르게 변하게 만드는 중요한 원천입니다. 모든 세상의 이치와 관계가 되지요."

"무슨 뜻인지 알겠습니다."

"그리고 사실 한 가지 부탁드릴 말씀이 있어서 왔습니다."

"부탁이라뇨?"

"실은 제가 모시고 있는 무운 큰스님께서 어떤 일들을 하고 계시는데, 최근 그 일들을 더 널리 알리기 위해서는 일간지 신문을 통해 기고문이나 그에 관한 기사들을 싣기를 원하십니다. 원래는 저희들이 간행하고 있는 불교신문에 실으려고 썼는데, 불교 신문보다는 일간지에 싣는 것이 옳은 것 같다고 말씀하셔서요. 저는 어떤 방법으로 그분의 글과 기사들을 일간지에 실을까 고민하던 중 마침 시주님께서 전화를 주시고 오늘 찾아오신 것입니다. 더구나 시주님의 눈빛을 대하는 순간 무슨 인연 같은 것이 느껴졌습니다."

"어떤 글인데 스님께서 불교신문보다 일반신문에 글을 내려고 하시는지요? 더구나 제가 편집장이 아니므로 꼭 글을 실을 수 있다는 보장도 없고, 신문에 실을 만한 기사가 되려는지 모르겠습니다. 그런데 무슨 글을 실으려 하시는 것이지요?"

"무운 큰스님께서는 몇 년 전부터 한국의 통일에 관한 준비를 해오고 계셨습니다. 어떻게 하면 통일 후 북한사람들의 마음을 안정시키고, 남한과의 갈등 없이 그들의 생각을 남한과 융합시킬 수 있는가 하는 그런 일들이지요. 그런데 지금이 바로 많은 인연 있는 사람들의 힘이 절실히 필요할 때라고 하시며 신문에 그 뜻을 알려, 인연 있는 자들을 모으는 것이 목적이라고 하셨습니다."

"통일을 준비하신다고요? 혹시 말씀하시는 큰스님께서는 정부 통일부처의 어떤 자문을 맡고 계십니까?"

"아닙니다. 무운 큰스님은 통일부와 관계가 없고, 과거부터 내려 온 호국불교의 가르침 때문에 스스로 뜻이 통하는 몇몇 분들과 함께 통일에 관한 준비를 하고 계십니다."

"호국불교요?"

"네. 불교에 귀의하신 분들 중에는 국가의 위험한 시기나 혼란한 시기에 정치에 참여하고 백성들의 삶을 돌보며 돕는다는 참여불교에 관심을 가지시는 분들이 있습니다. 제가 호국불교라고 지칭하였을 뿐, 과거 국가의 정치에 관여하는 스님이 계시듯, 지금도 그런 모임이 선조로부터 내려오며 은밀히 유지되고 있습니다."

"아, 불교에 그런 모임이 있나 보군요. 처음 듣는 이야기입니다."

"네. 그렇겠죠. 속세인들은 거의 모르고 있죠. 다만 정치에 관심이 있는 종교계의 사모임과 비슷한 것이라 생각하시면 됩니다. 헌데 그 모임에서 몇 년 전 판단하길, 남한과 북한이 분단된 지 삼 세대가 지나가게 되면 우리 민족의 영혼이 영원히 둘로 갈라진다며, 반드시 20년 안에 통일을 이루어야 한다고들 말씀하셨습니다. 그래서 그 책임을 맡고 계시는 송광사 무운 큰스님께서 여러 단체를 만나며 비밀리에 어떤 계획들을 하고 계시는데, 그 일이란 게 더디고 진척이 느려 아마도 언론의 힘을 빌려 세상에 알리려 함이신가 봅니다."

"언론에 알린다고요? 하시는 일이란 정확히 무엇을 말하는 것인가요?"

"큰스님들은 남북한의 통일을 가로 막는 것이 주체사상과 북한 주민들의 부족한 용기 때문이라고 하셨습니다. 순진한 북한 사람들을 세뇌시켜 독재자들을 마치 종교적 신처럼 떠받들게 만드는 주체사상과 탄압과 억압으로 그들을 짓누르는 공포정치, 이 두 가지를 스스로 깨고 싶어 하는 불씨를 북한 사람들의 마음에 심어주어야 한다고 하셨습니다."

"북한 사람들의 마음에 불씨를요?"

"네. 나중에 무운 큰스님을 만나시면 차차 알게 될 것입니다. 몇 년 전부터 사실 저를 포함하여 일부 불교계 인사들이 북한과 인접한 중국의 국경도시들을 오가며 많은 일들을 하고 계십니다. 하지만 어려움이 정말 많습니다."

"아직 남북한의 정세도 서로 좋지 않은데, 무운 큰스님께서는 통일을 이룰 수 있는 방법들이 있다고 생각하시나 보죠?"

"물론 지금 상황으로 어렵겠죠. 하지만 북한이 이미 시장경제 체제를 도입하여 이제 자유에 대한 눈을 뜨기 시작했다고 생각들 하고 계십니다. 통일이 되기 위해서는 북한 사람들의 통일에 대한 갈망이 임계치에 다다라야 하는데, 지금 곧 그 시기가 왔다고 합니다."

"통일을 바라는 임계치요?"

"네. 나중에 큰스님을 만나시면 그 분의 뜻을 저절로 알게 되실 것입니다."

"알겠습니다, 호기심은 생기는데, 그래도 너무 정치적인 글이면 편집장님이 싫어하실 텐데, 글이 신문에 꼭 실린다는 보장은 하지 못하겠군요."

"인간들의 모든 일들이 다 인연에서 시작되는데, 이번에 실리지 못하면 또 나중에 다른 곳에서 실리겠지요. 헌데 시주님과의 첫 대면에 왠지 인연이 있을 것 같아 이곳에 찾아온 것인데, 앞으로도 계속 그 인연이 이어질 것 같은 예감이 드는군요."

"……"

"기자님들은 세상사 많은 것들을 보고 느끼고 비판을 하므로 마음이 호수나 바다처럼 크고 넓은 세계일 것 같군요."

"아닙니다. 전 무언가를 담을만한 큰 그릇은 가지고 있지 않습니다. 그리고 대체로 기자들은 상당히 이기적인 편입니다."

"하하하. 알겠습니다. 그럼 제가 시주님을 처음 만난 기념으로 천지를 창조하는 방법을 가르쳐 드릴까요?"

"네? 천지를 창조하는 방법이라뇨? ……도대체 무슨 말씀이시죠?"

정준형이 이해하지 못하겠다는 표정으로 월정 스님을 빤히 쳐다보았

다. 월정 스님의 눈가에 장난기 섞인 웃음이 살짝 흘러갔다. 그는 주위
에 있는 나뭇가지를 하나 찾아 주워 들더니 엷은 불빛 사이로 땅 위를
몇 차례 툭툭 내리쳤다.

"자, 이 땅 위에 아무 것도 없지요?"

"네."

정준형이 홀리듯 대답했다.

"자, 그럼 자신이 신과 같은 창조주라 생각하고서 이 세상의 근원이
되는 물질들을 한 번 만들어 보시겠습니까?"

"네?"

"자신이 창조주라고 생각하고 물질들을 만들어 보라니까요?"

"물질들을 만들라니요?"

정준형은 황당했다.

"무(無)에서 유(有)를 창조해보란 말입니다."

"무(無)에서 유(有)를 창조하라고요?"

정준형의 얼굴이 흉하게 일그러졌다.

"도대체 무슨 말씀이신지……."

"못하겠나요?"

"……"

"하하. 처음엔 다 그러더군요. 저도 처음엔 어리둥절했으니까요?"

"그럼 스님도 이걸 다른 분께 배운 건가요?"

"네. 저를 가르쳐준 큰스님이 과거에 저에게 했던 행동입니다."

"아 그렇군요."

"그럼 제가 하는 걸 잘 보십시요. 먼저 이 땅을 시공간으로 생각하고
내가 그린 그림이 에너지라 생각하고 잘 주시해 보세요."

월정 스님이 나뭇가지를 들어 땅 위에 물결 모양의 파동을 그리기 시작했다.

"자, 이렇게 한쪽 파동만 그리게 되면 아무 것도 없던 시공간에 갑자기 이런 에너지 파동이 나타날 리는 없겠지요?"

그리고 이미 그려진 물결 모양의 그림 밑에, 같은 크기의, 방향이 반대되는 파동을 대칭적으로 그려 넣어 겉보기에 꽈배기 모양처럼 만들었다.

"자, 이렇게 밑에 또 다른 파동을 덧붙이니 그림이 대칭이 되지요? 그리고 위의 파동을 플러스 에너지로 생각하고, 밑의 그림을 마이너스 에너지로 생각하면 어떻게 되지요? 같은 크기의 음파가 부딪혀 사라지듯, 수학적으로 위아래가 합쳐져 영이 되지요?"

월정 스님이 정준형의 얼굴을 쳐다보았다.

"맞습니다. 그런데 이렇게 단순한 수학 놀음이 천지 창조와 무슨 관계가 있다는 것입니까?"

정준형이 알 수 없다는 듯 고개를 설레설레 흔들었다. 그의 표정은 의문으로 가득 차 있었다.

"관계가 없다니요. 잘 생각해보세요. 만약 아무 것도 없는 이곳에서 물질을 창조하라면 어떻게 하겠습니까? 당연히 서로 반대되는 에너지인 플러스 에너지와 마이너스 에너지를 만들어 서로 분리시켜 놓으면 되지 않겠습니까?"

월정 스님이 히죽 웃으며 나뭇가지로 반대편 손바닥을 탁탁 치며 말을 했다.

"플러스 에너지, 마이너스 에너지는 이해가 되는데, 그걸 어떻게 분리시킬 수 있다는 것이죠?"

"허허허. 그래서 창조주의 머리가 영리하다는 것이죠. 그는 먼저 에너지들을 무(無)라는 공간에서 분리해 내었습니다. 그런데 그 빈 공간에서 플러스 에너지와 마이너스 에너지를 둘로 딱 분리시켜 떼어놓으니 이 녀석들이 다시 합치려고 부르르 진동을 떨면서 발버둥을 치질 않겠습니까? 그래서 그는 요놈들! 하고 그 둘이 못 만나도록 진동하는 격차를 쫙 하고 벌려 놓았지요. 서로의 힘이 상쇄되지 못하도록 말입니다. 그런데 아뿔싸! 글쎄 이놈들이 진동하는 격차를 벌려 놓았는데도, 다시 결합을 하여 상쇄되려고 몸을 비비 꼬면서 서로 결합하려고 스르륵 회전을 하지 않겠습니까? 그래서 창조주는 그 두 놈을 완전히 분리시키려고 시간의 차와 공간의 차이를 두어 사라졌다 태어났다 반복하도록 만든 것이지요. 다시 말해 인력과 척력으로 서로 견제시키고 시공간을 비틀어 견우와 직녀처럼 만나지 못하게 한 것이지요. 헌데 요점은 이 태어난 힘들이 물질을 만들고 있는 현상인데, 그 물질이란 바로 무(無)에서 창조되었기에 우리가 보는 세계는 그림처럼 그려지는 형상이란 뜻입니다. 즉, 이 세상은 우리의 의식들이 각자 만들어가고 있는 단순한 의식 세계일 뿐이라는 것입니다. 아인슈타인이 말하듯, 빛의 속도가 일정하고 빛의 속도보다 빠를 수 없는 이유는 바로 이 세상이 빛의 속도로 그려지고 있는 현상에 불과하기 때문입니다."

월정 스님의 말에 정준형의 눈이 휘둥그레 해졌다.

"아 마치 과학자에게서 듣는 말씀 같군요. 스님의 말씀은 우주가 홀로그램이란 뜻과 같은 표현 이기는 한데, 그래도 스님께서 이런 말씀들을 하시니, 이상한 선문답 같군요……."

정준형이 수수께끼 놀음에 취한 사람처럼 말끝을 흐렸다.

"그렇게 생각하시나요? 그런데 정기자님은 이런 것들을 좀 더 배우고 싶지는 않으십니까?"

월정 스님이 정준형의 말을 끊으며 물었다.

"……이런 것들을 더 배우다니요?"

정준형의 눈이 다시 커졌다.

"조금 전 제가 말한 무운 큰스님을 말함입니다. 그 분에게 찾아가 일반 신문에 실으시려고 하는 글을 직접 받으시고, 또 왜 큰스님께서 그 글을 신문에 실으려고 하시는 지 들어보시고, 또 시간이 되면 그 분에게 이러한 가르침을 받아 보십시오. 불교와 관계가 없어도 인연이 되는 자에게 항상 큰 깨달음을 베푸시는 분이시니까요."

"……"

"일 때문에 바쁘실 테지만 오늘의 연기(緣起), 저와의 인연을 생각하시고 다음 주든, 그 다음 주이든, 토요일에 시간이 되시면 송광사 위쪽 천자암에 계시는 무운 큰스님을 찾아 가시길 부탁드립니다. 제가 큰스님에게 시주님께서 찾아뵈실 거라고 미리 연락을 드리겠습니다."

월정 스님이 일어나며 준형에게 합장을 했다.

"올라올 때 손전등을 가져왔으니 걱정은 하지 마십시오. 하하하. 무(無), 공(空), 불식(不識)을 깨닫는다는 것은 참 어려운 일이지요. 자ー 그럼, 다음에 또 인연이 되면 뵙겠습니다. 별님들 잘 관찰 하십시오."

월정 스님은 말을 마치고 엉덩이를 한번 툭툭 털더니 산 아래 어둠을 뚫고 휘적휘적 내려가기 시작했다.

어두운 산등성을 타고 흐르는 하얀 별빛과 엷은 달빛이 산 아래로 내려가는 월정 스님의 등을 어슴푸레 비추고 있었다. 정준형에게 그는 마치 세상 아닌 저편을 향해 걷는 것처럼 느껴졌다.

그는 어느새 구름 흐르듯 숲 속 오솔길로 사라져 버렸다. 정준형은 사라진 그의 뒷모습만 한참을 멍하니 쳐다보았다. 바람 한 줄기가 그의 얼굴을 스치고 지나갔다.

6. 지천명(知天命)

　송광사. 신라 말엽 혜린(慧璘) 선사가 창건한 이래, 보조국사 지눌에 의해 중건되고 수많은 고승들을 배출한 승보사찰.

　불교에는 세 가지의 보배가 있다. 그 중 첫 번째가 우주의 진리를 깨달은 부처님, 즉 불보(佛寶)로써 석가모니 부처님의 진신사리가 통도사에 모셔져 있다. 두 번째는 부처님의 가르침이라 할 수 있는 법보(法寶)로써 팔만대장경이 해인사에 봉안되어 있고, 마지막으로 세 번째, 부처님의 법에 따라 수행하는 스님들을 가리켜 보배라 하니, 송광사가 그 중 으뜸된 승보사찰이다. 송광사는 지금 조계종의 근본 도량으로써 그 역할을 다하고 있다.

　정준형은 송광사로 차를 몰고 오는 내내 깊은 생각에 잠겼다. 여전히 그의 마음속에서는 무운 큰스님과의 만남 때문에 낯선 도로의 흐름이 수상쩍기만 했다. 한줄기 햇살에 끌려가는 단세포 생물처럼, 정준형은 그저 멍하니 은빛 차에 몸을 싣고, 회색 빛 공간 속으로 몸을 던지고 있었다. 고속도로가 던져주는 이차원적 공간. 그리고 옆으로 스쳐 지나는 삼차원적 그림자들. 준형. 그는 환상 속을 질주했다.

　송광사 입구에 도착한 정준형은 차를 주차장에 세우고 가벼운 등산복 차림으로 걸음을 재촉했다. 송광사 입구에는 많은 사람들이 있었다. 사찰을 구경하러 온 단체 관광객들이 대부분이었는데, 가족단위로 온 소풍객이나 등산객들도 많았다. 송광사에서 선암사까지의 6.5Km 산행은 반나절 코스로 제격이다. 그래서인지 주말이면 인근 광주와 순천에서 찾아오는 사람들이 많았다.

개울 위로 무지개처럼 걸쳐 있는 청량각(淸凉閣)을 넘어 일주문(一柱門)을 거치고 나니, 웅장한 대웅보전(大雄寶殿)이 보이기 시작했다. 정준형은 사찰을 이리저리 구경할 틈도 없이 무운 큰스님이 계시는 천자암으로 서둘러 산행을 했다. 산길은 험준하지 않고 비교적 평탄했다. 이윽고 천자암에 다다르자 휘영청 늘어진 쌍향수가 뜰 바로 뒤쪽에 있었다. 엿가락처럼 휘휘 꼬며 곱게 늘어진 오래된 곱향나무였다.

이 나무엔 전설이 있다. 800년 전 보조국사와 그의 제자인 담당국사가 함께 중국에서 수도를 마치고 돌아왔는데, 이곳에 그들이 가지고 있던 지팡이를 그대로 꽂았다는 것이다. 그러자 신기하게도 그 두 개의 지팡이들이 모두 꽂힌 자세에서 서서히 땅에 뿌리를 내려 싹이 돋아 이렇게 풍성한 나무가 되었다는 것이다. 모양 자체도 신비스러운 나무였다.

정준형은 잠시 땀을 닦으며 향나무의 사촌격인 이 곱향나무의 비비꼬인 자태를 보고 있었다. 헌데 갑자기 등 뒤에서 노인의 쉰 듯한 목소리가 그의 귓가를 때렸다.

"이 나라의 복잡한 역사처럼 비비꼬인 나무지?"

정준형이 깜짝 놀라 뒤를 돌아다보았다. 노스님 한 분이 빙긋이 웃으며 그를 바라보고 있지 않는가.

"저 나무는 역사가 흘린 누흔(淚痕)이야. 눈물자국이란 뜻이지."

노스님이 다시 한 마디 했다.

"허허허. 자네가 월정이 말한 그 기자라는 시주님이군!"

"혹시 무운 큰스님이십니까?"

정준형이 고개를 숙여 인사를 올리며 물었다.

"그렇다네. 내가 바로 무운일세. 자. 일단 천자암 안으로 들어 가세나."

무운 큰스님은 정준형을 데리고 천자암으로 들어갔다. 천자암 안에는 낡고 조그만 책상 하나와 방석 2개가 정갈하니 놓여 있었다. 무운 큰스님이 먼저 안쪽 방석에 부처상처럼 앉았다. 그는 차를 따라 찻잔을 책상 위에 놓더니 어정쩡하게 서 있는 정준형에게 손짓하며 앉으라는 시늉을 했다. 정준형이 무운 큰스님 앞에 앉았다.

잠시 적막이 흐르고 방안을 두리번거리는 정준형을 물끄러미 바라보고 있던 무운 큰스님이 먼저 말을 꺼냈다.

"자네를 이곳으로 보낸 월정의 말을 들으니 자네가 기자라서 해박하다고 하더군. 마침 내가 하고자 하는 일이 있는데 자네가 큰 도움이 될지 모르겠구만."

"일간지 신문에 글을 올리는 것을 말함이십니까?"

"글을 올리는 일이야 작은 강물에 던지는 돌에서 이는 첫 물결의 시작일 따름이고, 정작 중요한 것은 그 물결이 멈추지 않고 바다로 나아가게끔 도와주는 역할을 할 수 있는 인물들을 구하는 것이지."

"네? 무슨 뜻인지 잘 모르겠습니다."

"그래? 내가 우리 고승들이 선조로부터 배워 온 전언(傳言) 한 가지를 알려주지."

"전언이요?"

"불교계 고승들이 제자들에게 가르쳐 내려 온 말씀을 말함이지. 사실 우리 한민족은 선천적으로 이 세계를 중흥시킬 기운을 가지고 태어났다네. 아직은 그런 기운을 감지하지 못하고 있지만, 한민족 개개인의 내면에 자리 잡은 집단의식이나 집단무의식에는 아주 성스러운 착한 기운이 감돌고 있다는 말일세. 한단(桓檀)시대의 유구한 상고사(上古史)부터 내려온 홍익인간(弘益人間)의 민족정신은 사실 진정한 민주주의의 깊은 뿌리와 같은 것이지."

"착한 정신을 가진 민족이란 뜻이군요."

"그렇지. 그런데 이제는 이 나라의 인재들이 그러한 뿌리에서 오는 정신적 순수함을 가지고 점차 지구 곳곳으로 뻗어 나아가야 할 시기가 왔어. 그리고 반드시 그러한 분위기를 만들기 위해 준비되어야 할 것이 남북한의 통일이야. 우리 민족의 번영과 미래를 위해서는 남북한의 통일이 필요충분조건이란 뜻이지."

"통일이야 모두가 바라는 것 아니겠습니까? 헌데 이 자리에서 저에게 그 이야기를 갑자기 꺼내시는 것은……."

"자네도 그 일익을 담당해야 한다는 뜻일세."

"제가요? 물론 한국인으로써 통일 과정을 돕고 싶지 않은 사람이 어디 있겠습니까? 하지만 그건 정치와 크게 관여되는 것이고……."

"자네의 직업에서 우리를 도울 수 있는 방법들을 이용해주라는 말일세."

"아! 그런 뜻으로 말씀을 하신 거군요."

"지금의 난국은 과거 고려와 비슷하다네."

"고려요?"

"그렇지. 수십 년간 몽고와 투쟁을 벌인 고려인들은 고구려, 백제, 신라 모두가 고조선에서 나온, 같은 민족의 한 공동체라고 외치며 어지러운 난세를 돌파하려 했지만, 결국 자신들의 영욕과 명예를 얻기 위해 혈안이 되어 나라를 망쳤지. 그리고 백성들 역시 그들을 이끌어 줄 사람을 찾지 못한 체, 자신들만 살기 위해, 서로를 물어뜯으며 아귀다툼만 벌였고, 결국 멸망의 길로 나갔지. 지금 남한과 북한의 국운이 그때와 비슷하다는 것이야."

"대치상황에 있는 남북관계가 위험하다는 뜻이군요."

"그렇다네. 지금 남북한의 정치적, 군사적 대치 상황이 언뜻 보면 과거보다 더 나아진 것 같지만, 사실은 쉽게 터질 수 있는 풍선처럼 아주 위험한 경지에 다가와 있다네. 더구나 정치적, 경제적 이익에 눈 먼 정치인들에 의해 통일에 대한 국민들의 희망마저 무의식 속으로 깊숙이 숨겨져 억눌러져 있지. 그러한 대치적 상황을 깨트리고 통일에 대한 희망이 갈등과 어려움을 뚫고 나와야만 실질적인 통일이 가능하다네."

"하지만 남북관계의 해결은 강력한 공산당에 지배되는 북한의 태도 변화에 있는데 남한사람들이 아무리 힘을 기울인다고 만족할만한 결과가 있을까요?"

"허허. 어찌 같은 민족을 두고 남북을 구별하여 일을 행한단 말인가. 통일을 이루려면, 한민족의 번영을 바라는 남북한 모든 민족의 무의식적 에너지를 진동시켜야만 한다네. 모두의 마음에 왜 꼭 통일이 필요한 지, 왜 한국이 통일국가가 되어 세계로 나가야 하는 지, 다가올 역사의 진실을 깨닫고, 모두에게 거부할 수 없는 희망적 공명을 일으켜야 한다는 말일세."

"민족의 의식에 공명을 일으킨다는 말씀은 무슨 뜻이죠?"

"카오스 이론처럼 통일을 추구하는 사람들의 마음이 모든 사람들의 마음속에 깊은 영향을 미쳐야 한다는 뜻이네."

"작은 시작으로 큰 결과를 일으키게 한다는 말씀이로군요."

"맞았네. 그게 바로 자네가 참여해 줘야 할 일이고 월정이 자네를 나에게 보낸 이유이지."

"큰스님과 월정 스님처럼 많은 스님들이 통일에 대한 일들을 자주 논하시는가 보군요."

"통일을 논하는 게 아니라, 선조로부터 내려오는 가르침이라네."

"네? 그런 가르침이 내려온다고요?"

"인간들의 정신 수준은 우주의 마음과 놓고 비교해 볼 때 아직 원시 단계를 벗어나지 못했다네. 인간들의 정신 체계가 몇 백만 년 전 원시 인들이 가졌던 체계와 별반 다를 바 없다는 것이네. 비록 풍요롭게 물질들을 다루고, 습득한 지식들도 많아져 생활에 편리한 문화는 발달시켰을망정, 역사를 변화시키기 위한 집단의식과 집단무의식에 자극을 줄 수 있는 촉매 역할을 할 수 있는 활동가가 아직 턱없이 부족하지."

"촉매 역할을 하는 사람들이 필요하다고요?"

"그렇다네. 개인들의 병렬방식인 두뇌의 작용처럼 모든 인간들의 집단무의식이나 집단의식도 병렬방식으로 연결되어 진화된다네. 그러한 진화가 역사를 바꾸고 인간들의 문화에 변화를 주는 것이지. 난 나의 스승으로부터 그러한 방법을 익혔으며, 나의 스승은 또 그분의 스승에게서 배웠고, 이제 그러한 대물림 방식은 얼음 속에 갇혀있는 수많은 인재들을 깨우게 해, 세상 밖으로 나와 활개를 치게 만들 것이네."

"큰스님께서 신문에 실으시려고 한 글이 이런 것에 관한 것인가요?"

"굳어버린 자네의 마음 역시 얼음 속에 갇혀 있군."

"네?"

"흐음! 얼음을 깨기 위해 그대의 얼음을 두드리면 그 얼음을 담고 있는 그릇이 깨지는 법, 말로써 그대의 그릇에 담긴 얼음을 녹여야 하는데 어디서부터 시작을 하지?"

"무슨 말씀이신지……."

"허허. 자네는 세상 살아가면서 생겨나는 고뇌를 어떻게 해결하고 있는가? 돈에 대한 갈등, 사랑에 대한 갈등, 명예에 대한 그런 것들 말이네."

"부자가 되고 유명해지는 것 말인가요? 그야 누구든지 자신의 본분에 맞게 열심히 살아가는 것이 아니겠습니까? 자신이 하고 싶은 일들을 열심히 하다 보면 부수적으로 따라 오는 것, 누가 욕심을 부린다고 되는 일이 아니지 않습니까?"

"그래도 욕심이 생기면 어떻게 하나?"

"무의식에 가두어 놓는 게 좋겠지요."

"무의식이란 심연(深淵) 속에 갈등을 유배시킨다? 마음속을 더 넓게 하려 하지 않고 그냥 잊어버린단 말인가?"

"어떠한 갈등도 받아들일 수 있게 마음을 크게 하라는 뜻인가 보군요."

"바로 그렇다네. 자네가 하늘같은 넓은 마음속 공간을 가지면 좋겠네. 넓은 바다가 어떠한 풍랑을 만나도 쉽게 받아들이듯, 마음속 세계가 넓어지고 깊어져야만, 외부의 어떠한 자극도 넉넉히 포용할 수 있는 것이라네. 바다가 넓으면 인생이란 소용돌이가 만들어 내는 원심력과 구심력을 예측할 필요가 없고, 바다가 깊으면 어느 한 부분에서 흐르는 물살의 속도나 깊이에 큰 신경을 쓸 필요가 없다는 것이지. 그리고 앞으로 만물을 서로 연관을 지어 바라보는 마음의 눈을 갖길 바라네."

"마음의 눈이요?"

"그렇다네. 난 부처님의 설법을 기둥으로 삼고 있네. 불법이란 어떻게 보면 심신을 가라앉히고 마음을 다스려 주는 선정사상 같지만, 심즉시불(心卽是佛), 즉 마음이 곧 부처란 뜻이 가장 진실된 불교의 진리라네. 자넨 불법을 배우진 않았지만, 자연과 인간이 하나가 되고 모든 만물의 기가 서로 통해있다는 것을 깨우쳐야, 자네가 하고 있는 모든 일들이 소중하고 자네의 존재적 가치가 무궁무진하다는 것을 알 수 있다네."

"휴— 저에게 어떤 일을 시키시려고 이렇게 어려운 대화를 통해 제 마음의 문을 열려고 하시는 거죠?"

"사람을 사귀는데 이성적인 대화만큼 효과적인 것도 없지!"

무운 큰스님이 빙그레 웃더니 조용히 말을 계속했다.

"저 앞에 있는 나무나 풀, 그리고 그 주변을 날아다니는 곤충이나 새들까지 모두가 다 상호 연관되어 있는 인연을 가지고 있지. 자네 주변에 일어나는 모든 일들과 자네의 주변에 있는 흙과 바위, 흐르는 물조차 모두 자네와 연관되어 있다네. 나는 어린 시절 고아로 자라고 가난하여, 불가에 귀의하기 전까지 내가 만든 울타리에 갇혀 살았었지. 스스로 부자인 자와 가난한 자를 나누고, 종교를 분리시키며, 인생마저 선과 악의 개념으로 이분화 시켜버리는 큰 우를 범하였지. 하지만 나중에 비구계를 마치고 나를 가르쳐주신 큰스님에게서 불법을 배운 후, 비로써 모든 경계가 바로 내가 만들어 내는 허상임을 깨달았다네. 인간들이 가지고 있는 함정은 바로 자신이 만들어 낸 울타리와 경계선인 것이지. 자네는 내 제자가 아니지만, 나와 일을 같이 하기 위해서는 이런 기본적인 생각들에 대해 동조할 수 있는 마음가짐을 품고 있어야 한다네. 그래서 내가 이렇게 자네의 마음속 문을 목탁처럼 두드리고 있는 것이야."

"처음 만난 저에게 이런 말씀을 하시는 이유가……."

"자네의 눈빛 속에 있는 선(禪)에 대한 의지를 느꼈기 때문이네. 그리고 자네와 나와의 만남은 필연이야. 모든 삶의 원리란 연기(緣起)와 무시무종(無始無終)에서 오는 인연의 결과와 변화에서 오는 것이라네."

"무시무종이라면?"

"처음과 끝이 다 하나라는 이야기야. 나와의 만남이 곧 시작이 되며, 자네가 앞으로 해야 할 일들이 곧 끝이 되면서, 또 다른 결과를 만들어 내는 시작이 된다는 뜻이지. 자네가 내 이야기를 듣고 내가 하는 일들이 이 세상을 위해 행하는 올바른 일이라는 생각이 들면, 앞으로 나와 같이 행동해 주길 바란다는 뜻이네"

"……기자인 제가 큰 스님께 포섭되어지는 것 같군요."

"포섭이 아니라 부탁이지. 자넨 체계적인 교육에 의해 논리적인 의식세계만 발달되었기에, 무한한 가능성의 원천인 무의식의 세계를 알지 못하지. 비록 자네가 내 제자는 아니지만, 나와의 인연을 생각하여 자네의 마음속에 존재하는 무의식의 힘을 틈틈이 설법으로 일깨워주겠네."

무운 큰스님이 마른기침을 한 번하더니 잠시 골똘히 생각하다가 책상에 있는 찻잔을 들며 차를 마셨다.

"목이 마를 터이니 차를 한잔 마시게나."

"네……."

정준형은 대답하고 두 손으로 차를 들고 마시며 방안을 천천히 살펴보았다. 조그만 방이지만 무척 깔끔하고 정갈했다. 그러다 문득 큰스님 뒤 벽에 걸려있는 족자에 눈이 갔다.

"큰스님. 저 족자에 써진 글들이 무슨 뜻이지요?"

정준형이 손을 들어 벽 뒤를 가리켰다. 큰스님이 고개를 돌려 벽을 바라보았다. 족자에는 한문으로 써진 시 두 편이 걸려있었다.

"얼마 전 입적하신 나의 스승님께서 나를 위해 써 주신 글과 게송(偈頌)이지. 나는 나이 삼십이 다 되어 오십을 바라보시는 스승님을 만나 이곳에서 수련을 시작했지. 아마도 자네가 저 뒷글을 명심한다면, 자네의 생각에 큰 도움을 줄 것이네."

무운 큰스님이 준형에게 족자에 새겨진 글의 뜻을 설명해 주었다.

有而無者 師之形 (유이무자 사지형)
無而有者 師之神 (무이유자 사지신)
欲知師者 求之於 (욕지사자 구지어)
形神之外 有無之間 (형신지외 유무지간)

있으면서도 없는 것이 바로 스승의 형체요
없으면서도 있는 것이 바로 스승의 정신이다.
스승에 대하여 알고자 하는 욕구가 있다면
신체와 정신의 바깥인 유와 무의 사이에서 구해야 할 것이다.

諸佛多神 同是幻(제불다신 동시환)
若求實相 人之心(약구실상 인지심)

부처나 신으로 불리우는 모든 것들이 다 허상이고,
실상을 찾아보면 모든 것이 다 인간의 마음이로다.

"좋은 글귀이군요!"

"그렇지!"

"그런데 큰스님. 제가 큰스님을 위해 해야 할 일이 무엇인 것이죠? 큰스님께서 저에게 이런 말들을 하는 이유가 어떤 일들을 함께 하기 위해 말씀하시는 것인가요?"

"내가 왜 불제자가 아닌 자네에게 관심을 보이는 지, 한 가지 원리만 더 깨우치게 만들고 그 이유를 가르쳐 주겠네."

"……"

"자네는 박테리아나 바이러스가 어떻게 진화를 하는지 아는가?"

"네?"

"전 세계에 퍼져있는 박테리아나 바이러스들이 정기적으로 유전정보를 교환하며, 지구 전체에서 단일한 유전자 중심영역이 유지될 수 있도록 교류한다는 사실을 알고 있나?"

"진화라는 게 단순히 돌연변이에 의해 일어나는 것이 아닌가요?"

"돌연변이에 의한 변화뿐만 아니라, 서로 다른 환경에서 터득한 정보와 새로운 변화된 물질의 발견에도 반응하며, 수많은 그들만의 그물망 연결 시스템에 의해서 조화되고 변형되며 스스로 개발되어지고 있는 것이라네. 인간들의 세상도 이와 똑같네. 어느 한 개인 또는 집단의 자극이 다른 개인 또는 집단에 연쇄적 반응을 일으키며 사회적 현상을 일으키는 법이지. 아주 단순하지만 절대적인 자연법칙과 똑같은 것이라네. 그런데 그 자극을 위해서는 처음 일으키는 자의 노력과 희생이 반드시 필요한 법이지."

"……큰스님도 월정 스님 못지않게 과학에 해박하시군요."

"허허허 그렇게 생각하는가? 아무튼 인간들의 의식이란 깨어 있을 때의 마음 작용이나 상태라고 했네. 다시 말해 자신이나 외부세계의 변화를 총괄적으로 판단하고 분별하는 이성이란 뜻이지. 하지만 현재의 인간들은 인간들의 의식 속에 서로의 정신을 교감할 수 있는 잠재능력이 있다는 것을 알지 못한다네. 한 인간의 독특한 생각이 전체 인간에게 퍼져 나가는 원리를 알고 있지 못하다는 뜻이야. 이 세상을 만들어 가는 이치는 모두 자연과 영혼의 되먹임 시스템에 의해서 만들어 가는 것이라네. 한 인간의 생각이 집단의식을 자극하고, 또 그 집단의식은 새로운 역사를 만들고 한 단계 상승하는 진화를 이끌어 내지. 그럼 집단의식은 개인의식들에게 어떻게 변화된 집단의식의 정보를 전달해 주는지 알겠는가?"

정준형은 말문이 막혔다. 큰스님의 말을 들을수록 미궁에 빠진 듯 했다. 인간들의 배후에 있는 집단의식은 대체 무엇이고, 그 융합된 의식이 인간들 개개인에게 어떤 방법으로 접촉을 시도하고 있다는 것인가……. 무운 큰스님의 말은 너무 어려웠다. 잠시 뒤 무운 큰스님이 정준형의 침묵에 화답하듯 목소리를 조금 높여 말을 이었다.

"집단의식의 접근방식은 바로 우리들이 일상생활에서 흔히 느끼고 있는 영감(靈感) 또는 아이디어라네. 영감(靈感)이란 창조적인 일의 계기가 되는 기발하고 참신한 생각들을 말하지. 그런데 집단의식은

이 영감(靈感)을 통해 인간들의 창조능력을 이끌고 있으며, 인간들의 생활 속에 교묘히 자리 잡고 있다네. 영감(靈感)이나 아이디어는 인간들의 의식진화를 이끌어 온 근원이라네. 인체로 따지면 일종의 효소의 촉매작용과 같은 것이야. 하나의 아이디어가 또 다른 아이디어를 낳고, 그렇게 탄생된 또 다른 아이디어는 더욱 더 진보된 아이디어를 낳는 것. 이런 기어의 맞물림 같은 현상이 바로 집단의식이 가장 좋아하는 개인의식에 대한 접근방법이라네. 즉, 한 마디로 '영감(靈感)이란 집단의식의 개인의식에 대한 작용이다' 라고 말할 수 있는 것이지. 이제 내가 자네의 의식을 왜 깨우치려 하는 지 그 이유를 알겠지? 한 사람의 변화된 생각은 전체 집단의 변화를 일으킬 수 있을 정도로 크다는 것을 자네에게 알려주려 함이고, 자네가 우리의 일을 하는데 도움을 줄 수 있을 거란 생각에 이 깨우침을 전달하는 것이네. 나는 자네가 백의민족이라는 한 집단을 지배하는 뇌세포의 자극적인 존재로 마음가짐을 바꾸길 원하네. 자네의 그런 마음가짐을 바꾸기 위해서는 내가 한 말들을 모두 이해하고, 자네의 마음의 문을 집단의식에 열어놔야 하네. 그래야 자네의 무의식적인 힘이 사용하고 있지 않은 뇌세포 기능을 활성화시켜, 깨어나지 못한 집단의식에 일어나라고 외치는 자극적 매개체가 될 수 있다는 뜻이네."

"저에게 기자라는 직업 외에, 어떤 운명 같은 또 다른 인연을 받아들일 준비를 하라는 말씀 같군요."

"그렇다네. 나는 인간들의 운명(運命)이라는 것을 믿고 있지. 인간들의 배후에 있는 집단의식이란 존재를 믿고 있기 때문에, 개인들의 생활에 항상 어떤 영향력을 행사하고 있는 그런 존재를 생각하며 그 집단의식이 미래를 위해 어떤 방향으로 나아가야 할 지 충고를 주길 원한다네. 과거 정치에 관여하는 모든 고승들이 사실은 이러한 원리를 터득하고 나서 주변사람들을 설득하여 나라의 운명을 변화시키려 한 것이라네.”

“큰스님의 이러한 사람 섭외 방식이 바로 고승들이 과거에 행했던 기본 방식이란 말씀입니까?”

“그렇다네. 운명이란 단어는 결코 낯선 것이 아니라네. 운명이란 것은, 집단의식이란 모체가 자신의 발전을 위하여, 이전 단계의 개인의식에게 자극을 주어 진화하는 메커니즘의 하나일 뿐이라네. 대부분의 인간들은 자신의 깨달음이나 어떤 영감이 갑자기 스쳐 가는 자신 스스로의 생각이라고 여기는데, 사실 그것은 신비스러운 집단의식의 자체 발현의지일 뿐이라네. 과거의 고승들은 그러한 집단적 사유(思惟) 에너지의 흐름을 간파하였었고, 그 흐름에서 얻은 지혜로, 생명계의 의식변화를 깨닫는데 주력해 왔다네. 하지만 지금은 모든 개인의식들이 돈을 추구하는 현실에만 너무 치우쳐져 있어, 과거에 비해 정신에너지가 더 약해져 있다네. 집단의식에 큰 문제가 없을 경우, 개인의식들과의 상호 공조 상태로써 조화를 이루어 나가지만, 지금은 불협화음 시대이므로, 강력한 생명계의 본성(本性)이 촉매작용을 하는 뛰어난 매개적 이성(理性)들의 탄생을 강력히 원하고 있는 상태이지. 난 그걸 최근 몇 년 전부터 느끼고, 그런 집단의식의 욕구에 맞게 많은 이들을 선택해, 그들의 능력에 맞게 통일을 위한 작업에 배치시키고 있다네.”

“통일을 위한 배치라고요?”

“그렇다네. 통일.”

“……”

“과거, 현재, 미래의 시공간은 하나이고, 인생이란 각 개인의 상황에 따라 창조되어지는 경험의 하나인데, 자장 율사, 진표 율사, 도선 국사와 나를 가르친 스승님들의 깨달음이, 아마도 자네와 접한 나와의 대화로 인해 그대에게 흘러가 우리 민족을 위해 작은 일들을 해주길 바라네."

"큰스님의 말씀은······"

"지금은 한민족이란 집단의식이 나에게 통일에 대한 기회가 왔다는 느낌을 강하게 내뿜고 있다네. 그래서 나는 반드시 이런 일들을 해 나갈 인물들을 간추려내어, 깊은 잠에서 깨어나게 하는 역할을 해야만 한다네. 비록 자네와의 인연은 월정에게서 시작되었지만, 월정의 정신세계 역시 나에게서 흘러가는 인연의 한 축이므로, 자네 역시 나와 얽힌 운명이라는 새로운 느낌을 깊이 간직하길 바라네. 이것을 자네에게 줄 터이니 여기서 하룻밤 묵으며 읽어보고 생각을 해보게나. 세상이 바뀌려면 많은 사람들의 생각이 어느 한계점을 넘어야만 한다네. 역사가 시작되는 모든 시작점에는 그걸 바라는 많은 사람들의 마음이 실려 있는 법이지. 그러한 시작점을 일으키고 전달시키는 인물들이 중요하긴 하지만, 그 한 점을 물결처럼 파동으로 변화시켜 넓게 전파시키는 더 많은 사람들의 힘이 꼭 필요한 법이지. 이 글이 신문에 실리든 안 실리든 자네와의 오늘의 인연은 나에게 큰 삶의 일부분이라네. 나의 스승님께서는 한국의 통일이 3세대 안에 이루어지지 않으면, 총체적 민족 의식에 큰 상처를 입고, 민족이 두 갈래로 나뉘게 된다고 하셨지. 독일이 통일 되었을 때, 동독인들은 서독인들이 돈만 알고 이기적인 사람들이라고 욕했고, 서독인들은 동독인들을 거지 근성처럼 게으르고 책임감이 없는 나태한 사람들이라고 비난했다네. 한국의 통일이 더 늦추어진다면, 한민족의 역사는 평생 두 갈래로 나뉘어져 흐르게 될 것임을 나는 알고 있다네. 지금 한민족의 집단의식은 나에게 이 글을 퍼뜨리라고 강력히 요구하고 있다네. 나의 업보이지만, 그만큼 한국의 정치적 상황이 지금 풍전등화와 같은 혼돈 앞에 있다는 뜻이야."

그때 멀리서 은은하게 송광사의 예불 시간을 알리는 종소리가 들렸다. 무운 큰스님이 조용히 눈을 감았다가 정준형을 지긋이 바라보더니 말을 이었다.

"아래 송광사에서 들리는 종소리를 들었는가? 아무것도 아닌 쇳덩어리에서 나오는 종소리이지만, 저 음향은 많은 중생들을 깨우치는 힘이 될 수도 있다네. 바로 무에서 유가 탄생된다는 진리를 말함이야. 난 그래서 종고루(鍾鼓樓)에서 울려 퍼지는 네 가지 소리를 좋아한다네. 소리가 큰 북소리는 네 발 달린 짐승들을 깨우치기 위함이요, 목어(木魚)는 물짐승들을, 그리고 운판(雲版)은 날짐승들을 위한 것이고, 범종의 울음소리는 천상천하와 지옥까지도 제도할 수 있는 큰 울림이지. 물짐승, 날짐승, 인간들이 모두 하나이므로 평화롭게 어울려 살라는 가르침의 종소리야. 우리에게는, 비록 체제가 틀리고, 다툼을 하고, 생각이 틀릴지언정, 모두를 해탈시키기 위한 종소리를 일으키는 그 힘이 꼭 필요한 법이지. ······자, 난 이만 내려가야겠다. 이곳에서 편히 쉬고 내일 아침에 떠나게나. 난 아래 송광사에 가서 잠을 청할 것이니, 불편 한 것이 있으면 바깥에서 서성이는 나의 제자에게 말하게나. 나중에 월정이 다시 자네에게 연락을 줄 걸세."

무운 큰스님이 품속에서 곱게 접어진 종이를 꺼내 정준형에게 주며 빙그레 웃었다. 정준형은 아무 말도 못하고 그 종이를 받아 들었다. 무운 큰스님에게 무언가 더 물어보고 싶었지만, 말도 잘 나오지 않았고, 정녕 그가 더 묻고 싶은 것이 무엇인지 명확히 생각도 나질 않았다.

그는 무운 큰스님을 따라 일어나 밖으로 나갔다. 큰스님이 천자암 밖에서 준형의 어깨를 잡으며 다시 다정한 눈길로 말을 건넸다.

"모든 인간들의 마음이란 그물망처럼 연결되어 있다네. 하지만 그 그물망이란 구조는 위대한 선장이 나타나 큰 바다에서 잘 이용하여야지만 큰 고기를 잡을 수 있는 것이라네. 난 자네가 선장이 되는 법을 터득했으면 한다네. 일체유심조(一切唯心造)란 말을 잘 기억해 두게나. 모든 것은 마음에 달려있다네. 삶의 묘법은 바로 이 마음 다스림에 있다는 뜻이야. 허허. 마음이 다스려지는 모든 곳이 다 부처님이 계시는 죽림정사(竹林精舍)라 할 수 있지. 자네 역시 부처의 마음을 보길 바라네. 허허허."

무운 큰스님이 말을 마치고 폭죽처럼 호탕한 웃음을 하늘로 쏘아 올렸다. 그리고 메아리가 채 끝나기도 전, 그는 가파른 산비탈을 평탄한 들길 가로지르듯 성큼성큼 걸어 내려갔다.

"큰스님……."

무운 큰스님이 떠나가 버린 자리에 정준형은 홀로 서서 멍하니 하늘을 쳐다보았다. 하늘에는 미리 나온 창백한 낮달 하나가 노을빛을 받으며 공간 속을 떠돌고 있었다. 쌍향수를 헤치고 나온 엷은 바람 한줄기가 그의 몸을 휘감고 사라졌다.

7. 작시성반(作始成半)

편집부장이 정준형을 쳐다보더니 말했다.

"이 글이 정말 자네가 말한 송광사 큰스님께서 쓰셨단 말이지?"

"네 그렇습니다."

"북한의 정권이 없어질 경우, 땅과 자원을 포함한 북한의 모든 재산을 북한사람들에게 골고루 나누어 주어, 남한보다 더 잘 사는 세상을 만들자는 뜻 같은데……."

"맞습니다. 통일 후 북한 전체 재산을 정부를 완전히 배제하고, 국민들이 전부 나누어 가진다는 뜻이죠."

"대단한 생각인 것 같군! 하지만 이런 방식이 통하려나?"

"글쎄요. 북한 사람들에게 통일이 되면 남한보다 더 잘 살수 있다는 희망을 주려고 한 것 같은데, 얼마나 효과가 있을 지는……."

"통일을 대비해 북한의 모든 땅을 북한사람들에게 균등하게 돌아갈 수 있도록 미리 암묵적인 부동산 데이터를 만들고……, 또 그 가격은 남한과 동일한 땅값으로 매겨져 그들에게 부동산 가치를 인정하고, 훗날 부흥의 기회를 줄 수 있는 마을공동자산이 되도록 한다. 그리고 그 자산은 통일 후 일정기간이 지나면 각 가정별로 분배하여 사유재산화 한다……. 정말 통일 후 꼭 필요한 재산분배 과정이라는 생각이 들기는 하는데, 사유재산 자체를 거부하는 공산주의를 어떻게 이런 문서 하나로 바꿀 수 있다는 것인지……, 게다가 북한 사람 모두를 노예처럼 꽉 잡고 있는 공산당의 공포정치를 어떻게 변화시킬 수 있다는 것인지 도무지 이해가 되질 않는군. 불법을 배우시는 스님께서 자비나 베품에 대한 글은 쓰시질 않고, 이런 정치적인 글을 기고하시다니……, 정치인이나 교수님도 아니고…….”

“북한 사람들에게 통일이 되면 잘 살수 있다는 강력한 메시지를 주려는 일이겠죠.”

“강력한 메시지?”

“네. 자신의 행복과 가족의 미래를 위해서는 통일이 꼭 필요하다는 희망이죠. 정부의 어떤 간섭도 없이, 북한의 모든 재산이 통일 후 분배된다는 확신만 있다면, 북한 사람들은 어떠한 희생을 치르더라도 통일을 위해 엄청난 노력을 기울이게 될 것입니다. 사실 지금 북한 사람들에게는 먹고 사는 것이 가장 큰 문제인데, 통일이 되어 자신들만의 재산이 생기게 되고, 미래의 모든 사업이 공동체와의 번영으로 함께 부자가 될 수 있다는 가능성이 주어진다면, 그게 바로 그들이 꿈꾸는 세상이 아니겠습니까? 아주 큰 희망인 것이죠.”

“흐음! 하지만 그건 단순한 이론일 뿐, 과거부터 지금까지 자유를 억압당한 북한의 많은 사람들이 항상 자유와 부에 대해서 생각해 왔던 것이 아닐까? 감히 아무도 나설 수 없기에, 아직까지 공상당의 절대적인 힘에 눌려 있기에, 아무 말 못하고 저렇게 살고 있지 않는가? 더구나 요즈음 김정은 체제에 들어서는 북한의 장마당이 활성화 되고 있고, 각 가정에게 농사짓는 땅을 분배하여 자율적으로 농사를 짓게 하는 가정영농제를 실시하였고, 또 기업도 일정 비율 이상은 기업이 가져가도록 하는 자율기업제를 시도하여 점차 변화된 모습을 보이고 있으므로 지금 큰스님께서 계획하는 것들이 안 먹혀 들어갈 지도 모르지.”

"무운 큰스님께서는 북한이 중국처럼 자유시장경제 체제가 되면서 공산주의가 더 확고해질 경우, 한민족은 영원히 두 갈래로 나누어진다고 생각하시더군요. 북한에서 실시하는 자유시장경제나 남한 정치인들이 말하는 흡수 통일에 대한 구상은 북한 사람들에게 완전한 자유와 부를 줄 수 없다고 말씀하셨습니다. 자유에 대한 깨달음은 실질적으로 그들이 가난에서 벗어나고, 재산이 생기며, 행복을 누릴 수 있는 희망의 불씨가 있어야 생긴다고 말씀하셨습니다. 북한 사람들의 마음속에 꼭 통일을 바라는 마음이 생겨야 하고, 또 통일이 된 후에도 무너진 북한 정권이나, 남한의 어떤 정치적 의도도 없이, 모든 것이 북한 사람들의 몫으로 할당되어, 후일 북한이 정말 잘 살고, 자유롭고, 배부르게 된다는 것을 믿을 수 있게끔, 정치적 진정성을 심어주는 것이 통일의 시작이라고 했습니다."

"아마도 큰스님은 통일이 곧 된다고 생각하시고 있는 것 같군."

"네 맞습니다. 북한 사람들의 통일에 대한 갈망이 어느 정도의 임계치를 넘게 되면, 그것이 곧 역사의 흐름을 바꾸게 된다고 생각하시더군요. 큰스님께서는 이제 곧 그러한 시기가 되었으며 한민족의 통일시대가 다가오고 있다고 하시며, 통일이 되기 위한 준비들을 하나씩 해나가야 한다고 말씀하시더군요."

"그래도 난 믿지 못하겠네."

"왜죠?"

"지금껏 남북화해를 위해 그렇게 많은 사람들이 노력했고 평화를 바라는 데도, 남북한의 대치상황은 지속되고 있고, 서울을 불바다로 만든다고 수시로 외치는 저들을 어떻게 변하게 만든단 말인가? 통일이 되면 북한의 모든 땅과 재산을 기본적인 도로망, 공원 등을 제외하고, 북한 사람들에게 골고루 나누어준다는 것 하나로 어떻게 저들의 마음을 바꿀 수가 있고, 저들에게 희망이 생긴다는 것인가?"

"통일이 된 후에는 자기가 살고 있는 마을의 모든 땅이 마을 사람들의 공동사유재산으로 편입이 되고, 그들이 행하는 공동사업에서 나오는 이익들을 그 마을 사람 전부에게 가구별로 균등하게 분배하고, 또 남한이나 외부의 어떤 세력들이라도 그걸 절대적으로 부인하지 않는 암묵적인 합의가 있다면, 이미 북한 사람들에게는 세계 어느 나라도 해본 적이 없는 국가의 모든 재산은 모든 국민의 소유라는 미래지향적 공동자산이 생기는 것이라고 했습니다."

"음! 아마도 북한 공산당 자체가 사유재산을 반대하므로, 당연히 공산당 정권이 무너지는 것만이 그들의 미래를 보장해주는 것이라는 설득인 것 같군."

"그렇습니다. 현재 남한 정부가 있기는 하지만, 북한의 내부적 변화에 의한 자산분배는 남한에서 왈가왈부 할 수 없는 입장입니다. 비록 흡수 통일 후, 남한 정부의 북한에 대한 재산권 행사 계획도 있기는 하지만, 북한 사람들을 위해서는 절대 그렇게 해서는 안 될 것 같다는 생각이 듭니다."

"평화와 질서를 유지시키기 위해서는 정부에게 권력과 부가 넘어가는 것이 맞기는 하지만, 아무튼 만약 큰스님이 생각하는 것처럼 북한이 변화된다면, 인류 역사상 처음으로 모든 국민이 국가의 모든 재산을 공동으로 균등하게 분배 받는 최초의 국가가 되겠군."

"아마도 오랜 기간 동안 고생한 북한 사람들의 상처를 치유해 줄 수 있는 힘이 될 것입니다."

"그런데 한 가지 궁금한 것은, 북한은 아직 개발이 되지 않은 곳들이 많은데, 북한의 땅의 가치가 통일 후 부흥에 얼마나 도움을 줄 수 있 겠나?"

"현재의 땅의 가치만 보는 게 아니라, 미래에 행하여질 마을 공동사 업과 가치도 함께 보는 것이지요."

"남한 같은 자본주의의 뿌리가 생기려면 초반에 돈이 필요할 텐데, 부동산 같은 땅만 가지고서 북한의 번영에 큰 영향을 미칠 수 있느냐 는 말일세."

"당연히 영향을 미치죠. 무운 큰스님께서는 재벌들이 국민들 위에 군 림하는 남한과 같은 자본주의 역시 병폐가 많다고 하시며, 자유 자본주 의이면서도 평민들의 삶을 공동으로 번영시키는 마을 공동체적 상업 주의가 필요하다고 말씀하시더군요. 자세한 것은 저도 잘 모르겠고, 무 운 큰스님께서는 북한 사람들의 마음에 변화를 주기 위한 많은 작업 중 의 하나가 그들에게 가난을 벗어나게 할 수 있는 희망을 주는 것이 첫 번째라고 하셨습니다."

"그래서 이 글을 꼭 일간지에 실어야 한다고 하신 거로군."

"네."

"휴! 북한 정권을 자극하는 글이라 아주 꺼림칙하기는 하지만, 이보 다 더한 글들도 많이 실어보았으니 큰 문제가 될 것 같지는 않고……, 젠장, 뭐, 어쩌다 이게 이슈가 되어 난리가 나면, 우리 신문사야 기삿거 리가 많아져 좋지."

"그럼 내일 신문에 싣는 것입니까?"

"윗사람에게 전화는 해보긴 하겠는데, 요즘은 내 판단에 모든 것을 맡기니, 단지 불교계 스님의 통일에 대한 견해를 싣는 것뿐이므로 그리 어렵지 않을 게야. 어디 그 글을 이리 줘보게, 내 다시 한 번 읽어보세."

"네. 여기 있습니다."

다음날 아침 한 일간지 신문 사설란에 송광사 큰스님의 '통일을 위한 북한 청사진'이란 제목으로 글 하나가 실렸다.

인간들의 역사란 예로부터 근원적으로 출처를 알 수 없는 강으로 표현되고 있습니다. 그리고 그 강줄기 역시 복잡 미묘하고, 전개가 너무 빨라, 인간들의 의식과 감각만으로는 그 지도를 만들어내기가 아주 벅차고 어렵습니다.

하지만 인간들은 호기심이 아주 많은 관계로, 수많은 호기심을 가지고 역사란 강물 속에 뛰어 들어, 강물을 만드는 근원이 무엇인지, 그 흐름을 바꾸는 원인이 무엇인지, 또 그 흐름의 속도와 강함이 어떻게 역사를 바꾸는 지, 그 의미를 알고, 그 흐름에 균형을 맞추려 시도해 오고 있습니다. 오늘 이 글은 한국의 밝은 미래를 위해 그 통일의 흐름이 어디까지 왔는지 여러분들에게 알려주기 위함입니다.

먼저 제가 이 글을 쓰는 이유에 대해 여러분들이 좋아하는 현대과학으로 설명하겠습니다. 정신과학입니다. 개인의 통일에 대한 희망이 어떻게 집단적 정신에 영향을 주는 지 설명하기 위해서입니다. 통일과 같은 정치적 문제를 인간들의 정신현상과 연관을 지어 설명하여 조금 죄송스럽기는 하나, 한 개인의 생각과 염원들이 역사의 변화에 아주 중요한 작용을 하게 되므로, 부득이하게 어려운 문장이나마 이를 잠깐 설명해 보도록 하겠습니다.

인간들의 정신활동이란 뇌에 있는 뉴런이라는 신경세포가 단합하여 병렬처리 방식으로 전기적 신호를 생성함으로써 발생되는데, 그 전기적 신호란 스스로가 만드는 창조적 신호뿐만 아니라 과거의 경험이나 집단의식에서 받는 무의식적 신호도 감지할 수 있습니다. 다시 말해 뉴런이라는 신경세포는 자신의 생각을 만드는 전기적 신호뿐만 아니라 무의식적으로 집단의식 신호도 받을 수 있는 능력이 있다는 뜻입니다.

이것은 마치 반딧불이의 집단 발광현상과 비슷하다 할 수 있습니다. 반딧불이가 어떤 이유로 해서 자극을 받아 전기적 신호와 같은 빛을 발산할 경우, 그 빛을 감지한 주위의 반딧불이들이 똑같은 방법으로 잽싸게 같은 크기와 같은 양의 빛을 만들고, 다시 그 몇 마리의 반딧불이들에 의해 생성된 빛은 한 영역 안에 있는 수많은 반딧불이들을 자극하게 되어 똑같은 빛을 발하는 병렬방식으로 진행되는데, 인간들의 개인의식이 공명현상을 일으키면, 그 힘은 반딧불이의 빛이 연쇄적으로 함께 밝혀지듯, 집단의식의 발생 메커니즘을 통해 인간들 개인의식이 뭉쳐지는 융합된 집단의식이 형성된다는 것입니다. 하지만 우린 그것을 느끼지 못하고 단지 유행을 따라가듯 군중심리에 휩쓸려 함께 가는 것처럼 느껴지게 되는 것입니다.

이제 우리 민족의 행복과 자유와 평화를 위해서는 남북한이 꼭 통일이 되어야 한다는 집단의식이 생길 시기가 되었습니다. 이미 많은 분들의 마음에 통일이 되면 좋겠다는 생각을 품고 있을지도 모르나, 사실 그 마음속의 불씨는 아직 모두가 통일을 위해 희생하고 올바른 일을 행해야 한다는 행위적 집단의식을 아직 탄생시키지 못했습니다. 하지만 저는 이제 지금의 시기가 바로 한반도 통일을 위한 하나가 된 행위적 집단의식의 탄생시기가 되었다고 생각합니다.

남한과 북한 국민 여러분. 지금부터 모두가 자신이 보통 사람이라는 생각을 버리고 세상을 변화시키기 위한 노력에 뛰어들어야 할 시기가 왔음을 느끼십시오. 비록 많은 사람들이 하늘을 날고 싶어 날개를 달고 태양을 향해 날아가다 떨어진 이카루스처럼, 실패를 거듭하며 고통을 겪을 수는 있겠지만, 돋아나는 자신의 날개를 찾아 활짝 펴고 서서히 하늘을 향해 날아가십시오. 한반도가 번영을 이루기 위해서는 반드시 통일이 되어야 합니다. 통일의 과정은 여러분 모두의 희망에 의해 반드시 이루어지게 되어 있습니다.

지금 남한에서는 탈북자를 중심으로 통일 후 북한의 모든 재산을 북한 사람들에게 나누어주는 '북한 청사진' 이란 인터넷 사이트가 만들어져서, 날마다 교정과 수정을 계속하고 있습니다. '북한 청사진' 이란, 통일을 대비해 북한의 모든 땅과 재산이 북한 사람들에게 균등하게 돌아갈 수 있도록, 미리 임시적 인터넷 기관을 세우고, 또 그 가격은 남한과 동일한 땅값으로 매겨져, 통일 후 북한 사람들에게 부흥의 기회를 줄 수 있는 자산이 되도록, 남한의 원화로 매겨져 문서화하는 것을 원칙으로 하는 것입니다. 그리고 그러한 마을 공동체적 자산에서 행해지는 각종 사업과 이익권은 균등하게 가구별로 나누어져, 훗날 균등히 배분되어 개인의 자산이 될 수 있도록 규정을 만드는 것입니다.

지금 많은 탈북자들이 북한의 지도와 인구밀도를 바탕으로 남한의 자산과 비슷한 수준의 인터넷 가상 등기소를 만들어 균등히 재산을 분배할 수 있도록 노력하고 있고, 잘못된 부분과 추가되어야 할 부분들을 손보고 있는 중이지요. 물론 국가를 유지하기 위한 공공기관과 도로망, 항구, 수자원과 주요공원 등을 제외하고 있으나, 모든 북한의 재산을 사유재산화 할 수 있도록 최선을 다하고 있습니다.

또한 많은 경제학자, 정치학자들이 통일 후 북한의 안정된 사회구조와 경제적 부흥을 위해 북한 청사진 프로젝트 고문으로 참여하며 인터넷에 가장 효율적인 북한 구조에 대해 설계를 해 나가고 있습니다. 예로써 고대의 도시 국가처럼, 지방 국가 체제의 평등한 권력구조를 가지고서 기업형 지방 국가의 형태로 운영하는 시스템으로, 한국이라는 큰 국가에 소속된 지방들이면서도 모든 경제적 활동의 큰 틀이 지방 국가의 책임 하에 시도되면서, 그 지방에 속한 모든 시민들의 교육비나 기본 생활비를 그 지방에서 책임질 수 있는 제도로, 자유 시장 경제와 복지 제도를 병합한 제도입니다.

물론 관광이나 지방 국가의 사업 성패에 따라 수입에 차이가 있을 수 있지만, 각자 그 지방의 독특한 문화와 관광 인프라를 개발하고, 기업형 구조로써 남한의 대기업이나 다른 세계적인 기업들과 손을 잡아 공장을 짓고, 사회 구조를 개발해 나간다면, 자본주의의 재벌들처럼 큰 돈을 버는 개인들은 많지 않더라도, 남한처럼 가난하게 태어나 미래를 포기하거나 빛에 허덕이는 젊은이들 같은 외로운 사람들은 생기지 않을 것입니다. 다만 이익공유제가 사회주의적 공유제의 단점을 답습할 수 있으므로, 새로운 경제체제에 대한 전문가들의 논의가 활발한 관계로, 그에 대한 부작용을 최소화할 수 있는 체제가 곧 정립될 것이라 확신합니다.

자아(自我)란 인류아(人類我)의 부분집합입니다. 지금껏 가난하고 힘이 없는 백성들은 소수의 정치가에 의해 목표 없이 이리 저리 흔들리는 돛단배처럼 험난한 삶을 살아왔습니다. 간혹 삶의 도중에서 너무 강한 사회의 흐름을 이기지 못하고 자포자기하거나 목숨을 잃어버리는 사람들도 많습니다. 인간들의 오성(悟性), 이성(理性), 감성(感性)들은 매우 뛰어나나, 인간들은 그러한 지혜를 자신의 욕구를 채우는데 사용하고, 서로를 부려먹고 지배하는데 사용하고 있습니다. 여러분. 그러한 지배에서 벗어나 자유와 행복과 기회를 찾기 위해서는 여러분들의 참여가 필요합니다. 지금 그 변화가 북한에서 시작되려고 하고 있습니다. 모두의 마음속에 통일을 바라면, 이미 통일은 이루어진 것입니다. 대중의 마음은 진실을 만들고, 진실은 다시 역사를 탄생시키는 법이지요.

지금부터 아래에 적혀진 인터넷 사이트에 들어와 모두가 밝은 세상이 되기 위한 북한 청사진 프로젝트에 참여해 주시고, 미래를 위해 정진하시길 부탁드립니다. 좀 더 자세한 설명이나 참여를 바라는 모든 분들은 꼭 이곳 인터넷 사이트에 들어오셔서 많은 말씀을 남겨주시기 바랍니다.

　　　　　－ 한민족의 통일을 바라는 무운 스님 올림 －

그날 오후 신문사에 있는 정준형에게 한 여자가 찾아 왔다. 이십 중반쯤 되었을까? 조금 작은 키에 구릿빛 피부를 가졌지만 얼굴은 예쁜 편이었고, 짧은 머리에 눈망울이 유독 맑았다.

"누구시죠?"

"저는 북한에서 넘어와 서울에서 북한의 소리란 월간지를 만들고 있는 편집장 이선영입니다."

"네? 북한의 소리요? 아ー 네. 알고 있습니다. 그런데 무슨 일로 저를 찾아오셨죠?"

"오늘 아침 무운 큰스님의 글에 나오는 북한 청사진이란 인터넷 사이트를 운영하는 책임자이기도 하거든요."

"네?"

정준형이 깜짝 놀라 그녀를 빤히 쳐다보았다.

"북한의 소리에서 북한 청사진 사이트를 운영하고 있다고요? 처음 듣는 이야기군요. 그럼 바로 선영씨가 북한 청사진을 만들고 계획하신 분인가요?"

"아뇨. 제가 만든 게 아니고 많은 탈북자들이 힘을 모아 만든 것입니다. 전 다만 편집과 관리책임만 맡고 있습니다."

"아! 그렇군요. 아무튼 듣고 싶은 말이 많습니다. 자- 여기 앉으시죠."

정준형이 의자를 내밀어 이선영을 앉히고 자신도 그녀 앞에 바짝 다가가 앉았다.

"그렇지 않아도 어젯밤 내내 인터넷에서 그곳 인터넷 사이트를 보며 궁금한 것이 한 두 가지가 아니었는데, 이곳에 담당자께서 직접 찾아오시니 정말 몸 둘 바를 모르겠군요."

"혹시 월정 스님도 만나 뵈셨나요?"

"네. 월정 스님이 저를 무운 큰스님에게 보냈지요. 그럼 선영씨도 월정 스님을 만나 그 일을 하게 된 것입니까?"

"네. 그리고 저를 이곳으로 찾아가라고 하신 분도 바로 월정 스님이십니다."

"월정 스님이요? 왜요?"

"준형씨께서 궁금해 하실 것이 많을 것이라고 하시면서……."

"아! 네. 그렇군요. 월정 스님께서 이것까지 배려를 하셨군요……. 아무튼 무운 큰스님의 글이 나간 후 인터넷 네티즌 의견란이 지금 난리가 났습니다. 신문사에서는 바로 저에게 후속기사를 쓰라고 닦달하는데, 저는 그저 아무 것도 몰라 막막할 따름입니다. 그런데 선영씨께서 이렇게 직접 찾아와 주시다니 정말로 하늘이 도운 것 같습니다."

"아마도 월정 스님께서 당신이 나를 필요로 하실 줄 아셨던 것 같습니다."

"네. 선영씨를 보니 이제 다음 신문 기사에 무엇을 써야 할지 알 것 같군요."

정준형의 얼굴에 엷은 웃음이 피어올랐다. 그는 자리에서 일어나 근처 냉장고에서 음료수를 꺼내와 이선영 앞에 놓으며 말을 이었다.

"두 분 스님들은 정말로 신기하고 대단하신 분들입니다. 저는 아직도 그분들을 만난 것이 꿈인가 생시인가 구분이 안 될 정도입니다."

"네. 대단하신 분들 같아요."

"그런데 선영씨는 고향이 어디시죠? 북한 억양이 별로 없는 것 같은데요?"

"저는 신의주 출신인데, 일본에 잠시 유학한 적이 있고, 중국 단둥에서 생활하다가 남한으로 넘어와서 사회생활을 많이 하다 보니, 사투리가 많이 사라진 것 같습니다. 그리고 사실 재정적인 도움을 위해 정부나 기업 관계자들을 많이 만나고 부탁을 해야 하므로, 원활한 소통을 위해 빨리 표준어를 익히도록 노력했습니다."

"아. 그렇군요."

"북한 청사진에 대해 많이 궁금하시죠?"

"네. 어젯밤부터 계속 북한 청사진 인터넷 사이트를 들어가 살펴보았는데, 마치 구글 지도 위에 그린 사이버 세계 같았습니다. 각 마을의 부동산 가치를 남한의 원화로 적고, 또 대략적인 인구의 수와 추가로 건축하고 운영해야 할 공공기관, 주민 센터, 회관 같은 것들이 가상 건물로 디자인 되어 있던데, 그 방대함에 정말 깜짝 놀랐습니다."

"이제 시작일 뿐인데요. 아직 할 일이 많습니다."

"그런데 이 가상 사이트가 북한민들의 마음을 안정화 시키는데 도움을 줄까요?"

"당연하죠."

"북한도 아닌 남한의 탈북자들이 만들어가는 가상 세계의 가상 부동산의 가치인데 그게 어떻게 북한민들에게 영향을 미친다는 것이죠?"

"일종의 불문법과 같은 것이죠."

"불문법요?"

"네. 제도적 법규로 만들어지지는 않았지만, 나중에 통일이 되면 모두가 다 이 규칙대로 하는 게 맞다고 생각하는 불문법과 같은 것이죠.

"일종의 보증수표라 볼 수 있겠군요."

"그렇죠."

"그렇지만 통일이 된다고 하여도 북한의 정치인들도 있고, 남한의 법과 제도도 있는데, 그런 공동자산을 바라는 북한민들의 소망이 현실화 될까요?"

"북한과의 통일이 남한과 동등한 세계로 만든다는 준형씨의 생각이 틀린 것이죠."

"남한과 동일한 세계가 아니라니 무슨 뜻이죠?"

"북한은 남한과 통일이 되어도 남한의 경제에 흡수되거나 남한의 자본주의적 체제와 완전히 결합하는 것은 처음에 불가능합니다. 혼란과 빈부의 격차와 남한의 재벌들이 늑대처럼 달려드는 이상한 세상이 될 수 있기 때문이죠."

"그래서 마을 공동체적 자산을 형성하여, 외부 세력으로부터 북한의 마을 사람들을 보호한다는 것이군요."

"보호라는 말보다는 개인적인 적응을 하기 전까지 마을 공동체적 자산운용으로 개인의 이익을 극대화 하는 방법을 찾는 다는 것이죠."

"말로만 들으니 남한의 경쟁체제보다 훨씬 더 좋은 세상이 될 것 같다는 생각이 드는군요. 하지만 단지 인터넷으로 만든 북한 청사진이란 사이트 하나로 북한민들에게 정말 희망을 줄 수는 있는 건가요? 우리들만의 힘으로는 부족하지 않나요?"

"월정 스님께서 말씀하시길 무운 큰스님께서는 알게 모르게 한민족의 도약을 위해 인재들을 모으고 다니신다고 하시더군요. 큰스님께서는 저뿐만이 아니라 이미 학생들을 가르치는 여러 교수님들이나 정치인, 그리고 북한 근처 중국에 있는 여러 석학들을 만나고 다니시며, 큰스님의 통일 프로젝트에 참가하라고 설득하고 다니십니다. 무운 큰스님은 지금이 가장 중요한 시기라며, 모든 사람들이 가지고 있는 부싯돌을 지금 꺼내 불씨를 만들어야 한다고 했습니다. 저도 역시 제 회사에 찾아오신 그분의 설득에 의해 이 북한 청사진이란 프로젝트에 참여하게 되었고요."

"두 분 스님들은 이미 도를 터득하신 분들처럼 정말 신비로우신 분들이십니다."

정준형이 말을 하며 존경스럽다는 표정을 지었다.

"도란 행함으로써 터득하게 된다고 무운 큰스님께서 항상 말씀하시더군요."

"이런! 선영씨도 이미 큰스님께 푹 빠지셨군요."

"얼굴 표정을 보니 준형씨도 저보다 더 호기심이 많은 얼굴이신데요?"

"어느 누군들 그 분들의 행적에 호기심을 갖지 않겠습니까?"

"그렇죠. 그분들의 말씀을 들으면 마치 무언가에 홀리는 느낌이 들어요. 꼭 제 마음을 들여다보며 이야기를 하시는 것 같은 느낌이에요."

"그런데 가장 궁금한 것은 북한 청사진을 만든 근본적인 모토가 뭐죠?"

"모토요?"

"왜 이걸 인터넷에 만들어 모두의 관심을 끌게 만들고 있느냐 그 말이죠."

"간단하게 설명하면 촉매작용을 일으키는 것이에요."

"촉매작용요?"

"네. 무운 큰스님께서 북한 청사진을 만들면, 이 사이트가 촉매작용을 일으켜, 북한 사람들에게 꼭 통일이 되어야 행복해 질 수 있다는 신념이 생긴다고 하시더군요."

"그렇다고 그 신념이 북한의 철통같은 사회주의 체제를 무너뜨릴 수는 없는 것 아닙니까?"

"단합된 민족의식이 탄생되면 아무리 북한이 문을 굳게 닫은 사회주의라고 해도, 빗장이 열리고 통일이 가능하다고 하시더군요."

"단합된 민족의식이라뇨? 북한을 두고 하시는 말씀입니까?"

"북한뿐만 아니라 남한의 모든 사람들에게도 적용되는 것이라고 합니다. 프랙탈 이론 아시죠?"

"프랙탈 이론이요?"

"네. 어떤 한 특정장소에 존재하는 작은 나비의 사소한 날갯짓을 시발점으로 하여 먼 거리에 있는 어떤 영역이 거대한 기상변화를 겪을 수 있다는 가상적 논리."

"네. 알고 있습니다. 작은 변화가 나중에 큰 변화를 만든다는 인과관계 이론 아닙니까?"

"맞습니다. 저는 이게 결코 틀린 말이 아니라고 믿습니다. 무운 큰 스님께서도 북한 내부에서 생긴 작은 변화가 결국은 북한 전체를 변화시키고, 남한 사람들의 마음가짐 역시 변화시켜, 통일이 꼭 된다고 하더군요. 전 우리들이 지금 하고 있는 작은 일들이, 후일 이 나라에 큰 변화를 일으켜 한민족의 새로운 역사를 써나가게 될 것이라고 확신합니다."

"무슨 말씀이신지 이해가 되는군요. 그럼 내일 신문 기사에는 선영 씨가 말씀하신 지금의 말들을 기사로 써야 되겠군요. 북한 청사진에 관심을 가진 모든 사람들이 선영씨의 설명을 들으면, 무운 큰스님께서 왜 그 사설을 실었는지 이해할 수 있겠군요."

"궁금한 게 있으면 더 물어 보세요. 제가 아는 한 성심껏 대답해 드릴게요. 기사에 제 실명을 사용하셔도 되고, 사진을 실으셔도 됩니다."

"알겠습니다. 고맙습니다. 그럼 제가 인터뷰 내용을 녹음하도록 하겠습니다. 그래도 괜찮으시겠죠?"

"네, 녹음하셔도 됩니다."

정준형은 자신의 서랍에서 휴대용 녹음기를 꺼내 이선영의 앞에 켜 놓고, 자신이 궁금해 했던 여러 가지들을 하나하나 물어보기 시작했다. 이선영은 간혹 대답을 하기 위해 생각에 잠기기도 하면서 그에게 그녀가 알고 있는 모든 것들을 이야기해 주었다.

그들이 그렇게 신문에 실릴 기사를 위해 대화를 나누는 동안에도, 인터넷과 모바일 SNS에서는 북한 청사진에 대해 엄청난 후폭풍이 불고 있었다. 많은 사람들이 정말 통일이 되면 북한의 모든 재산이 북한 사람들에게 나누어지는 것이냐, 그렇다면 북한에는 가난한 사람이 한 명도 없겠다, 이건 날조다, 쓸데없는 환상일 뿐 정치를 모르고 하는 말이다, 북한이 어떤 사회인데 이까짓 뜬 소문 하나로 흔들리겠는가? 스님이 절간이나 지키지 무슨 빨갱이 짓이냐, 나도 통일이 되면 북한에 가서 살고 싶다는 둥, 수천, 수만 가지의 댓글들이 시공간을 날아다녔다.

다시 무운 큰스님과 약속을 하고, 취재를 위해 송광사를 찾은 정준형은 전각 앞에 앉아 멍하니 노을빛이 물든 하늘을 쳐다보고 있었다. 어디선가 은은한 초저녁 예불소리가 들려오기 시작했다. 정준형은 그 소리를 못들은 듯, 골똘히 무언가를 생각하며 깊은 사색에 잠겨 있었다.

그는 지금 전날 밤 꾸었던 고승에 대해 생각하고 있는 중이었다. 정준형은 어젯밤 이곳으로 오기 위해 짐을 일찍 싸고 누워 잠을 청했었다. 그런데 갑자기 꿈속에서 커다란 붓을 든 고승이 나타나, 큰 절벽 위에 인중선(人中禪)이란 글자를 휘갈기더니, 자신을 향해 빙그레 한번 웃고 홀연히 사라지는 것이 아닌가? 준형은 깜작 놀라 바로 잠에서 깼다. 그리고 지금 이곳 송광사에서 그 꿈을 되새기고 있는 것이다. 이게 혹시나 어떤 무의식이 꿈에 나타나 자신에게 어떤 암시를 주는 것이 아닌가 하는 그런 생각을 하고 있었던 것이다.

사실 준형이 지금 이런 생각을 하는 데는 나름대로 이유가 있었다. 그는 월정 스님에게 명상법을 배운 후 틈틈이 시간이 되는 데로 초저녁에 뒷산에 올라 명상을 하곤 했다. 그런데 분명한 것은 그가 지금 얼마 전과는 다르게, 사물을 보는 눈과 자연을 대하는 자신의 마음가짐이 상당히 달라졌다는 것이다.

처음 그가 동네 주변 산에 올라가 명상을 했을 때는 주변의 변화를 느끼지 못했었다. 하지만 시간이 지나자 미묘한 현상들이 그의 주위에서 일어나기 시작했다. 그 현상들이란 주위의 생명체들이 먼저 그에게 그들의 존재를 느끼게 만든다는 사실이었다.

예를 들면, 뒷산 주위에는 많은 산새들이 서식하고 있었는데, 그가 바위에 앉아 홀로 명상에 잠겨있을라치면, 산새들이 서서히 그의 주위에 모여들어, 자연스럽게 놀며 노래하다가, 그가 자리에서 일어날 때쯤이면 그들도 와르르 일어나며 보금자리로 날아가곤 했다. 주위 나무들의 움직임이나, 자신을 스쳐가는 바람 같은 것들에 대해서도 민감해지고 감정이 풍부해졌다. 바스락거리는 나뭇잎 부딪히는 소리도 자신에게 이야기하는 자연의 속삭임으로 들렸고, 주위를 맴도는 곤충이나 동물의 움직임도 사랑스럽게 느껴졌으며, 자신에게 밀려오는 사색의 무게는 자신에게 어떤 생명력을 불어넣어 주기 위한 에너지 같은 것으로 여겨졌다. 과거 밤하늘의 사진을 찍기 위해, 산 속에 들어가 혼자 지내거나 명상에 잠겨있었어도, 자신의 몸이나 귀에는 아무런 소리도 들리지 않았었는데, 지금은 자연의 소리가 들린다는 것이다.

기자의 생활이란 엄청 스트레스가 쌓이고 시간을 다투는 직업이라, 항상 일에 지쳐 몸과 마음이 피폐해지고 허우적거렸었는데, 명상을 통해 자연의 숨결을 느끼기 시작하면서부터는 확연히 몸의 피로감이 줄어들기 시작했다. 자신의 머릿속에서 항상 빙빙 맴돌며 괴롭혔던 문제들조차, 모든 현상을 있는 그대로 받아들이는 마음가짐으로 바뀌면서부터 불평불만이 없어지고, 성격이 밝아진 것이다.

정준형은 멀리서 들려오는 깊은 산사의 종소리에 살며시 눈을 감고 자신의 심금(心琴)을 종소리에 함께 태워 공명을 일으켰다. 산사의 그윽한 나무향내와 산속에서 불어오는 솔향기 냄새들이 그의 콧속으로 느껴지기 시작했다. 꿈 때문에 혼란했던 마음이 서서히 잔잔해지며 마음이 조금 전보다 한결 가벼워졌다.

"명상하는 모습을 보니 많은 진전이 있는 듯하구나."

정준형은 무운 큰스님의 목소리에 놀라 눈을 뜨고 일어났다.

"명상을 자주 하나 보지?"

무운 큰스님이 물었다.

"네. 시간이 되면 뒷산에 가서 연습을 하곤 합니다."

"어때 효과가 있는가?"

"네. 마음이 안정되고 성격이 긍정적으로 변하는 것이 건강에 좋은 듯합니다."

"건강에만 좋다 뿐인가, 아이큐도 높아진다네. 허허허."

무운 큰스님의 웃음에 정준형이 머리를 긁적거리며 말했다.

"……네, 그런데 무운 큰스님. 제가 전화로 말씀을 드렸다시피 북한 청사진이란 인터넷 사이트 하나가 남북한의 통일에 정말 큰 영향을 끼질 수 있을까요? 저희 회사에서 다시 큰스님을 찾아뵙고 몇 가지 의문이 나는 점들을 취재해 와서 다시 기사를 작성하라고 하는데, 논리적으로 어떻게 써야 할지 정말 혼돈스럽습니다."

"지구상에 태어난 생명체 중에서 가장 영특하고 욕심 많은 인간들의 천성을 몰라서 묻는 말인가?"

"네? 무슨 뜻입니까?"

"인간들이란 미래에 대한 확신이 생기면 물불을 가리지 않고 자신의 이익을 위해 혼신의 힘을 다 한다는 뜻이네. 북한 사람들에게 미래에 대한 확신이 주어진다면, 그들 역시 세계 어느 나라 못지않게 역동적으로 변할 것이야. 군사적 억압과 제도적 감시를 당하는 인간들이라도 우리와 같은 보통사람들과 다를 것이 없다네. 더구나 지금 북한 정권에 충성하는 자들 역시 사회주의적 분위기가 바뀌게 되면, 그들도 그 분위기에 편승하여 서서히 변하게 될 것이야."

"하지만 모두들 북한의 철통같은 공산주의 체제하에서 그게 과연 효과가 나타날지 의문스러워 하고 있습니다.”

“자네는 내가 북한 주민들만 생각하고 이런 일들을 하고 있다고 생각하나?”

“북한 청사진이란 프로젝트는 북한 사람 모두를 위해 만들어진 계획 아닌가요?”

“사회적 분위기가 바뀌면 고생하는 북한 사람들만 변하겠는가?”

“네? 그럼…….”

“그렇지! 북한 청사진이란 계획은 지배당하는 계급으로써 핍박을 받고 감시 속에 사는 북한 사람들만 자극을 주는 것이 아니라, 지배계층의 생각에도 변화를 준다는 말일세.”

“아! 북한 전체를 흔들려는 계획이군요.”

“북한 전체를 흔든다기보다는 남북한이 통일이 될 수 있는 분위기를 만들려고 한다는 표현이 더 맞겠지.”

“……”

“자네 신문사에 월정 스님과 함께 중국 연변에 출장을 다녀온다고 말하게나.”

“네? 연변이요?”

“그렇다네. 다음 주에 월정이 연길로 가는데, 자네가 같이 가주면 좋겠구만. 자네가 원하는 답도 아마 그곳 연변에서 찾을 수 있을 거야.”

“혹시 연변에서 활동하고 있는 북한 청사진과 관련된 사람들은 만나러 가는 것인가요?”

“기자라 그런지 눈치가 빠르군. 그런 목적도 있지만, 또 하나는 우둔한 자네의 머리를 깨우쳐주기 위해 함께 가라는 것이네.”

“무슨 뜻이신지…….”

"자네에게 우리와 공명현상을 일으킬 수 있는 마음을 만들러 가라는 뜻인 게야."

"아. 저에게 북한 청사진을 완전히 이해하도록 경험을 쌓게 해주신다는 말씀이시군요."

"맞아. 자네가 신문기사를 쓰는데 있어, 중심을 가지고서 계속 기사를 작성할 수 있게, 자네를 직접 경험을 시키려 함이야."

"알겠습니다."

"일주일 뒤 월정이 전화해서 비행기 시간을 알려줄 터이니, 회사에 미리 출장 허가서나 받아 놓으시게나. 자, 이렇게 여기에서 이야기 하지 말고, 나와 같이 맛있는 절밥이나 먹으며 이야기를 하세나. 저번처럼 이곳 천자암에서 자고 가도 좋고. 허허허. 자네가 불자가 될 소질이 있으면 제자로 삼으면 좋으련만……."

"……"

노을이 짙게 깔린 하늘은 붉은 색 지우개로 푸른 하늘을 지우는 일에만 열중했다. 주변에 모여 놀고 있던 산새들이 일제히 솟아오르며 반대편 숲 속으로 유성우처럼 떼 지어 사라졌다.

정준형은 지금 자신이 알 수 없는 깊은 곳으로 인도되고 있는 느낌을 받으며 무운 큰스님의 뒤를 따라 방으로 들어갔다.

8. 백두산(白頭山)

비행기가 서서히 고도를 높이며 인천공항을 반 바퀴 돌더니 황해를 가로질러 북쪽을 향했다.

창가에 앉은 정준형은 고개를 돌려 우측을 바라보았다. 비행기 우측으로 강화도가 보이는가 싶더니, 북한 서쪽 해안가가 멀리서 지평선처럼 떠올랐다. 비행기는 연평도, 백령도를 넘어 짧은 시간에 북한의 신의주와 중국의 단둥이 있는 곳에 다다랐다. 그러더니 이내 기수를 우측으로 돌려 연길로 향했다.

이륙 후 2시간쯤 되었을까? 우측 먼 곳에 백두산 천지가 보였다. 정준형은 처음 본 백두산이라 비행기모드로 바꾸어놓은 휴대폰을 들고 백두산 천지의 모습을 몇 장 찍었다.

'와! 비행기에서 백두산 천지를 보다니! 마치 커다란 동산 위에 놓인 하늘 연못 같군!'

백두산 천지는 생각보다 컸다. 한라산처럼 그냥 산 위에 있는 조그마한 연못이 아니라, 남한의 소양호처럼 상당히 넓고 컸다. 준형은 넋 나간 듯, 백두산 천지가 보이지 않을 때까지 머리를 좁은 비행기 창문에 기대어 따라가며 처다보았다.

옆에 앉아 있는 월정 스님이 빙그레 웃으며 그를 처다보았다. 월정 스님은 승복 대신 사복을 입고 있었다. 종교인들이 간혹 탈북자들을 돕는 경우가 있어, 중국 공안당국의 감시를 피해 사복을 입고 모자를 쓴 것이다. 잠시 뒤 비행기는 연길 조양천 공항에 도착했다.

중국과 북한 사이의 국경지대는 북한의 폐쇄적인 사회에 비해 상당히 활발한 경제적 교류가 진행되고 있었다.

현재 북한과의 최대 교역도시는 중국의 단둥이다. 단둥의 인구는 약 250만 명 정도로 북중(北中) 교역의 대부분이 이 단둥시를 경유하여 일어나고 있다. 바로 앞 압록강 건너의 북한 신의주 인구가 35만 정도인데, 중국의 도시가 신의주 보다 거의 7배 정도 큰 셈이다.

단둥은 신의주와 가깝기에, 북한에서 온 수천 명의 근로자나 사업가들이 외화벌이를 하고 있으며, 여의도처럼 압록강 사이에 있는 황금평과 위화도는 경제특구로 지정되어 중국과 북한이 동시에 개발을 시도하고 있다. 다만 중국과 북한과의 무역은 북한 당국의 허락을 받은 자만이 할 수 있기에, 대부분의 접경지역 사람들은 물물교환이나 보따리상과 같은 밀무역을 통해 그들의 이익을 추구하고 있었다. 더구나 이곳 단둥의 조선족은 약 1퍼센트 정도밖에 안되어, 조선족이 많이 사는 연길이나, 훈춘, 도문 등이 북한 사람들이 지내기에는 더 편하다는 인식이 있다. 길림성 동쪽에 위치한 연변 조선족 자치주의 인구는 약 200만 명 정도로 이중 40퍼센트가 조선족이다.

한 집에 한 명씩은 남한에 가서 돈을 벌고 있다는 연길의 인구는 약 42만 명 정도로 인구의 57% 정도가 조선족이며, 과거에 비해 최신식 아파트가 많이 생겨나 깨끗한 도시의 이미지로 변하고 있다. 한강을 따라 강남, 강북으로 나누어지듯, 이곳 연길도 도시를 가로지르는 부르하통하강을 따라 하남, 하북으로 나누어져 있었다.

국경 근처에 있는 훈춘과 도문 역시 두만강 지역에서 북한과 경제 교류가 활발한 편인데, 훈춘의 인구는 약 30만 명으로 약 1/3이 조선족이며, 북한의 남양시와 지척에 있는 도문은 인구 약 15만 명으로 이중 2/3가 조선족이다.

최근 북한은 중국과 합의하여 나진과 선봉을 중국의 도문, 훈춘과 경제협력지대로 연결시켜 개발하려는 움직임을 보이고 있고, 중국 역시 러시아와 협력하여 중국의 훈춘 바로 아래의 두만강 하류에 있는 러시아 도시 하산의 항만 개발을 위해 협력하고 있다. 하산이 중국의 훈춘과 연결되어 물류의 이동이 가능해지면, 훈춘과 하산을 통해 동해 쪽으로 많은 물동량을 수송할 수 있기 때문이다.

연길 조양천 공항에 내려 월정 스님과 정준형이 입국 수속을 마치고 나오자, 입구에 기다리는 많은 여행사 팻말 사이에 서있던 한 중년 남성이 월정 스님에게 다가와 웃더니 인사를 했다.

"스님 오셨습니까?"

"오랫만입니다. 최사장님."

"이 분이 말씀하신 그 기자분이시군요?"

"네 그렇습니다."

월정 스님이 웃으며 정준형을 최사장에게 소개시켰다.

"안녕하세요. 정준형입니다. 이곳은 처음인데 잘 부탁드립니다. 한국분이신가 보군요?"

"네 그렇습니다. 원래 북한 농산물을 수입하여 남한에 파는 사업을 하였었는데, 금강산에서 관광객 한 분이 북한군 총에 맞아 죽는 바람에, 북한과의 교역이 완전히 차단되어 거의 망하다시피 하다가, 몇 년 전 이곳 연길로 와서 다시 중국산과 일부 북한산 농산품을 사드려 남한에 파는 그런 중개상을 하고 있습니다. 겨우 입에 풀칠하는 정도이지요. 무운 큰스님이나 월정 스님과는 제가 불자이기에 오래 전부터 아는 사이였고요."

정준형과 최사장은 서로 명함을 주고받았다.

"자. 일단 배가 고프실 테니 저번에 먹었던 진달래 식당에 가서 먼저 식사를 하시고 출발하시지요."

"네. 알겠습니다."

일행 3명은 주차장으로 가서 최사장의 차를 타고 공항 근처에 있는 진달래 식당에 가서 자리를 잡고 앉아 음식을 시켰다.

"어? 식당 종업원 아가씨 옷에 이름표가 달려있는데 북한 국기가 있네요? 이곳이 북한에서 운영하는 곳인가요?"

정준형이 의아해하며 최사장에게 물었다.

"아닙니다. 이곳 사장은 조선족이고, 종업원들은 북한사람들이 월급이 적으므로 고용해서 쓰는 것입니다. 월급은 북한에서 가져가고, 저들은 다른 북한 음식점들처럼 3년씩 돌아가며 외화벌이를 위해 중국에 파견 나온 것입니다. 연주도 하고 노래도 하는 연예인들인데 고위 간부 직 자녀들이지요."

"아. 그렇군요."

"이곳에서는 깊은 이야기는 하지 못하므로 나중에 이야기 해 드리겠습니다."

"네. 잘 먹겠습니다."

정준형은 말을 마치자 조금 전 나온 밥에 목이버섯 무침과 오이 무침을 얹어먹었다. 맛이 담백하고 상큼했다. 일행은 서둘러 음식을 먹은 후, 계산을 하고 최사장의 차에 올라 두만강으로 향했다.

"지금 어디로 가는 것이지요?"

정준형이 궁금증을 참지 못하고 월정 스님에게 물었다.

"도문 근처의 두만강 쪽으로 가고 있습니다."

"중국과 북한과의 국경 쪽으로 가는 것인가요?"

"네. 맞습니다."

"이 곳 연길에서 하시는 일을 보여주려는 게 아니고, 북한과의 국경 쪽에서 하고 계시는 일을 보여주려는 건가요?"

"아닙니다. 일단 그곳에 살고 계시는 어떤 사람을 만나 이야기를 들어보시라는 것입니다. 무운 큰스님께서는 정기자님에게 그 분을 소개시켜드리라고 하시더군요."

"탈북자인가요?"

"탈북자이긴 합니다만 다른 사람들하곤 좀 다른 신분의 사람이지요. 탈북자는 남한에도 많은데 굳이 탈북자 한 분을 만나려 이곳까지 올 필요가 있겠습니까?"

"무슨 특별한 분이신가 보죠?"

월정 스님이 고개를 끄덕이며 말을 했다.

"그렇죠. 지금 만나러 가시는 분이 이곳의 일들을 총괄하고 계십니다. 그의 이야기를 들어보면 무운 큰스님께서 하고자 하시는 일들이 어떤 것인 지 새롭게 알게 될 것입니다."

"네. 점점 궁금해지는군요."

정준형은 차를 타고 가며 골몰히 생각했다.

'정부차원에서 하고 있는 통일부의 그러한 큰 노력에도 남북관계가 쉽게 풀려나가질 않는데, 과연 이러한 작은 조직만으로 통일을 이룰 수 있는 돌파구가 나올 수는 있는 걸까?'

차는 이내 연길 시내를 빠져 나와 고속도로를 탔다. 고속도로 양측

벌판에는 끝도 보이지 않는 옥수수 밭으로 이어져 있었다.

만주평야는 황토와 부식토가 섞여있는 아주 비옥한 땅이다. 동북 3성의 만주평야에서 재배된 쌀이나 콩, 옥수수 등은 중국 모든 작물의 20-30%를 차지할 정도로 풍요롭다. 최근 옥수수 사료 및 가공원료, 바이오 에탄올에 대한 소비량 증가로 이 주변 대부분의 농장에서는 옥수수를 재배한다.

차로 40분 정도 달리자 이내 두만강을 사이에 두고 북한의 남양시와 마주하고 있는 도문시에 다다랐다.

"이곳에는 중국의 공안이나 북한의 보위부 스파이들이 있으니 일단 관광객처럼 보이기 위해 이곳 도문에서 쉬었다가 오후 늦게 그곳으로 가겠습니다."

최사장이 월정 스님을 보며 말했다.

"그렇게 하시지요."

최사장은 차를 관광객들이 오는 도문 공원 주차장에 주차를 시킨 후, 일행을 데리고 두만강 나룻배 타는 곳으로 안내했다. 두만강변에는 도문 국경, 두만강 칠백리라는 비석들이 세워져 있었고, 북한의 남양시가 바로 앞에 보였다. 한국에서 온 많은 관광객들이 기념사진을 찍고 있었는데, 본토 중국에서 온 관광객들도 꽤 많았다. 하지만 억양은 틀려도 조선족 말투들이 자주 들려 이곳이 중국인지 한국인지 구별이 안 될 정도로 정감이 가는 곳이었다.

"정기자님. 이곳까지 왔는데 두만강 나룻배나 한 번 타보시지요. 월정 스님은 저번에 타보셨습니다."

"네. 감사합니다. 두만강물도 한 번 만져 보고 싶군요."

정준형은 나룻배 선착장으로가 준비된 구명조끼를 옷 위에 걸친 후,

4-5명의 한국 관광객이 탄 나룻배에 올라 앉아 북한을 바라보았다. 조선족 사공은 북한 군인들의 사진은 찍지 말라며 당부하더니 서서히 두만강의 물결을 따라 배를 몰았다.

정준형은 허리를 굽혀 두만강의 물을 만져 보았다. 두만강 물은 생각보다 맑지 않고 흙탕물이었는데, 사공에게 물어보니 북한의 탄광에서 내려온 흙탕물이 두만강 상류의 물을 오염시켜 항상 이렇게 물이 맑지 않다고 했다.

나룻배는 북한의 남양시가 보이는 곳까지 갔다가 잠시 쉬더니 다시 돌아와 선착장으로 향했다. 헌데 돌아가는 길에 정준형은 강변에 앉아 관광객을 쳐다보는 3명의 북한 병사들의 눈과 마주쳤다. 그는 반가운 마음에 얼굴에 웃음을 띠고 쳐다보았는데, 의외로 그들은 그러한 그를 외면한 채 싸늘한 눈초리로 그를 째려보았다. 정준형은 그들의 눈빛이 섬뜩하다고 느껴 오래 쳐다보지 못하고 고개를 돌렸다.

'어? 왜 이렇게 눈빛이 사납지?'

그들의 눈빛은 싸늘하다 못해 멸시하는 듯한 눈빛이었다. 정준형은 다시 고개를 돌려 쳐다보았다. 역시나 그들의 눈빛은 아무 변화 없이 그를 째려보고 있었다. 그는 그들과의 눈인사를 포기한 채 나룻배가 선착장에 닿자 부리나케 내린 후, 공원 한쪽에 앉아있는 월정 스님에게 다가가 물었다.

"월정 스님. 스님도 혹시 그들의 눈빛을 보셨습니까? 왜 저렇게 무서운 눈빛을 하고 있지요?"

월정 스님이 정준형을 쳐다보며 빙그레 웃더니 대답했다.

"그 해답을 얻기 위해 이곳에 온 곳이 아니겠습니까?"

"네?"

"물론 북한군들은 남한 사람들을 적으로 생각하게끔 훈련을 받았겠지만, 그 이상의 다른 이유가 있지 않겠습니까?"

"그 이상의 다른 이유요?"

"나중에 차차 알게 되실 겁니다."

월정 스님이 다시 고개를 돌려 강 건너편 북한을 계속 바라보며 골똘히 무언가를 생각했다. 정준형은 이곳저곳을 돌아다니며 사진을 찍고 구경을 했다.

한 시간 뒤, 근처 매점에서 몇 가지 선물할 물품을 산 최사장이 일행을 태우고 다시 차를 몰았다. 차는 도문시에서 두만강을 따라 서쪽으로 5분 정도 내려가더니 간평 농가락이라고 입간판이 써진 조용한 마을 앞에 섰다.

"여기 간평 농가락 근처에 우리가 만나려는 사람의 집이 있습니다."

최사장은 차를 농가락 길 안쪽으로 주차시킨 후, 일행을 데리고 길을 지나 마을 안쪽으로 들어가며 정준형에게 설명을 했다.

"이곳은 중국 국경의 작은 시골 마을 농장인데 중국 농산물을 북한에 가져다가 파는 조선족 중개상이 살고 있습니다. 헌데 그는 어렸을 때 양자로 중국인에게 입양이 되어 개명하였으므로, 지금은 모두 그를 중국인으로 알고 있습니다."

"그가 스님들을 어떻게 돕고 있다는 것이죠?"

"북한에 자유롭게 왕래할 수 있으므로 북한의 소식을 가장 정확하게 우리에게 전달해주고 있습니다. 그리고 북한으로 북한 청사진 프로젝트를 퍼트리는 총책임자이기도 합니다."

"중국 국적인데 통일을 위해 도와주시는 분이신가 보군요? 중국인들은 중국과 북한을 자유롭게 넘나들 수 있나 보죠?"

"무역상이나 화교들은 자유롭게 드나들고 있습니다. 이 집주인의 친척들 중, 북한에 살고 있는 화교들이 있습니다. 그런데 그 화교들은 자주 중국으로 건너와 물건을 사다가 북한에 가서 파는 장사를 하고 있습니다. 그리고 그런 과정에서, 지금 왕대수란 탈북자 역시 중국인의 자격으로 북한 화교들과 무역을 하고 있는데, 중국 상인의 자격으로 마음대로 북한을 드나들 수 있는 것입니다."

"조선족들은 마음대로 들어가지 못하나요?"

"물론 조선족들도 드나들 수는 있습니다. 하지만 요즘 들어 김정은 체제로 바뀐 후부터 감시가 심해져, 관광이나 오래된 무역상들이 아니면, 쉽게 북한으로 들어가기가 힘들어졌습니다. 몇 년 전까지만 해도, 많은 보따리상들이 북한과 중국을 넘나들었는데, 지금은 중국인이나 화교들 아니면 쉽게 감시대상이 되기 때문이지요."

"그런데 월정 스님은 어떻게 이분들과 알게 되었지요?"

정준형이 최사장에게서 고개를 돌려 월정 스님을 쳐다보며 물었다.

"다 인연이지요. 무운 큰스님과 함께 오래 전부터 연길에 와서 통일을 위해 북한 사람들에게 진정으로 필요한 것들이 무엇인지 조사하는 과정에서, 많은 탈북자와 국경지대의 사람들을 만나 이야기를 나누고 의견에 대한 도움을 청했습니다. 그런데 모두들 북한을 넘나들며 중개상을 하는 왕대수라는 사람이 북한 내 권력자와 아는 사람이 많다며, 그를 소개 받은 것입니다."

"그는 중국 국적인데 왜 자신의 위험을 무릅쓰며 스님을 돕고 있는 것이죠?"

"그는 어렸을 때 북한을 나와서도 북한에 사는 가족들의 소식을 듣곤 했는데, 20년 전 북한의 대기아 시절, 그의 가족들이 굶주림으로 모두 죽었다는 말을 듣고, 아마도 북한 정권에 대한 증오심이 생긴 듯합니다. 북한을 통해 무역을 하며 먹고 살면서도, 술자리에서는 북한 정권을 욕하며, 항상 공산정권이 무너져야 한다고 말했다고 합니다."

"아. 그래서 그를 다른 사람들이 추천을 했고, 그는 이 일을 도우며 통일을 바라는 것이군요."

"네. 맞습니다. 북한 청사진 프로젝트는 사실 그가 아이디어를 내서 시작된 프로그램입니다."

"네? 무운 큰스님께서 만드신 것이 아니라 지금 만나실 분이 생각해 낸 것이라고요?"

"네. 그렇습니다."

"아! 뜻밖이군요……."

"자 이제 다 왔습니다. 바로 이 집입니다."

최사장이 말을 하며 하늘색 지붕의 긴 정방형 모양의 집 앞에 멈추어 섰다. 벽은 시멘트로 만들어졌는데 오래된 듯 구석구석에 틈새가 보였고, 작은 철문이 건물 중앙에 있었다.

그는 핸드폰을 꺼내 전화를 걸더니, 집 앞까지 다 왔다고 말을 했다. 상대방에서 알았다고 말한 듯, 전화를 끊자마자 바로 집 대문이 열리며 한 중년 사내가 모습을 드러냈다. 그는 구리빛 얼굴에 작은 키였는데, 코가 크고 눈빛만큼은 초롱초롱 빛이 났다. 그는 이미 그들이 온다는 것을 알고 있는 듯, 반갑게 인사를 하며 주위를 살피더니 그들을 집안으로 안내했다.

"어서 오시라요. 왕대수입니다. 안으로 들어가시지요."

그들은 조그마한 거실로 안내되어 자리를 잡고 앉았다. 집안은 상당히 넓어 보였는데, 어느 농촌의 집안처럼 빛바랜 낡은 가구들이 중앙에 정갈하게 놓여 있었고, 바로 옆에는 침실이 붙어 있었다. 일행은 왕대수씨가 준비해 준 차를 마시며, 그에게 여러 가지를 물어보았다. 먼저 월정 스님이 말을 꺼냈다.

"요즘도 북한에 자주 드나드시나요?"

"네. 그렇습니다."

"북한 사람들이 요즘 중국에 쉽게 나오지 못하나요?"

"네. 북한 당국이 주민들에게 중국으로 오는 비자를 발급해주지 않고 있습니다. 몇 년 전에는 화폐개혁 이후, 북한에 엄청난 인플레이션이 발생해서 민심이 흉흉해지고, 먹을 것이 없어지는 일이 발생했습니다. 그래서 북한 당국은 중국에 나와 친척들에게 돈을 빌리거나 물건을 파는 사람들을 눈감아 주곤 했는데, 요즘은 무역상이 아니면 잘 못나오게 하고 있습니다. 더구나 중국에 갔다 온 사람들도 외부의 어떤 사상을 북한 사람들에게 전달하지 못하도록 철저한 감시를 당하고 있습니다."

"헌데 북한 청사진 프로젝트를 처음 생각해내신 분이 왕대수씨라는

데 맞습니까?"

정준형은 기자답게 호기심을 참지 못하고 바로 끼어들었다.

"네. 그렇습니다."

왕대수는 그가 기자라는 사실을 이미 알고 있는 듯 고개를 끄덕이더니 말을 이었다.

"저에 대해 궁금한 것이 많은가 봅니다."

"네. 그런데 어떻게 하여 그런 생각들을 하시게 된 거죠?"

정준형이 빤히 그의 얼굴을 쳐다보며 말했다. 그의 손에는 이미 녹음기가 쥐어져 있었다.

"녹음은 하지 마시라요. 별로 길게 할 말은 없습니다. 전 단지 중국의 공동체 마을이 잘 되어 부자 마을이 되는 사례가 많은 것을 보고, 단지 북한에서도 그런 공동체 마을이 많이 생기면 좋겠다는 생각을 한 것이지요. 헌데 제 말씀을 들은 무운 큰스님께서는 중국의 공동체 마을보다, 세계 모든 나라에 모범이 되는 북한을 만들어보자고 하시며 저에게 같이 일할 것을 권유한 것이지요."

"세계에 모범이 되는 나라가 된다 하심은?"

"무운 큰스님께서는 국민들 전체가 모두, 나라의 재산을 소유하는 신자본주의 체제를 창설해 보자고 말씀하셨습니다."

"나라 전체를 국민들 모두가 가진다고요?"

"그렇습니다. 어떻게 보면 개인 재산이 없고 공동재산이 되므로 사회주의와 비슷하긴 한데, 모든 자유주의적 경제활동이 가능하고, 그 이익을 마을 공동체적으로 분배하고, 또 협동을 해나가므로, 일반적인 사회주의와는 전혀 다른 시스템이라고 할 수 있겠지요."

"하지만 그러한 시스템은 다른 사회주의처럼 공동체에 의한 부작용도 많지 않을까요?"

"부작용보다는 북한 사람들에게 통일이 되었을 경우에 지금보다 더 잘살 수 있고, 가난에서 벗어날 수 있다는 희망을 주는 것이 더 중요한 것입니다."

"가난에서 벗어날 수 있다는 희망 말입니까?"

"그렇습니다. 북한 사람들은 북한 정부가 되었든 남한 정부가 되었든 사실 별로 상관하지 않는 사람들이 많습니다. 남한의 정치인들이야 통일이 꼭 되어야 한다고 외치고 있지만, 북한 사람들은 어느 정부가 되었든, 배불리 먹게 해주고, 잘 살게 해 주면, 그 정부를 따라 간다는 것입니다. 그들은 먹고 살기에 너무 힘들어 다른 정치적인 생각은 별로 하지 않는다는 말입니다. 통일이 되어 남한의 경제적 부가 북한으로 넘어와도 좋고, 북한의 시스템이 바뀌어 그들이 지금보다 더 잘 먹고 잘살면 그것도 좋다는 것이지요."

"그럼 북한 사람들은 과연 이런 공동체적 시스템에 대해 어떻게 생각하고 있는가요?"

"그게 아직 북한 내에 많이 알려지지 않았습니다. 워낙 감시가 심하므로 북한사람들에게 외부의 소식이 들어가 퍼지는 것이 힘들기 때문입니다."

"북한에서는 지금 한류가 생겨 중국에서 들어온 남한 드라마도 몰래 보고 그런다는데, 북한 청사진 프로젝트가 아직 전혀 알려지지 않은 것입니까?"

"이제 알려지기 시작했다는 게 맞습니다. 사실 제가 지금 하고 있는 일들이 남한 드라마 CD 알판에 북한 청사진 프로젝트에 대한 설명을 끼워 넣어 북한 장마당에 뿌리는 것입니다."

"CD 알판이라뇨?"

"북한에서는 CD를 알판이라 부르는데, 대부분의 북한 사람들이 CD 플레이를 가지고 남한 드라마를 보고 있으므로, 그 CD를 통해 북한 사람들에게 남한의 정보를 주고 있는 것이지요."

"그럼 이러한 북한 청사진 프로젝트를 접한 북한 사람들은 어떻게 반응을 보이나요?"

"북한의 가장 큰 문제는 먹고 살기가 아주 힘들고, 개개인의 돈벌이를 엄격히 통제하고 서로를 감시하는 데 있습니다. 그들에게 모든 활동의 자유를 주고, 더구나 국가의 재산을 마을공동체로 나누어 그들에게 준다고 하니, 싫어하는 사람이 아무도 없었습니다. 그런 날이 오면 아마도 남한보다 북한이 더 살기 좋은 나라가 될 것 같다고 말한 사람도 있었습니다."

"그렇군요. 북한 청사진 프로젝트가 북한 사람들에게 희망을 주는 것임에는 틀림이 없는 것 같군요."

"네. 그렇습니다, 처음에는 잘사는 중국의 마을 공동체 시스템을 보고, 통일 후 북한의 변화를 바라는 마음에 무운 큰스님에게 말씀을 드린 것인데, 스님께서는 통일 후를 바라보며 하는 것이 아니라 통일을 위해 이 일을 시작해야 한다고 말씀하시더군요. 저는 그때야 큰스님의 말씀을 깨달았습니다. 큰스님께서는 북한 사람들에게 희망을 주어 통일의 불씨를 만들려 하신 것이지요."

"맞습니다. 제가 정기자에게 이곳에 오지 않고, 한국에서도 이런 상황을 말씀을 드릴 수도 있었지만, 큰스님께서 직접 저랑 함께 이곳으로 보내신 이유가, 왕대수씨를 만나 봐야 진정한 북한 청사진 프로젝트의 의미를 깨달을 수 있다고 하셨습니다."

월정 스님이 말하며 정준형을 쳐다보았다.

"아! 이제야 무언가 가닥이 잡히는 것 같습니다. 한국의 통일을 바라며 일을 하시는 큰스님의 이야기나, 북한 청사진 프로젝트가 어떻게 생겨났는지 이제 이해가 되는 것 같습니다."

"하지만 큰 문제는 이런 희망의 불씨를 만들기 위해 모든 북한사람들에게 통일 후의 세계를 갈망하는 의식을 은연중 불어 넣어주어야 하는데, 그들을 감시하는 북한의 체제가 실로 엄청나게 폐쇄적이라는 데 있습니다."

월정 스님이 심각한 표정을 짓더니 말을 이었다.

"사실 북한 청사진 프로젝트를 시작한 후, 북한 내에 이러한 소문을 내기 위해 많은 시도를 해 보았지만, 정작 북한의 감시가 워낙 심한 탓에, 그들에게 이 프로젝트에 대해 알리는 작업이 너무 힘이 든다는 것입니다."

옆에 있던 최사장도 끼어들었다.

"북한에서 사업을 하려면 고위관리직과의 관계가 중요하기에 조선족이나 중국인 등 많은 사업가들이 평양에 거주지를 두고 수시로 들락거리고 있습니다. 사실 이들은 북한의 사회주의를 좀 먹을 수 있는 초기 자본주의적 성격을 띤 거래상인데도, 북한에서는 그들이 벌어 들여온 외화가 아까워 그들의 경제활동을 눈감아 주는 것이죠. 저는 그들에게 사실 인터넷에 퍼지고 있는 북한 청사진에 대해 얼마나 그들이 알고 있는 지 비밀리에 슬쩍 물어보곤 하는데, 사실 북한 사람들은 일부를 제외하곤 거의 대부분 잘 모르고 있다는 대답을 하더군요."

"아. 그래서 큰스님께서 이 문제를 더 이슈화 하여 북한으로 더 퍼지게끔 하려고 저에게 기사를 실어줄 것을 부탁하신 것이군요."

정준형이 월정 스님을 쳐다보며 물었다.

"사실 북한 내에서 우리를 도우려 비밀리에 활동했던 몇몇 사람들이 최근 북한 당국에 잡혀 처형이 되었습니다."

"네? 사상자가 발생했다는 말씀입니까?"

"네 그렇습니다. 그때 큰스님의 충격이 무척 크셨습니다. 생명을 귀하게 여기는 불제자들이, 사람의 생명을 잃게 만든 것에 대해 무척 괴로워하셨죠. 그래서 큰스님께서는 기존 방식으로는 더 이상 해결이 되지 않을 것 같다고 여기고, 이 문제를 더 크게 만들어놓아야 북한에 스며드는 정보가 더 많다고 생각하시고 그런 글을 쓰신 것입니다."

"하지만 제 생각에 이런 생각들을 남한 정부와 함께 하면 더 좋지 않을까요?"

"남한 정부의 통일론은 사실 우리가 추진하는 마을공동체적 시스템과 차이가 큽니다. 남한은 북한과 함께 경제적 공동체를 만들어 점차 경제적 통합을 유도하고, 나중에는 점차 정치적으로 통일을 이룬다는 그런 계획을 세우고 있습니다. 하지만 큰스님께서는 북한이 저렇게 폐쇄적인 조치를 하며 북한 사람들을 단속하고 있는데, 어떻게 경제적 통합이 이루어진다는 말인지 이해가 안 된다고 하시더군요."

"그래서 직접 이런 일들을 하고 계시는 것이군요."

"네."

"남한 정부는 만약 통일이 된다면 북한의 재산을 어떻게 운영하려고 할까요?"

정준형의 질문에 조용히 이야기를 듣고 있던 최사장이 끼어들었다.

"그거야 당연히 남한처럼 대부분의 공적 재산은 국유화하고, 북한 주민들이 살고 있는 개인 집이나 농지 같은 것은 사유화하거나 분배하고,

공장 같은 기업체는 공기업화 했다가 점차 사유화시키지 않겠습니까? 그리고 통일비용을 조달하기 위해 철도나 도로, 통신, 에너지, 광산 등 굵직한 사업은 반드시 국유화 할 것입니다."

"맞는 말입니다."

월정 스님이 최사장의 말에 공감을 표시했다.

"북한은 비록 사회주의나 토지를 제외한 자신이 사는 집이나 동산 같은 것은 사유재산이 인정이 되는 상태이므로, 북한의 신흥 부자들의 반발이 거세지 않을까요? 독일은 통일이 되고 난 후 분단 이전의 소유권을 인정하여 수백만 건의 소송이 제기되지 않았습니까?"

정준형이 다시 최사장을 보며 물었다.

"하지만 그것은 동독에서 과거 토지나 재산권 등기와 같은 서류들이 보관되어 있기 때문에 가능하였다는데, 북한에도 재산 몰수 이전의 부동산 등기 같은 것들이 존재 할까요? 설사 존재하더라도 벌써 두 세대가 흘러, 원소유자, 자손 여부 등 정확한 법적 해석이 어려울 건데 굉장한 혼란이 일겠죠. 그렇기에 아마도 남한 정부는 그와 같은 혼란을 피하기 위해 그 이전의 재산을 아예 인정하지 않거나, 아니면 확인된 후손들에게 금전적으로 일부 보상하는 수준에서 끝내고 말 것입니다."

"그런데 왕대수씨는 이곳에서 CD 배포 말고 또 어떤 일들을 하시지요?"

정준형이 고개를 다시 왕대수에게 돌리며 물었다.

"사실 저는 처음 탈북자 친구들을 도와, 연길, 도문 등 국경 주변 도시의 PC방에서 북한 쪽으로 북한 청사진 프로젝트에 대한 정보를 이메일을 통해 배포하는 작업을 하곤 했습니다. 하지만 북한의 인터넷 감시와 역추적, 그리고 중국 공안들의 감시 때문에 지금은 추적이 안 되는 중국

휴대전화들을 이용하여 국경지대의 북한 사람들에게 소식을 알려주라고 탈북자들에게 권하고는 있습니다. 하지만 지금 북한에서는 비밀경찰인 보위부 요원들이 중국산 휴대전화를 사용하는 사람들을 색출하고, 방해전파까지 발사하므로 북한에서는 쉽게 불법 휴대전화를 사용할 수 없게 만들어 활동을 제대로 하지 못하고 있습니다."

"아. 이미 북한도 철저한 감시를 통해 차단하고 있군요."

"그렇습니다."

"얼마 전까지 남한에서도 풍선을 띄워 초코파이와 함께 북한 청사진에 대한 이야기들을 담아 휴전선 근처에서 바람에 실려 날려 보냈지만 그리 큰 효과는 없는 것 같습니다. 더구나 정부에서도 이제 그러한 행위를 못하게 하고 있으니 다른 방법을 강구해야죠."

월정 스님의 말에 준형이 놀라며 물었다

"네? 남한에서도 이미 풍선에 전단지를 끼워 북한으로 날리고 있었다고요?"

"네 그렇습니다. 북한으로 풍선 날리는 것이야 남한에 들어와 살고 있는 북한 실향민들이 옛날부터 항상 해오던 것이라 그리 이상할 것은 없지만, 이번 북한 청사진 전단지에 대해서는 북한에서도 상당히 심각하게 반응을 보이고 있습니다. 남한을 상대로 전단지를 보내는 곳에 포격을 가한다니 하면서 겁을 주며 남한 비방 방송을 계속 하고 있는 것이 그 때문입니다."

"그럼 정부에서도 이미 이 북한 청사진이란 프로젝트에 대해 알고 있고, 그에 대해서 상당히 신경을 쓰고 있겠네요."

"그렇습니다. 얼마 전 큰스님께서 정부 고위 당국자와 만나 그에 대한 이야기를 하신 적이 있으십니다."

"그렇다면 지금 제가 취재하려는 것들이 정치적으로 큰 이슈를 만들 수도 있겠는데요?"

"아마도 큰스님께서는 그것을 바라고 정확한 취재를 위해 정기자를 이곳으로 보낸 것 일겁니다."

"아! 저는 처음 단순히 누구나 바라는 통일에 대한 주제로 그냥 취재만 하면 되는 것인 줄 알았는데, 직접 이런 현장을 둘러보니, 국민들에게 이 소식을 잘못 전달했다가는, 정치적으로나 사회적으로 큰 오해를 살 수도 있겠다는 생각이 듭니다."

"그러실 겝니다. 제가 말한 공동체주의를 보고 이미 주변 남한 친구들은 그게 사회주의와 똑같은 것이 아니고 무엇이 틀리냐며 반박을 하고 있습니다."

옆에 있던 왕대수가 준형을 쳐다보며 말했다.

"하긴요. 개인의 자유를 절대적이라 생각하는 사람들이 개인의 자유 보다는 공동체적 이익을 추구하는 사회가 사회주의처럼 보일 수도 있겠네요."

정준형의 대답에 월정 스님이 끼어들었다.

"그렇지 않습니다. 저희들이 행하는 북한 청사진 프로젝트는 어디까지나 왕대수씨가 제안한 공동체주의 사상에서 시작되었지만, 그 이면에는 철저한 자유주의와 개인의 권리에 중점을 두고 있습니다. 다만 북한이 통일의 과정을 거칠 때, 개인의 재산권 때문에 다툼이 일어날 수 있는 부작용들을 최소화하기 위해, 공동의 책임과 평등에 그 무게를 실은 것입니다. 그리고 훗날 통일이 되고, 개인주의적 이기주의가 팽배해졌을 때는 그런 공동체적 재산권이 모두 개인의 재산권으로 환원될 수 있도록, 법으로써 보호하는 것이지요."

"그래도 자유적 이기주의가 이미 팽배한 남한에서는 공동체적 생각 자체를 사회주의와 동일시하지 않을까요?"

정준형의 물음에 왕대수가 대답했다.

"물론 오해와 편견이 따를 수도 있겠지만, 지금 가장 중요한 것은 북한 사람들에게, 지금의 독재정권이 무너졌을 경우 얼마나 큰 혜택이 그들에게 돌아가는 지 깨닫게 하는 것입니다. 그냥 통일이 된다면 막연히 지금보다 더 자유로워질까라는 생각이 아니라, 통일이 되면 고된 이 생활이 비로서 끝나고, 재산이 생기고, 후손을 배불리 먹여 살릴 힘이 생긴다는 것을 깨닫고, 어떤 수단과 방법이 되었든지 간에, 독재 정권을 무너뜨려 공동체적 재산의 평등화를 이루어야 한다는 것입니다. 전 그것이 바로 우리나라가 통일로 가는 길이라고 생각합니다."

"이런! 왕대수씨의 언변이 또 높아지기 시작했군요."

최사장이 왕대수씨에게 진정하라는 뜻으로 어깨에 가볍게 손을 올렸다.

"왕대수씨. 이제 이런 사상에 대한 이야기는 그만하고, 왕대수씨가 북한을 드나들며 경험했던 북한에 대한 이야기와 그들은 통일에 대해 막연히 어떤 생각을 가지고 있는 지 , 정기자에게 소상히 말씀해주시길 부탁드립니다. 정기자가 올바른 정보를 얻어 그 글이 신문과 인터넷을 통해 점자 알려지는 것이, 북한 청사진 프로젝트를 성공 시킬 수 있는 일이기에, 그에게 많은 것을 알려주시기 바랍니다."

"알겠습니다. 제가 알고 있는 것들은 죄다 이야기해 주겠습니다. 현재 북한 내에서 활동하고 있는 동지들이 백여 명이 넘습니다. 게다가 북한의 모든 땅과 재산을 주민들에게 골고루 나누어준다는 소문 때문에 극소수이지만 이쪽 활동에 가담하려는 사람들이 알게 모르게 늘어나고 있습니다. 다만 이러한 활동이 북한 당국에 걸릴 경우, 체제 전복을 시도하는 반역으로 몰아 처형당할 가능성이 있기 때문에 몸조심하고 있는 것이지요. 얼마 전 당한 사고도 국경을 넘어오다 잡힌 것입니다."

왕대수는 정준형에게 그가 겪었던 중국에서의 이야기와 북한을 넘나들며 그가 본 북한의 실상들, 그리고 지금 그들이 행하고 있는 일들이 얼마나 북한에서 파급효과를 내고 있는 지에 대해 천천히 이야기를 해 주었다. 준형은 왕대수의 허락을 다시 받은 후, 녹음기에 그의 말을 녹음하며 한편으로는 펜으로 수첩에 무언가를 가득 받아 적었다.

그렇게 한 시간 정도가 지나, 정준형 기자가 충분한 정보를 얻었다고 말하자, 일행은 서둘러 주변 정리를 대충하고 자리에서 일어나 그곳을 나왔다. 왕대수는 그들을 따라 나오지 않고 집 앞에 서서 작별인사만 가볍게 했다. 정준형은 그에게 다시금 고맙다며 크게 인사를 했다.

"자, 차에 타시지요. 오늘은 연길에서 주무시고 내일은 정기자님이 모처럼 이곳으로 오셨으니 제가 백두산 구경을 시켜 드리지요."

"네? 백두산이요?"

정준형이 최사장의 차에 오르며 물었다.

"물론입니다. 이곳까지 와서 백두산을 보지 않으면 말이 안 되지요. 이곳에 오는 한국 관광객 모두가 다 백두산을 보려고 온다고 해도 과언이 아닙니다. 제가 미리 여행사를 통해 백두산 천지 아래에서 일박을 할 수 있게 천문봉 산장을 미리 예약해 놓았습니다."

"네? 백두산 천지에서 일박을 할 수 있다고요?"

"네. 이미 그런 관광 상품이 나온 지 오래 되었습니다. 한국인들에게 꽤나 인기가 많습니다. 그런데 주말에는 이곳에서 예약이 불가능합니다. 한국에서 직접 예약하고 오시는 손님들이 너무 많기 때문입니다. 다행히 내일은 평일이므로 관광객들이 적어 쉽게 예약을 할 수 있었습니다."

"그래요? 정말 고맙습니다."

"월정 스님은 백두산이 두 번째이지요?"

"네. 그렇습니다. 몇 년 전에 무운 큰스님과 함께 일박을 했었지요."

"아. 큰스님도 이곳 천지에서 일박을 해보셨나 보군요? 저는 백두산이 처음이라 무척 기대가 되는군요."

정준형이 약간 흥분된 목소리로 기대감에 들떠 말했다.

"네. 천지에 가시면 정말 가슴이 탁 트이는 시원함을 느끼실 것입니다. 천지가 얼마나 아름다운지 지금도 그 풍경이 생생하군요."

"그런데 안개가 없어야 합니다. 안개가 끼면 천지가 잘 안보이거든요."

최사장이 차에 시동을 걸며 말했다.

"안개가 끼어도 그곳에서 일박을 하므로 비만 오지 않는다면, 다음날 아침 천지를 분명 보실 수 있을 것입니다."

"아 정말 빨리 가보고 싶군요."

"저는 많이 가보았으므로 백두산까지는 가지 않겠습니다. 내일 오전 11시경 연길의 해란강 여행사에서 승합차가 올 것입니다. 그걸 타시고 구경 가시면 됩니다. 여행사 운전사가 백두산 입구까지 가서 천지까지 오르는 티켓을 끊어 주고, 오르는 방법을 가르쳐 줄 것입니다."

"네 알겠습니다. 고맙습니다."

일행은 연길로 도착하자 대미호텔에 짐을 풀고 바로 근처의 중국 사천요리를 저녁으로 가볍게 먹고 잠을 청했다.

다음날 아침 천산스님과 준형은 아침 늦게 일어나 식사를 한 후, 해란

강 여행사에서 보내준 승합차를 타고 백두산으로 향했다.

연길에서 백두산까지는 몇 시간 걸리지 않았다. 백두산 천지로 오르는 길은 중국의 많은 관광객들을 위해 중국 당국에서, 백두산 천지 바로 아래까지 포장도로를 뚫어 누구나 쉽게 오를 수 있게 되어있었다.

수많은 버스가 백두산 입구에서 장백폭포 주변까지 관광객들을 일차로 데리고 오면, 그 이후는 200대의 10인승 벤츠 승합차가 쉬지 않고 천지 바로 아래까지, 곡예운전을 하며 관광객들을 실어 날랐다.

천문봉 산장은 중국의 기상대 숙소로써 대부분 그곳에서 일하는 사람들을 위해 지어진 건물이지만, 언제부터인가 천지를 보고 싶어 하는 한국 여행객을 대상으로 방을 빌려주며 이익을 취하고 있었다.

월정 스님과 정준형은 천문봉 산장에 짐을 내려놓고 바로 백두산 천지에 올랐다. 저녁 무렵의 백두산 천지는 이미 관광객들이 모두 내려간 후라 무척 한가로웠다. 관광객들이 오르는 시간에는 천지를 지키는 관리원들이 천지 구경을 못하게 하지만, 일단 관광객들이 모두 내려가면, 그 뒤로는 이곳 천문봉 산장에 쉬는 관광객에게만 마음껏 천지를 볼 수 있는 특권이 생기는 셈이다.

백두산 천지는 다행히 구름 한 점 없이 맑고 화창했다. 곧 날이 어두워지려고 노을이 조금씩 생기고 있었지만, 천지를 구경하고 감상하는 데 전혀 지장은 없었다.

월정 스님과 정준형은 천지가 내려다보이는 곳에 앉아 서로 아무런 말없이 한참을 천지 감상하는 데만 정신을 쏟았다. 월정 스님은 천지를 한참 바라보더니 눈을 감고 명상에 취한 듯 생각에 잠겼다. 정준형은 그런 그의 자태에서 무거움이 흘러나옴을 느꼈다. 주위 공간이 잠깐 동안 시간이 정지한 듯, 알 수 없는 중압감에 휩싸였다. 그는 마치 선(仙)의 기운이 깃들은 듯, 무애(無碍)의 경지에 다다른 부처의 모습이었다. 정준형은 숨을 죽이며 조용히 월정 스님이 눈을 뜰 때까지 기다렸다.

십여 분이 흘렀을까? 월정 스님이 이윽고 눈을 뜨더니 준형을 보며 먼저 침묵을 깼다.

"저기 저 하얀 경계선이 보입니까?"

"네. 아마도 북한과 중국의 국경선인가 보죠?"

"네. 맞습니다."

"여기서 보니 어제 보았던 두만강에서 본 북한 땅과는 또 다르군요."

"그렇죠? 이곳에서 보면 마치 한라산 너머 남쪽처럼 아주 가깝고 친근감이 느껴지죠?"

"네. 왜 저쪽에서 바로 오르지 못하고 중국을 통해 한참 돌아서 올라야 하는 지 조금 서글프기도 하구요."

"그렇죠? 여기서 천지를 바라다보고 있으면 한국 사람이면 어느 누구든 지 꼭 반드시 통일이 되면 좋겠다는 생각을 모두 하고 갈 것입니다."

"정말 그렇겠군요."

"천지의 호수도 생각보다 크죠?"

"네. 그냥 사진으로만 보았을 때는 사진이니까 크게 보일 거란 생각만 했었는데, 직접 이곳에서 보니 엄청 넓은 호수이군요."

"평균 약 2km 조금 못 되는데 넓은 곳은 3.6km 정도 된다고 들었습니다."

"정말 굉장한 곳이군요."

"가장 깊은 곳은 384미터라고 하더군요. 아마도 이 세상에서 가장 높은 곳에 있는 깊고 넓은 호수의 하나일 것입니다."

"오길 정말 잘한 것 같아요. 멋있군요."

"예전에 큰스님께서 이곳 천지에 와서 무슨 말씀을 하셨는 지 짐작하시겠습니까?"

"그야 물론 통일에 대한 이야기겠죠."

"네 그렇습니다. 큰스님께서는 저를 이곳으로 데리고 와 백두대간의 정기를 느끼라고 하더군요."

"백두대간의 정기요?"

"네. 자연의 기운은 그곳에 함께 살아가는 생명체들의 기운을 함께 간직한다고 했는데, 다른 곳보다도 이곳 백두산 천지는 그 기운이 맑다며, 북한의 어두운 그늘에서도 그러한 기운을 느낄 수 있다고 하시더군요."

"자연 앞에서 어느 누가 자신을 내세울 수가 있겠습니까?"

"큰 스님은 백두대간의 모든 기운이 바로 이곳 천지에서 시작한다고 하셨습니다. 한반도를 이루고 있는 모든 산맥들과 모든 물의 근원을 감고 도는, 산태극(山太極), 수태극(水太極)의 근원이 바로 이곳 백두산이라고 했습니다. 백두산을 시작으로 두류산, 금강산, 설악산, 태백산, 오대산, 속리산, 덕유산, 지리산으로 백두대간의 기운이 뻗어나가는 셈이지요. 더구나 백두산은 중국과 한국을 한데 모아 중심축을 이루는 회룡고조형(回龍顧祖形)으로 주변의 모든 정기를 모으고 있는 형상을 하고 있어 명산중의 명산이라 하셨습니다."

"나중에 통일이 되면 많은 산악인들이 진정한 백두대간 종주를 할 수 있겠군요."

"그런 날이 꼭 올 것입니다."

월정 스님이 갑자기 천지 위로 날아다니는 새를 가리키며 물었다.

"저기 천지 위를 날아다니는 새들이 보이십니까?"

"이런 높은 곳에도 새가 날아다니는군요."

정준형이 월정 스님이 가리키는 곳을 보며 대답했다.

"이렇게 높은 지역에서 사는 새들은 다른 새들보다 훨씬 더 튼튼한 날개와 심장과 폐를 가지고 있습니다. 큰스님께서는 저 새를 보시더니 저에게 자신의 영역을 떠나서 어느 곳이든지 더 멀리 날아갈 수 있는 날개, 그런 날개를 가지라고 하시더군요. 그렇게 말씀하시며 우리 민족 모두에게도 그런 날개를 달아주고 싶다고 하셨습니다."

"희망을 주고 싶다는 뜻이겠군요."

"그렇습니다."

"……"

"큰스님께서는 또 저에게 저 천지 넘어 펼쳐져 있는 한반도를 바라보면서는 무슨 생각이 드느냐고 물으시더군요."

"한반도요? ……그야 물론 통일이 이루어졌으면 하는 생각과 함께 북한에서 독재정권 때문에 고통을 받고 있는 북한 사람들의 고통스러운 삶이 보이질 않겠습니까?"

"저도 큰스님께 그렇게 대답했는데, 큰스님께서는 저에게 북한만 보이는 게냐? 하시며 호통을 치시더군요."

"네?"

그 순간 준형의 뇌리에 선뜻 스쳐가는 무언가가 있었다.

"아! 큰 스님께서는 북한의 변화만 바라는 것이 아니신가 보군요! 바로 남한의 변화도 바라고 계시는 것이군요!"

"바로 맞추셨습니다."

"아! 큰스님의 생각이 북한만 아니라 나라 전체에 두고 계셨다니……."

정준형은 소름이 돋았다. 그가 어리둥절해하며 혼자 생각에 잠기자 월정 스님이 잠시 기다렸다가 다시 무겁게 말을 꺼냈다.

"큰스님께서는 북한뿐만 아니라 남한에도 큰 문제가 있다고 생각하시더군요."

"무슨 뜻인지 이해가 됩니다."

"통일 후, 북한의 공동체적 자본주의를 통해, 보다 평등한 세상이 만들어지면, 부자는 더 부자가 되고, 가난한 사람들은 가난에서 벗어나기 위해 발버둥치는 남한의 잘못된 자본주의도, 점차 북한의 변화된 모습을 보면서, 서서히 바뀌어 질 것이라고 말씀하셨습니다."

"재벌들만이 독차지 하고 있는 남한의 편향된 부유함을 질타하시는 것이군요."

"그렇습니다. 물론 근본은 통일을 위해 하시는 일이지만, 통일 초기에 만약 북한의 공동체적 자본주의가 성공을 하여, 재산과 이익의 분배가 평등하게 되어 북한의 민심이 평화로워질 경우, 빈부의 격차가 갈수

141

록 심해지고, 가난이 대물림 되는 남한의 경제체제가 부러워하는 그런 틀을 만드시려는 목적도 있는 것이지요."

"하지만 남한의 자본주의는 이미 미국과 똑같이 철저한 개인 자본주의에 얽매여 있는데, 그런 공동체적 생각이 어제 말했듯이 사회주의로 오인될 수 있으므로 좀 더 현실적이고 냉정한 판단이 필요한 것 아니겠습니까?"

"역시 기자라 생각하시는 것이 날카로우시군요."

"공동체적 자본주의만으로는 남한의 이기적 자유주의를 변화시키기 힘들다고 생각합니다. 더구나 또 다른 사회주의로 오인을 받기 십상이고요."

"모두가 함께 일할 수 있고, 모두가 동등하게 교육받고. 모두가 서로 돕고, 이익도 균등하게 배분되는 세상이라면, 돈벌이가 남한만 못해도 더 살기 좋은 세상이 아닐까요?"

"그런 유토피아는 이미 역사적으로 많은 사회에서 실패를 맛보았습니다. 더구나 민주주의에는 법이란 것이 있지 않습니까? 부족한 부분이나 잘못된 모든 것들은 법을 만드는 사람들을 통해 부의 분배와 평등의 기회를 만들고 있지 않습니까? 그런 것이 진정한 민주주의이며 개인의 완벽한 자유도 보장해주는 것이 아닐까요?"

"그 말씀도 맞지만 꼭 모든 것을 경제적인 관점에서 보고, 자본주의와 연관시키는 것은 잘못된 생각이십니다."

"북한 청사진이라는 프로젝트 역시 가난에서 북한 사람들을 탈출시키기 위한 경제적 개념이 아닙니까?"

"글쎄요……, 아마도 큰스님의 마음은 공동체주의나 자본주의와 같은 사상이 아니라, 부처님의 자비를 인간들의 마음에서 끄집어내려

하고 계시는 것 같습니다."

"부처님의 자비를 인간들의 마음에서 끄집어낸다고요? 갑자기 무슨 말씀을 또 하시는지……."

"북한의 제도적 변화를 통해 남한의 사회 역시 베품이 무엇이고, 사회의 큰 그림인 공감이라는 마음을 끄집어내려고 한다는 뜻입니다. 자신만 잘되려고 남을 밀치지 않으며, 자신만 잘 살려고 남을 짓밟지 않고, 자신만 행복해지려고 타인의 것을 빼앗는 지옥에나 있을 못된 마음들을 내쫓고, 부처님과 같은 자비로 온 세상을 덮으려 하는 것이지요."

"아! 마음의 변화를 말씀하신 것이었군요."

"바로 그렇습니다. 공동체주의니, 자본주의니, 민주주의니 하는 그런 사회 시스템이 중요한 것이 아니고, 인간들의 착한 마음을 끌어내, 모두가 다 부자는 아니지만, 모두가 부족함이 없이 풍족하게 되는 그런 세상을 만들자는 것이지요."

"그런데 북한 주민들이 정말 북한 청사진 프로젝트에 과연 큰 기대를 걸까요?"

"북한은 이미 자본주의가 시작되었다고 생각해도 됩니다."

"네? 그게 무슨 말씀이시죠? 북한이 벌써 자본주의의 맛을 알았다는 뜻인가요?"

"네. 그렇습니다, 북한은 과거 생필품의 배급이나 조달이 어려워지자 주민들의 반발을 무마하기 위해 개인의 부업활동을 인정해주며, 그들의 기본적인 시장 활동을 묵인하게 되었습니다. 그리고 생산 제품을 균등하게 분배하는 사회주의 체제에서, 더 일한 만큼 많이 주는 인센티브 체제를 생산현장에 도입하기도 했고요. 시장 문화가 너무 활성화되면 사회주의 체제 근간이 흔들릴까봐 견제할 목적으로 화폐개혁을 하거나 암거래 상인들을 체포하기도 하였지만, 그건 어디까지 남한정부의 언론 플레이처럼, 북한 주민들에게 집권당이 언제든 마음만 먹으면 북한 주민들의 재산을 몰 수 할 수 있다는 무언중의 압력을 가하는 것이지, 그들의 생명줄인 시장 경제를 금지 할 수는 없다는 것입니다. 배급을 하지 못하고, 장마당이라는 시장 경제를 하락해준 것 자체가, 이미 북한사회의 붕괴는 시작되었다고 봅니다. 하지만 중요한 것은 그런 흐름이 통일을 이룰 수 있을 정도로 북한 사람들의 마음에 강력하게 작용할 부가적인 부추김이 있어야 한다는 것입니다."

"이제 이해가 가는군요."

"아마도 북한 청사진 프로젝트는 이러한 그들의 억압된 분노를 반발로 바꿀 수 있는 핵폭탄과도 같을 것입니다."

"북한 청사진이 그들에게 어떤 욕심을 불러일으킨다는 것입니까?"

"큰스님께서 계획하신 대로 북한 청사진 프로젝트가 모두를 자극하는 매개체가 된다면 그 힘은 떨어지는 물방울이 바위를 쪼개듯, 차차 북한 사회에 엄청난 파문을 불러 올 것입니다. 북한이 싫어 떠난 탈북자와 외국에서 외화벌이에 고통을 당하는 북한 외교관들, 그리고 속내를 표출하지는 않지만 북한의 자유경제를 바라는 많은 북한 사람들이 북한 청사진 프로젝트에 흥미를 가지고 참여하게 되면, 북한의 체계는 급속도로 변하게 될 것이란 말입니다."

"……아마도 제가 생각했던 것보다 더 큰 사건에 빠져들고 있다는 생각이 점점 드는군요."

정준형의 말에 월정 스님이 웃으며 정준형의 얼굴을 쳐다보았다. 그때 천지 아래에서 천문봉 숙소 식당 아주머니가 그들을 중국어로 부르는 소리가 들렸다. 아마도 저녁 식사를 하라는 뜻인 것 같았다.

월정 스님과 정준형은 이미 어두워지고 있는 천지를 뒤로 한 채, 숙소로 돌아가 저녁식사를 하고 휴식을 취했다. 해가 진 후, 천지 주변은 모두 암흑으로 변했다. 월정 스님과 정준형은 숙소 밖에 앉아, 이런저런 이야기를 하며 밤하늘의 별들을 늦은 시각까지 구경하다가 이윽고 잠을 청했다.

다음 날, 일찍 일어나 천지를 다시 한 번 둘러보고 아침식사를 마친 월정 스님과 정준형은, 어제 타고 왔던 승합차를 타고 다시 내려가 버스를 탄 후, 백두산 입구에서 기다리는 여행사 직원을 만나, 한국에 가기 위해 연길 조양천 공항으로 향했다.

한국에 돌아온 월정 스님과 정준형은 무운 큰스님이 갈비뼈 골절로 송광사 근처 병원에 입원했다는 소식을 듣고 부랴부랴 차를 타고 순천으로 향했다. 시내 외곽 조용한 산기슭 병원에 입원하고 있던 무운 큰스님이 다급히 병실로 들어오는 그들을 바라보더니 웃으며 말했다.

"아니, 뭐가 급하다고 이렇게들 서둘러 오는 것인가?"

"무슨 일이시죠? 큰스님. 어느 분한테 습격을 당했다고 하던데 괜찮으신가요?"

월정 스님이 걱정스러운 표정으로 무운 큰스님 앞으로 다가가 말했다.

"괜찮네, 괜찮아. 어떤 시주님이 나를 밀치는 바람에 넘어져 부딪힌 것뿐이라네."

"도대체 누가 그렇게 큰스님을 밀치신 거죠?"

정준형이 약간 화가 난 듯 월정 스님 옆에서 언성을 높였다.

"나는 괜찮은데 자네들이 왜 그러나? 그냥 생각이 다른 사람이 나 같은 늙은이에게 화를 낸 것뿐이지."

무운 큰스님이 빙그레 웃으며 침대에서 일어나 말했다. 아직 통증이 심한지 약간 얼굴을 찌푸리며 가슴을 손으로 만지작거렸다.

"다른 스님말로는 큰스님이 빨갱이라며 어떤 노인이 달려들었다고 하는데 그게 사실입니까?"

월정 스님이 침대에서 무운 큰스님을 부축하며 물었다.

"공산주의를 아주 싫어하는 양반 같은데, 내가 쓴 글을 읽고 화가 나서 나에게 따지러 왔나 보더군. 난 등산복 차림으로 와서, 조계산을 등산하시는 노인인 줄 알았는데, 나를 만나기 위해 일부러 서울에서 내려왔다고 하더니, 다짜고짜 나보고 빨갱이가 아니냐며 멱살을 잡더니 나를 내동댕이치더군. 성질도 참 급한 양반이야."

"그럼 그 사람은 잡았습니까? 경찰서에 신고는 하셨나요?"

정준형이 물었다.

"가슴 좀 다친 것 가지고 그 사람에게 죄를 물을 필요야 있겠는가? 서로 간의 생각이 틀려 그런 것 같은데, 내가 이해를 해야지. 그 사람은 내가 넘어져 다친 것을 보고 놀라더니, 빨갱이 짓 그만 하라고 소리치더니 서둘러 도망을 치더구만. 내려가면서도 다시 뒤돌아보며 또 빨갱이 짓 하면 가만있지 않겠다고 소리를 지르는 걸 보니, 성질 꽤나 사나운 사람이더군."

"아니 저희들은 평화통일을 바라며 어떤 방법이 남북한 사람들에게 좋은 것인지 고민하고 있는데, 왜 저희들을 빨갱이라 하지요?"

정준형이 고민스러운 표정을 지으며 무운 큰스님을 쳐다보았다.

"선과 악의 구별은 원래 힘든 것이 아닌가? 온갖 짐승들을 학대하며 잡아먹는 인간들의 본성과 질서를 잡으려는 인간들의 이성을 합하면 그게 악이겠는가? 선이겠는가? 선악의 구별은 다 부질없는 것이지."

"북한과 관계되는 일만 하면 빨갱이로 몰아붙이는 사람들이 아직도 많은 걸 보면, 통일한국의 앞날이 꼭 밝은 것 같지만은 않습니다."

정준형이 실망스러운 표정으로 말했다.

"젊은 사람이 무슨 소리를 하는 것인가? 이런 일들이야 사람들의 생각이 다른 것뿐이지, 그런 사람들로 인해 나라의 장래까지 연관 지으며 걱정하는 것은 어불성설이네. 자기의 생각과 틀리다고 하여 다른 사람에게 폭력을 가하는 그 사람 한 사람이 나쁜 사람이지, 어찌 자네는 생각이 틀린 사람들을 모두 다 싸잡아 비판하는 것인가?"

무운 큰스님이 나무라는 목소리로 정준형을 바라보며 말하자, 정준형이 고개를 숙이며 조용히 대답했다.

"하지만 큰스님의 연세를 보아서도 이런 짓을 할 수는 없는 것이지 않습니까?"

"허허허. 그저 밀친 것뿐이네. 너무 마음 쓰지 말게나. 갈비뼈에 조금 금이 간 것 가지고 큰 문제가 되겠는가? 통증도 이제 참을 만하니 내일 바로 퇴원을 할 걸세."

"갈비뼈가 3개나 부러지셨다는데 내일 퇴원을 하시다니요? 후유증이 올 지도 모르니 며칠 더 쉬시는 게 좋지 않으시겠습니까?"

월정 스님이 걱정스러운 표정을 하며 조심스레 말했다.

"자네도 내 성격을 몰라서 하는 말인가? 불제자가 불미스러운 일로 이런 사설 병원에 입원한 것조차 부끄러운 일인데, 내가 어찌 작은 일로 계속 이곳에 더 머물 수 있겠는가? 주지스님의 간청이 아니었으면 처음부터 이곳에 오지도 않았을 걸세."

"그래도 큰스님 조금 더 쉬었다 가시지요. 천자암으로 올라가시려면 호흡이 꽤 힘드실 텐데."

"괜찮다니까. 그건 그렇고 연길에 갔다 온 일은 잘 되었는가? 정기자. 자네는 이제 우리가 하고 있는 일들을 조금은 이해 할 수 있겠는가?" 무운 큰스님이 자세를 편하게 고쳐 앉으며 준형을 쳐다보며 물었다.

"네 이제 이해가 갑니다."

"북한 사람들에게 자유를 주기 위해서는 많은 노력들이 필요할거야."

"하지만 북한 장마당이 점점 활성화되고 있고, 북한도 김정은에 의해 점차 자율적인 시장경제 체제로 일부 변하고 있는데, 북한 스스로 나중에 통일에 대한 갈망이 생기지 않을까요?"

"물론 그렇게만 되면 얼마나 좋겠는가. 하지만 자유를 억압하며 지도자를 억지로 개인 숭배시키는 공포정치와 그릇된 사상은 반드시 우리 민족의 앞날을 위해 사라져야만 한다네."

"북한 주체사상 세뇌교육과 공포정치를 없애야만 한국의 앞날이 밝다는 말씀이시군요."

"그건 당연하지 않겠는가? 부처님께서 모든 인간들이 깨달음을 얻어 극락세상을 만들자고 하셨는데, 개인이나 집단이 권력으로 모든 사람을 핍박하는 그런 세상을 유지하고 있는 것은, 인간 세상을 지옥으로 만들려고 함이 아닌가? 그런 지옥이 앞에 있음에도 스스로 바꾸려 하지 않는다면 정말 잘못된 것이지. 그렇다고 욕심 많은 정치가들에게 미래를 맡긴다는 것은 크나큰 실수를 범할 수 있어."

"하지만 언론이나 국민들의 뜻이 조금씩 다 다르므로 그런 것을 융합해야 될 시간이 조금 필요한 것이 아닐까요?"

"이미 지금의 상황은 더 기다릴 수 없는 상황으로 번지고 있어."

"그게 무슨 말씀이시죠? 상황이 더 급박해졌다는 뜻인가요?"

"그렇다네. 사실 이런 일이 생길 줄 짐작은 했지만, 언론에 보도된 이후에 이렇게 빨리 부수적인 상황이 발생할 줄은 나도 미처 예상 못했네."

"무슨 일이신데요?"

"혹시 큰스님께서 말씀하셨던 북한 임시정부 말씀이신가요?"

옆에 있던 월정 스님이 무슨 생각이 난 듯 무운 큰스님을 쳐다보며 물었다.

"그렇다네. 몇몇 탈북 강성파들이 북한의 재산을 골고루 나누는 작업도 모자라, 통일 후 북한을 자체적으로 통치 할 수 있는 북한 임시 정부를 만들고 있다네. 비록 대통령이나 총리는 남북한 한 명이 하더라도, 그 외의 모든 공직은 북한 사람 출신으로 하여 국가의 권력을 장악하고, 국가의 재산을 그들 스스로 관리한다는 계획이지."

"아! 이런 일이! 정말로 일이 복잡하게 진행 되는군요!"

정준형이 탄성을 질렀다.

"모든 일에는 인간들의 욕심을 떨쳐 버릴 수가 없기에, 북한 청사진 프로젝트를 진행하며 많은 부작용을 예측하기는 했지만, 임시 정부까지 만들자고 나올 줄은 미처 생각하지 못했네. 다만 나중에 그 낌새를 알아차리고 해결방안을 찾고 있는데 지금은 정부에서조차 끼어들어 압박을 가하니, 우리의 작업을 정부 당국과 어떻게 보조를 맞추어야 할지가 다급한 문제가 되었네."

"정부에서 끼어들었다는 말씀인가요?"

정준형이 놀라 물었다.

"그렇다네. 어제 국가정보원 대북 관리팀에서 날 찾아왔더구만."

"국가정보원이라면 주로 간첩활동을 감시하는 곳인데, 그들이 찾아

왔다면 불교계의 이번 행동들을 나쁘게 보고 있다는 취지 아닐까요?"

"그들은 이미 우리가 북한 청사진 프로젝트를 시작할 때부터 감시를 해왔다네. 다만 다른 탈북자 단체처럼 북한에 전단지를 날리거나, 자유 방송을 하는 등, 민주주의를 위한 행동에는 전혀 반감을 가지고 있지 않더구만. 그들이 염려하는 것은 남한의 정부에 반기를 들 수 있는 또 다른 세력이, 이 북한 청사진 프로젝트에 의해 탄생이 될 까봐 두려워하고 있는 것이지. 하지만 자네를 통해 신문에 우리가 발표를 한 것은 그런 단체를 만들자고 한 것이 아니고, 더 많은 사람들의 힘과 용기를 얻기 위함이란 것임을 자네도 알 것이네. 이미 난 그들에게 우리의 정확한 뜻을 말해 주었네."

"하지만 큰스님의 뜻이 아무리 그렇다 하셔도, 탈북자 단체에서 그들의 욕심대로 임시정부를 만들고 북한의 다른 국가기관마냥 설치게 된다면 이는 또 다른 전쟁의 빌미를 줄 수도 있는 것 아닙니까?"

"사실 우리가 하고 있는 일들도 북한의 통치자들에겐 전쟁의 실마리를 주고 있는 것인 지도 모르지. 하지만 작은 위험을 감수하지 않고 큰 결과를 얻을 수는 없기에, 정확한 정보와 열정을 바탕으로 착실히 통일을 위한 분위기 쇄신을 만들고 있는 것이야."

"큰스님. 그럼 앞으로 저희들은 어떻게 해야 할까요?"

옆에서 가만히 이야기를 듣고 있던 월정 스님이 물었다.

"월정. 자네는 개암사에서 기다리다가 정부 당국의 부탁이 있으면 다음 주쯤에 다시 연변으로 가야겠네."

"왜 다시 월정 스님을 중국으로 들어가라고 하시는 것이죠? 큰스님."

정준형이 물었다.

"사람을 구하러 가는 것이야."

"사람을 구하다니요? 누가 중국에서 체포라도 된 것입니까?"

"중국 공안에서 남한의 국가정보원 몇 명을 체포한 것 같네. 남한 정부에서는 북한 청사진 프로젝트와 전혀 관계없다고 했는데도, 그들을 풀어주지 않고 조사를 벌이는가 보네. 지금 벌어지는 일들이 남한의 종교계에서 벌인 일이라고 입증을 시켜 그들을 빼내오기 위해 나에게 접촉을 한 것이지. 그리고 정기자 자네는 서울로 돌아가 이선영씨와 함께 북한 임시정부 시스템을 만드는 단체를 찾아가 이야기를 해 보게나. 나도 곧 서울로 가서 다른 큰스님들과 상의를 좀 한 다음, 자네를 찾도록 하겠네."

"알겠습니다."

"명심들 하게나. 역사는 움직이는 자들의 것이야. 국민들은 그들이 원하면 무엇이든지 얻을 수 있는 권력을 가지고 있지. 하지만 착한 그들은 정치가들의 교활한 정치적 수단과 경제적 가치 우선이라는 함정에 갇혀, 스스로를 희생하면서 고된 삶을 지탱해 나가고 있지. 북한 주민들의 고통을 줄이고, 남한과 함께 미래 후세들의 번영을 위해서는 현재를 살고 있는 우리들의 끈질긴 노력과 희생이 있어야만 할 것이야. 난 자네들이 이런 내 말을 충분히 이해하고 있다고 믿겠네."

월정 스님과 정준형은 무운 큰스님께 인사를 올리고 바로 정준형의 차를 타고 서울로 향했다. 차가 출발하자 월정 스님이 정준형을 쳐다보며 말했다.

"내일 큰스님께서는 정부 고위층 간부들과 만나 중조 우호조약에 대한 대처 방안을 논의하기로 하셨다고 합니다."

"중조 우호조약이요?"

"그렇습니다. 만일 북한에서 급변 사태가 발발할 경우에, 1961년도 김일성과 중국 사이에 맺은 중조 우호조약 때문에, 전쟁이 아닌 준전시 상태에서도 중국이 북한에 군대를 보내 자동으로 개입할 수 있기 때문에, 그에 대한 대책 회의를 하시나 봅니다."

"무운 큰스님께서는 벌써 거기까지 생각하시고 일을 추진하시고 있으신가 보군요."

"매사에 빈틈이 없으신 분이십니다. 큰 스님께서 자주 만나시는 분들이 수백 명이 넘습니다. 그리고 큰스님께서 하루도 쉬시는 날을 뵌 적이 없는 것 같습니다."

"정말 굉장한 분이시군요."

"이렇게 일을 하시는 것 자체가 불법을 행하는 것과 같다고 말씀하시더군요."

"전 큰스님께서 미래를 정말 예측하고 계시는 지 그것이 항상 궁금할 따름입니다."

서해안 고속도로를 타고 쉬지 않고 달린 정준형은 월정 스님을 개암사에 내려드리고 다시 바로 길을 떠났다.

서울로 차를 몰며 정준형은 계속 생각에 잠겼다. 우연한 기회에 기자 신분으로 무운 큰스님과 월정 스님의 일에 끼어들기는 하였지만, 지금 하고 있는 일들이 결코 작은 일들이 아님을 느끼고 있었던 것이다. 항상 냉정하게 세상을 보는 기자로 살아갔지만, 어쩐지 이번 일들에 대해서는 알 수 없는 억압감이 그에게 생기기 시작한 것이다.

정준형은 긴 한 숨을 쉬며 어두워져 가는 하늘을 쳐다보았다. 질주하는 고속도로와 함께 그의 마음도 빠르게 달리고 있었다.

9. 대도무문(大道無門)

 신문에 무운 큰스님의 사설이 실린 후 몇 주가 지났다. 처음보다는 북한 청사진에 대한 댓글들이 줄기는 하였지만, 아직도 주요 인터넷 사이트에서는 북한 청사진에 대한 토론이 일부를 차지하고 있었다.

 북한 당국에서는 아직 아무런 반응도 없었고, 이를 언급하는 북측 매체도 없었다. 하지만 북한 주변의 압록강과 두만강 주변에서는 남한에서 일고 있는 북한 청사진이란 소문을 듣고 중국의 인터넷을 통해 한국의 북한 청사진 사이트로 접속하는 사람들이 기하급수적으로 늘기 시작했다. 북한에서 직접 우회적으로 중국 서버를 통해 남한의 인터넷 사이트로 접속하는 사람들이 있는 지 없는 지는 모르지만, 중국을 오고 가는 많은 북한 사람들이 북한 청사진이란 가상 세계에 큰 관심을 가지고 있는 것은 확실했다.

 한 주가 마무리되어 가는 금요일 오전 무렵, 갑자기 신문사로 북한에서 탈출하여 남한에 정착하여 살고 있다는 한 젊은 남자가 정준형을 찾아왔다. 그는 자신을 북한 인민군 장교였다고 소개하고 다짜고짜로 지금 무운 큰스님이 하고 계시는 북한 청사진 프로젝트가 아주 위험한 발상임을 알려주기 위해 왔다고 말했다.

 "물론 이러한 계획들이 북한 당국을 자극할 줄은 압니다. 하지만 남북한 간의 긴장감은 옛날부터 항상 있어왔고, 또 알게 모르게 서로를 비방하는 일은 흔한 일인데, 이 프로젝트가 그렇게 북한을 도발할 정도로 위험한 것일까요?"

정준형은 열변을 토하는 방문객을 잠시 진정시킨 뒤 조용히 물었다. 그는 앞에 있는 생수를 벌컥벌컥 마시더니, 정준형을 똑바로 쳐다보며 말했다.

"김정은을 김일성이나 김정일과 똑같이 생각하면 그건 큰 오산입니다. 김정은은 어차피 정권을 잃게 되면 그가 살 수 없다는 것을 알고 있기 때문에, 너 죽고 나 죽자 란 식으로 남한을 공격하게 될 것입니다. 평화통일이 된다 한 들, 그 젊은 놈이 자기의 정권을 유지시키기 위해, 온갖 못된 짓을 다하고, 또 나이든 자들을 잡아다가 처형하는 그런 짓을 벌렸는데, 그가 통일 후 쉽게 자신의 목숨을 부지할 수 있겠습니까? 천부당만부당 한 일입니다."

"김정은이 자신의 체제가 위험해지면 반드시 전쟁을 일으킬 거란 말씀이군요."

"그렇습니다. 제가 남한으로 탈출하기 전, 북한은 이미 남한과 전면전을 벌인다는 계획을 김정일 때부터 만들어 놓고 있습니다. 남한에서 북한이 경제난으로 전쟁을 오래 지탱하지 못해 쉽게 남침을 하지 못할 것이란 생각을 하는 것은 아주 멍청한 생각입니다. 가난한 깡패가 부자인 사람을 질투해서, 건들기만 하면 두들겨 패 죽인다는 그런 억한 마음을 가지고 있다라는 표현이 맞을 것입니다. 그렇다고 싸우기 싫어, 살살 돈을 건네주며 경제적으로 도와주어 봤자, 그들은 고마운 줄도 모르고, 그 돈으로 또 무기를 만듭니다. 받아먹을 건 받아먹고, 두들겨 팰 건 두들겨 팬다는 그런 깡패 심보입니다. 천안함 격침이나, 연평도 포격을 직접 당해보지 않으셨습니까? 개성공단을 돌리며 서로 협력을 부르짖으면서도 깡패 짓은 멈추지 않는 것과 같습니다. 어찌 보면 악순환의 연속이지요. 더구나 남한 사람들은 북한이 얼마나 치밀하게 전쟁 준비를 하고 있는 지 전혀 모릅니다."

"전쟁 준비를 치밀히 하고 있다고요?"

"네. 그런데 기자님께서 정말 그걸 몰라서 묻는 것입니까? 참 어처구니가 없구만요. 기자님도 이런데 다른 남한 사람들이야 오죽하겠습니까?"

"물론 김정은이 통일을 위한 전쟁을 반드시 자기가 수령일 때 치르겠다고 떠들고 협박하는 것은 모두들 아는데, 그건 어디까지나 군대의 군기를 잡아 자신의 정권을 유지하기 위한 기만전술이 아닐까요?"

"기만전술이요? 기자님은 깡패가 맘이 내키면 아무 때나 깡패 짓을 하지 다른 사람을 어디 봐주거나 한답니까? 정말 남한 사람들은 착한 것인지, 아니면 전쟁을 모르는 것인 지 한심합니다."

"그렇다고 남한에서 나라 살림을 제쳐 두고 전쟁준비를 위해 과거처럼 긴장감을 불러일으킬 수는 없지 않습니까?"

"김정은은 어렸을 때부터 자기가 세상을 맘대로 할 수 있을 것 같은 착각에 빠져 살아온 괴물 같은 놈입니다. 아무 것도 아닌 싸이코 같은 히틀러가 우연히 나찌당의 당수가 되고, 또 사회분위기에 휩쓸려 독일 정권을 잡아 총통이 된 뒤로, 그 미치광이 생각을 현실화시켜 온 세상을 전쟁 속으로 몰아넣었듯, 김정은도 그에 못지않을 것입니다. 김정은은 아마도 그 젊은 혈기 때문에 자신이 위험해지면 반드시 전쟁을 일으킬 괴물입니다. 북한 정권 내에서 새파랗게 젊은 놈이 설치는 게 깔보기 싫어 김정은을 암살하거나 하면 모를까, 김정은이 정권을 잡고 있는 동안에는, 언젠가 남한과 분명 한바탕 싸우려고 벼를 것입니다."

"김정은이 남한과 전면전을 일으킨다는 말씀이신가요?"

155

"네. 이미 북한은 남한과 전면전을 벌이려고 모든 작전을 다 세워 놓았습니다. 인민군 간부들은 항상 전쟁이 일어나면 남한 어디를 치고 어디로 진격한다는 작전을 모두 지시 받고 있습니다. 특히 저는 전쟁 시 남한에 침투하여 후방을 교란시키고 점령하는 특수부대 소속이었는데, 그런 부대가 십만 명이 넘습니다. 그들은 순식간에 남한의 모든 발전소 및 공공시설을 타격할 수 있습니다. 설사 전면전을 하지 않고 특수부대 일부만 남한에 침투해도 남한의 경제는 파탄이 날 것입니다. 그런데 정말 이런 일들이 벌어지지 않으려면 당장 무슨 북한 프로젝트인가 하는 것들을 취소해야 합니다."

"오늘 오후에 그 일에 관하여 일하시는 분들과 약속이 있습니다. 선생님의 말씀을 그 분들에게 전하겠습니다. 아무튼 이곳에 오셔서 그런 좋은 말씀을 해주셔서 감사합니다. 기사를 쓰는데 도움이 될 것 같습니다."

"알겠습니다. 이만 가보겠습니다. 기자님께서 그들을 잘 설득해 주시길 바랍니다. 저는 전쟁이 나는 것을 결코 바라지 않습니다. 군인과 같은 직업이 싫어 남한으로 탈출했는데, 또 다시 남한이 북한과 전쟁을 벌인다는 것은 생각만 해도 끔찍합니다. 북한 사람들도 아마 좀 더 못 살아도 전쟁은 하질 않길 바랄 것입니다."

"네. 잘 알아들었습니다. 그분들과 상의해 보겠습니다. 안녕히 가십시오."

"네. 제 말을 들어주셔서 감사합니다."

정준형은 그를 보낸 후 잠시 생각에 잠겼다가 근처 식당에서 편집장과 함께 점심 식사를 하며 그가 취재해야 할 일들을 간단히 브리핑 한 후, 이선영씨와 만나기로 한 북한의 소리 잡지사가 있는 구로지역으로 향했다.

정준형은 이선영을 태운 후, 차를 몰고 북한 임시정부 인터넷 사이트를 만들어 운영하고 있는 김치수라는 사람을 만나러 갔다.

"북한은 지금 북한 청사진 프로젝트가 신문을 통해 이 세상에 알려진 후 대대적인 단속에 들어갔습니다. 북한 청사진을 국가를 전복시키기 위한 유언비어로 생각하고 있는 것입니다."

정준형이 차 안에서 이선영을 바라보며 말을 했다.

"남한에서 하는 일들을 북한에서 단속하는 것은 당연하겠지요."

이선영이 담담한 얼굴로 대답했다.

"하지만 오전에 찾아온 북한군 장교 탈북자의 말처럼 그들이 이것을 빌미로 전쟁을 일으킨다고 엄포를 놓으면 어떻게 하지요?"

정준형이 약간 염려스러운 듯 근심스러운 표정을 지었다. 정준형은 이미 오전에 찾아 온 북한군 장교의 말을 그녀에게 한 터였다.

"전쟁이 일어나는 일은 절대 없을 거예요. 너무 걱정은 하지 마세요. 천안함 사건이나 연평도 사건과 비교하면 답이 나오죠. 김정은 정권은 엄포만 놀 뿐 이길 승산이 없는 전쟁은 하지 않을 것입니다. 지금은 전쟁보다도 자신들의 체제를 유지하는 것이 더 급선무이지요."

이선영이 정준형을 안심시켰다.

"지금 연변에서도 많은 일들이 벌어지는 것 같습니다. 연변에서 돌아오기 전 최사장님의 말씀을 들으니, 중국에 있는 많은 탈북자들이 고향에 있는 가족들을 생각하여, 북한의 휴대폰 영역을 해킹하여 무작위로 북한 청사진을 알리는 문구 메시지를 보내기도 하고, 인터넷이나 휴대폰을 모르는 북한 주민들을 위해 중국의 압록강과 두만강 주변에서 비밀리에 북한청사진 전단지를 바람에 날리는 일도 시작한 것 같습니다. 남한에서 전단지를 뿌리듯 중국에서도 이미 전단지를 몰래 뿌리기 시작했는데 지금 중국 공안당국에서 감시가 심해졌다고 하더군요."

"네. 저도 다른 분들께 소식을 들어 알고 있어요. 그리고 최근 탈북한 사람들의 말을 들어보면, 통일이 되면 북한 전체의 땅을 북한 사람들에게 전부 나누어주어 사유화 하고, 점차 그것들을 기반으로 북한의 경제적 부흥을 일군다는 북한 청사진에 대한 소문이 암암리에 함경북도를 시작으로 점차 남하하여 평양의 고위 관계자들에게까지 전파되었다고 합니다."

"그래서 북한이 입단속을 하기 위해 대대적인 감시를 하는 것이로군요."

"네. 그래요."

"다 왔습니다. 김치수와 만나기로 한 장소입니다."

그들은 차를 빌딩 주차장에 주차시킨 후 계단을 걸어 올라가 2층 조그마한 사무실에 자리 잡고 있는 한 사무실 앞에 멈추어 섰다. 사무실 간판에는 북한 자유연합 민간단체라는 푯말이 붙어있었다. 정준형이 문을 두드리며 노크를 하자 수염을 덥수룩하게 기른 한 중년 사내가 문을 열고 그들을 맞이했다.

"어서들 오세요. 제가 김치수입니다. 선영씨. 오래간만에 뵙겠습니다. 저번 탈북자 모임에서는 많은 말을 못해서 안타까웠는데 저에게 궁금하신 것이 많으신가 보군요. 어서 안으로 들어가시지요."

김치수는 그들을 사무실 조그만 방으로 안내하여 간단한 음료와 녹차를 내놓았다. 사무실에는 책상 두 개와 컴퓨터 몇 대, 그리고 그 앞에 마주보며 4명이 앉을 수 있는 작은 소파가 놓여있었다. 벽 전체는 책꽂이로 장식되었는데, 북한과 관련된 많은 서적들이 눈에 띄었다.

"북한 임시정부 인터넷 사이트가 상당히 이슈가 되고 있는 가 봅니다. 그것 때문에 오신 것이지요?"

"네. 그렇습니다. 기자로써 반드시 취재가 필요하다고 생각되는군요."

"그쪽 신문사의 남북관계에 대한 기사는 최근 정기자님께서 맡고 계시다고 선영씨께 미리 들었습니다. 저한테 궁금하신 것이 무엇인가요?"

"그런데 이런 조그마한 곳에서 굉장히 큰일을 벌이시고 계시군요."

"이제 시작일 뿐이지요. 사실 사무실은 좁지만 북한 임시정부 인터넷 정회원은 2만 명 정도로 탈북자들 대부분이 가입하였고, 우리를 지지하는 남한 준회원들도 10만 명을 넘었습니다. 더구나 그들이 보내준 성금으로 곧 사무실 이전을 할 것입니다."

"아ー, 벌써 그렇게 단체가 커졌군요."

"모두 다 인터넷 덕분이죠."

"지금 불교계 몇몇 스님들께서 북한 청사진 프로젝트를 시행하여 통일 후 북한 사람들의 안정된 사유재산화 분배 공동 프로그램을 만들고 있는 것으로 아는데, 또 다시 북한 임시정부란 프로젝트를 만들어 인터넷에 홍보를 하게 되면 서로의 힘이 분산되는 것이 아닐까요? 서로의 힘을 합쳐도 모자라는 판에, 비슷한 프로젝트가 있으면 서로 마이너스 되는 게 아닐까요?"

"저는 그렇게 생각하지 않습니다."

"왜죠?"

"북한이 통일이 되기 위해서는 재산을 분배한다는 조건 만으로는 어렵다고 보고 있습니다. 북한의 현 독재체제를 무너뜨리기 위해서는 지금의 북한 정부를 거부하고 다시 새로운 정부가 들어서게 하는 것이 맞다고 생각합니다."

"그건 공산주의 체제와 마찬가지로 또 다른 쿠데타와 같은 것이 아닙니까? 통일 후에는 현 정부에서 준비된 프로그램을 가지고 정부기능을 통합하기 위해 노력을 할 것인데, 그런 모든 정부의 기능을 무시한 채 사사로이 정부를 만든다면 그것이 효과가 있겠습니까?"

"북한 청사진 프로젝트는 남한 정부에서 하고 있는 통일 프로그램과 별반 다르지 않습니다. 사실 북한 사람들이 북한의 공포정치에 찍소리도 못하고 있는 것은, 그들이 무슨 일을 계획하더라도 주위에 너무 감시가 많아서 바로 발각이 되고, 또 발각이 되면 가족 전부가 몰살되기에, 감히 무서워 아무도 시도하지 못하고 있는 것입니다. 공평한 재산분배는 전체의 마음에 가벼운 바람만 불게 할 뿐, 판을 뒤엎을 정도의 폭풍우를 불러일으키기에는 부족합니다. 그래서 우리는 재산의 공동분배 과정에서 김씨 체제를 깨뜨리는 집단이나 사람들에게 우선적으로 더 큰 재산을 주기로 작정하고 북한 임시정부 체제를 만들어 더 큰 강력한 당근을 주려고 하는 것입니다. 사람들은 누구나 돈 욕심, 권력 욕심이 있는 법입니다. 감히 무서워 어떤 짓을 못하는 것이지, 그런 짓을 할 수 있는 조건만 된다면 어느 누구도 무슨 짓을 할 것입니다."

"하지만 전쟁과 권력으로 실권을 꽉 잡고 있는 북한 군부를 총칼이 없는 북한 주민들이 과연 무너뜨릴 수 있을까요?"

"북한 군부나 당 간부 중에서도 권력과 호화 생활을 누리는 사람은 몇 퍼센트 안 됩니다. 나머지 대부분의 군 간부나 당 간부들도 일반 북한 주민들과 마찬가지로 근근이 먹고 살고 있습니다. 그러므로 만약 지배층에 속한 많은 사람들이 북한 정권의 멸망이 자신들에게 얼마나 큰 이익이 돌아 갈 것인지 깨닫게 된다면, 서서히 지배 계층을 전복시키기 위한 준비를 하게 될 것입니다. 그리고 나중에 작은 구멍이 결국 큰 댐을 무너뜨리듯, 북한체제의 붕괴를 가져올 것입니다."

"그렇다면 치수씨가 말하는 당근이란 무엇인가요?"

이선영이 궁금하다는 듯 물었다.

"혹시 오늘 아침 저희 인터넷 사이트에 올린 김씨 세습체제를 전복시키는 자들에게 주는 포상금과 직책에 대해서 안 읽어보셨나요?"

정준형과 이선영이 함께 고개를 흔들자, 김치수가 흥미진진한 표정을 지으며 의자에서 허리를 펴고 자세를 곧추 세우더니 약간 목소리를 높여 말했다.

"어느 누구든, 단체든 북한의 몇몇 고위층들이 누리는 공포정치를 깨뜨리면, 그들에게 북한의 잠재적 자원을 이용한 재산으로, 훗날 그들에게 큰 보상을 주고, 또 옆에서 그들을 돕는 다른 집단이나 사람들에게도 이차적으로 더 많은 돈을 주는 보상금액을 지정하고 만든 것이지요."

"일을 벌인 사람들에게 확실한 보상을 해준다는 말인 것 같군요."

이선영의 물음에 김치수가 웃으며 고개를 끄덕였다.

"네. 맞습니다. 지금 남한 사회를 보세요. 나라를 뺏긴 일본에게 온 힘을 다해 독립을 위해 싸운 사람들보다도, 친일파인 사람들이 더 잘 사는 세상이 정말 말이나 됩니까? 어떻게 목숨을 버린 사람들과 아부하는 사람들의 미래가 반대로 가는 것입니까? 아마도 해방 후 정부에서 했던 일들을 통일이 되면 남한 정부에서도 똑같이 하려 들 것입니다. 지금 공포정치를 휘두르며 온갖 만행을 저지르는 사람들이 또 잘사는 세상이 될 것이란 말입니다. 아무리 재산을 공동으로 분배해도, 분명 정권을 잡고 있는 놈들이 또 통일 후에도 정권을 안정시킨다는 명목 하에 권력을 잡아 또 서로 나누어 먹을 것이 뻔합니다."

"북한에서도 투표를 통해 지방자치제를 하면 해결되는 것이 아닐까요?"

"그건 통일 후에나 생각할 일이고, 지금은 통일이 이루어지는 것이 먼저 아니겠습니까? 어느 누가 용기를 가지고 일어나느냐가 문제이죠. 북한 정권이 바뀌게 되면, 지금 자신들을 핍박하는 사람들이 확실히 없어지게 되며, 북한을 넘겨받은 단체가 남한 정부와 협력하여, 그들에게 부와 명예를 반드시 준다는 확신을 북한 사람들에게 심어주어야 한다는 것입니다. 일제시대에 비유하면 지금은 독립 후의 정치인이 필요한 게 아니라, 일을 벌일 독립군들이 필요하다는 말씀입니다."

"치수씨의 말을 들으니 이해가 가지 않는 부분이 있군요. 남한 정부가 왜 북한 임시정부 사이트를 돕겠습니까? 더구나 그런 방법은 남한 정부와 또 다른 갈등을 일으켜, 오히려 통일에 지장을 주는 일들이 아닐까요?"

"선영씨는 참 순진하시군요. 남한이 북한과의 통일에 드는 비용을 생각해 보세요. 통일 후 북한을 남한으로 끌어들이기 위해서는 엄청난 자금이 필요하고, 지금 북한과의 전쟁을 억제시키기 위해 앞으로 국방비에 투자해야 할 돈이 어마어마합니다. 한국의 군사비 지출은 한해 국가예산의 약 10%를 사용하고 있는데, 아마도 군사비 지출은 약 40조원 전후에서 사용되고 있고, 군사력 개선비에만 매년 10조 이상의 비용을 지출하고 있다고 알고 있습니다. 군사력 개선비만 북한의 쿠데타 세력에 지불하더라도, 손해 보는 장사가 절대 아닙니다."

"그럼 쿠데타를 일으키는 세력에게 10조를 준다는 말씀입니까?"

"아마도 참여하는 군인들의 숫자에 따라 다르겠지만 대략 30조원 정도 필요할 것이라고 생각하고 있습니다.”

“30조라고요?”

옆에 있던 정준형이 놀라 물었다.

“왜요? 그러한 비용이 많다고 생각되십니까? 북한과의 통일 후에 생기는 노동력과 인구 증가에 의한 경제활동 증가로 그 비용을 충분히 만회하고도 남는 장사 이지요. 한국의 미래와 바꾸는 돈이라면 100조도 아깝지 않다는 생각을 해야 합니다.”

“……”

“북한 주민들을 억압하고 감시하는 군부와 특권층을 무너뜨리기 위해서는 아마도 군단급 북한 군인들의 쿠데타가 필요할 것입니다. 사실 속전속결로 치고 들어가는 강력한 기계화된 여단급 정도가 더 빠르게 일을 처리 할 수도 있겠지만요. 그러므로 군단에 속한 수 만 명의 군인 가담자들에게 보상을 해야 하는데, 최소 일억을 받는 병사들부터 10억을 이상을 받는 장교들, 그리고 군단장에게는 100억을 준다고 약속하였습니다. 그러므로 북한 내 한 군단에서 쿠데타를 성공할 경우, 대충 포상금으로 최소 10조에서 많게는 30조원의 큰돈이 필요합니다. 하지만 최소 10조는 쿠데타를 성공한 단체에 모두 준다고 약속을 했습니다. 그래서 만약 여단급에서 성공한다면, 그 여단에 속한 군인들은 더욱 더 많은 보상을 나누어 가지게 되겠죠.”

“설사 치수씨의 생각이 그렇다 해도, 이렇게 조그마한 단체를 북한 사람들이 어떻게 믿겠습니까? 보상에 필요한 그런 큰돈을 어떻게 마련할 수 있으며, 누가 그들에게 확실히 보장을 한단 말입니까?”

“선영씨는 정말 정치에 대해서 잘 모르시는군요.”

“정치라뇨?”

"남한 정부에서 북한하고 전쟁을 하려고 쿠데타 세력을 지지한다고 하겠습니까?"

"치수씨의 말을 잘 이해 못 하겠군요."

"정부에서는 쿠데타에 대해서 아무 언급도 하지 않겠지만, 쿠데타에 성공을 하면 반드시 그들을 지지하고 보상을 해주겠다는 우회적인 전술을 펴야 하는 것이지요. 그리고 그 전면에는 탈북자 단체인 우리들이 앞에 나서서 북한 사람들을 설득시키고 확신을 주는 것이지요."

"아마도 정부에서 당신들의 의견을 받아 줄 거란 생각을 하시는가 보군요."

정준형이 두 사람의 대화를 듣다가 다시 끼어들었다.

"당연하죠. 더구나 미국 정부도 그러한 전략을 암묵적으로 지지하고 힘을 보태줄 것이라는 것을 확신합니다."

"그럼 그건 그렇다 치고, 그런 일들을 벌일만한 인물이나 단체들이 과연 북한에 존재할까요?"

재차 묻는 정준형의 말에 김치수는 고개를 끄덕거렸다.

"네. 있습니다. 반드시 그런 무리가 생길 것입니다. 사실 북한의 김정일, 김정은 이들은 자기들의 정권을 유지하기 위해, 주변 인물들을 이상한 죄목을 씌워 번갈아 가며 처형하면서 공포스러운 감시체제를 유지하고 있었습니다. 김씨 가족들은 지금도 부하들의 배신을 두려워하여, 시시 때때로 그들을 처형을 하거나 관리소로 보내 고문하는 일들을 반복 자행하며, 공포정치에 의한 충성 서약을 이끌어내는, 전 근대적인 정치를 하고 있습니다. 그러므로 북한의 고위간부 중에도 그들의 만행으로 마음 속 깊이 그들에 대한 원한이 사무치면서도, 차마 그들의 공포정치가 무서워 숨을 죽이고 사는 사람들이 의외로 많습니다."

"그래서 그들을 이용하여 쿠데타를 시도하게끔 유도한다는 것이군요."

"네. 일부 사람들 중엔 일반인하고 다르게, 사람이 이래죽으나 저래죽으나 한번 일을 터트려 보겠다는 반항적 운명을 타고난 사람들이 있습니다. 아마도 무운 큰스님의 북한 청사진 프로젝트로 모든 북한 주민들이 쿠데타를 은연중 지지하는 분위기가 생겼고, 또 저희들이 주는 보상이라는 당근을 통해 그들의 도화선에 불이 붙게 된다면, 옛 고구려 기상을 가진 그들의 기질이 언제 폭발하느냐는 시간적 문제일 뿐입니다."

"하지만 일부 군인들이 시도한다고 북한의 군사정권을 쉽게 무너질까요?"

"정기자님은 북한에 대해서 잘 모르시겠지만, 저는 군 장교 출신이라 북한 군 정보에 대해서 잘 알고 있습니다. 북한의 군단은 약 15개 있는데 그 중 8개의 군단이 실질적인 힘을 가지고 있습니다. 전방을 지키고 있는 공격 군단 4개 군단과 후방을 지키는 방어 군단 4개 군단입니다. 그 중에서 평양을 공격하여 순식간에 쿠데타를 일으킬 수 있는 군단이 전방 1,2,4,5의 4개 군단과 평양 주변에 있는 3군단, 8군단입니다. 더구나 가장 화력이 센 기계화 군단이나, 평양방어 사령부가 일을 벌일 경우에는 거의 성공 확률이 100% 확실하다고 생각합니다."

"북한 여기저기에 있는 훈련소라는 이름이 있다고 들은 것 같은데 그럼 훈련소란 군대를 지칭하는 것인가요?"

"네, 맞습니다. 북한은 남한을 공격하기 위해 평양과 휴전선 사이에 훈련소라는 이름으로 위장하여 많은 군사력을 숨기고 있지만, 사실 강력한 전투부대를 지칭하는 것입니다. 이런 훈련소 몇 곳만 평양을 급습

해도 쿠데타는 가능합니다."

"하지만 정치적인 노력으로 평화통일을 이루는 것이 쿠데타를 바라는 것보다 더 논리적이고 더 확실한 것이 아닐까요? 북한의 어떤 변화만을 바라고 기약 없이 기다릴 것이 아니라, 통일을 위한 미래 지향적인 세밀한 계획을 실천하는 것이 먼저인 것 같다는 생각이 듭니다."

"하하하. 정기자님은 아주 순진하시군요. 북한의 공포정치 때문에 남북한은 절대 정치적으로 통일이 될 수 없습니다. 그 공포정치를 종식시키는 것이 바로 통일의 지름길입니다."

"그럼 앞으로도 북한 정권을 무너뜨리는 당근 정책을 계속 해나가실 건가요?"

이선영이 물었다.

"선영씨는 같은 탈북자이니 저의 행동을 이해하리라 생각합니다. 제가 하는 일은, 반드시 북한 김씨 정권이 무너져야만 북한의 자유를 되찾을 수 있다고 생각하기에, 평등한 법과 같은 북한 청사진 프로젝트보다는, 보다 확실한 북한 임시정부의 당근 프로젝트에 제 목숨을 건 것입니다."

"북한에서 온 간첩이나 테러범들이 무섭지는 않으세요? 혹시 이 단체에 숨어 있을 수도 있잖아요."

"선영씨는 여자라 그런 지 의심도 많군요. 의인불용(疑人不用) 용인불의(用人不疑). 저는 의심이 가는 자는 쓰지 않고, 일단 쓰면 의심을 하지 않는다는 원칙이 있습니다."

"그래도 조심 하세요."

"알겠습니다."

"마지막으로 부탁하고 싶은 것은 아직까지는 북한 청사진 프로젝트를 지지하고 참여하는 탈북자들이 많기 때문에, 치수씨가 하고 있는 방법을 좀 더 깊이 있게 생각하고 청사진 프로젝트와 임시정부 프로젝트를 통합하는 방향으로 가는 것이 좋을 것 같아요."

"선영씨의 말대로 두 단체가 통합하여 모두가 바라는 방향으로 간다면 좋겠지만, 저희들은 원래의 목적대로, 북한을 무너뜨리기 위해 목숨을 건 사람들에게 가중치를 두고 계속 일을 해나가도록 하겠습니다. 참! 바로 한 달 뒤에 북한 임시정부 창립총회를 열기로 하였습니다. 선영씨랑 정기자님도 꼭 그때 참석해 주시길 바랍니다."

"알겠습니다. 생각이 모두 다른 법이니 나중에 불교계 스님들과 이야기를 나눈 후 다시 찾아뵙도록 하겠습니다. 저희들에게 시간을 내주어서 감사드립니다."

"네. 감사합니다. 그리고 이곳 위치는 꼭 비밀로 해주세요. 선영씨 때문에 약속을 한 것이긴 하지만, 테러 때문에 장소는 꼭 비밀로 해주셔야 합니다."

"알겠습니다. 안녕히 계십시오."

"안녕히 계세요. 치수씨."

"네, 조심히 돌아가십시오. 선영씨."

주차장으로 나와 차에 올라탄 정준형은 이선영을 보며 고개를 내저었다.

"김치수씨에게서 마치 일본군에게 맞서는 독립투사와 같은 느낌이 드는군요. 북한 임시정부 프로젝트는 아예 북한에서 쿠데타가 일어나도록 부채질하는 프로그램인 것 같군요."

"북한 정권에 가족을 잃은 많은 사람들이 아마도 그런 자극적인 말에 공감을 많이 해주기 때문일 것입니다."

"북한 사람들에게 북한 임시정부 프로젝트가 정말 북한 청사진 프로젝트보다 더 인기가 있을까요?"

"사실 50대 50정도라고 봐야죠."

"네? 50대 50이라고요? 그럼 선영씨도 김치수씨의 말에 공감이 간다는 말씀입니까?"

"네."

"정말 믿기 힘들군요."

"북한 사람들은 일단 정권이 붕괴되면 어떤 정치이든 간에 지금보다는 낫다는 생각을 하고 있습니다. 일단 북한 정권이 붕괴만 되면, 다음은 순리에 따라서 나라의 정비가 이루어질 것이므로, 일단 정권을 붕괴시키기 위한 강력한 당근을 만든다는 계획이 의외로 탈북자 사이에 인기를 끌고 있는 것입니다."

"와. 사람들의 마음은 정말 모르겠군요. 전 무엇이 옳은 것인지 이제 헷갈리기 시작하는군요."

"사실 저도 그래요. 사실 김치수씨가 주도하는 북한 임시정부 프로젝트를 처음 접한 저도 일부는 수긍이 갔으니까요."

"아무튼 그 이야기는 나중에 하기로 하죠. 전 나중에 서울에 무운 큰스님께서 오시면 만나 대책을 세우도록 하겠습니다. 제가 집까지 바래다 드릴게요, 집은 무슨 동네세요?"

"도봉구 쌍문동인데 한전병원 근처에 살아요."

"그래요? 그러면 서부간선도로를 타고 가다가 성산대교를 지나 내부순환도로를 타고 가야겠네요."

"준형씨는 어디에 사세요?"

"저는 중계동에 삽니다. 쌍문동에서 그리 멀지 않으므로 개의치

마세요."

"네. 고맙습니다."

정준형은 차를 몰고 주차장을 빠져 나와 서부간선도로로 향했다.

중국은 최근 북한과의 국경 주변 도시에서 일어나고 있는 북한 청사진 이란 프로젝트에 대해 대대적인 단속을 시작했다. 최근의 중국 전국 인민대표대회에서 북한의 국토 사유화에 의한 자본주의적 발상 자체가 중국 공산당과의 대립을 야기 시킬 것이라는 판단에서였다.

더구나 한국의 통일 뒤에는 미국을 비롯한 강력한 서방세계와 국경 하나를 두고 대립을 하기에, 중간지대에서 완충작용을 하고 있는 북한의 붕괴를 가만히 앉아서 볼 수가 없었기 때문이다. 만약 북한의 붕괴 과정에서 중국의 군사력이 개입을 하여, 후일 중국이 북한의 정치와 사회를 좌지우지하는 힘을 제도적으로 가지면 모를까, 그 전에 남한의 경제력에 흡수되는 북한의 실상은, 자국의 공산정치에 영향을 줄 수 있다는 판단에서다.

연길에 다시 도착한 월정 스님은 공항에 마주 나온 국가정보원 소속 한상우를 만나 진달래 광장 옆에 있는 식당에서 늦은 저녁을 먹은 후, 그가 거주하는 안전 가옥으로 갔다.

안전 가옥은 연길시의 한 아파트 단지 안에 있었는데, 계단을 마주하는 양측 아파트 두 채가 모두 남한 정부에서 파견된 국가 정보원에서 사용하고 있었다.

월정 스님은 아파트에 짐을 푼 후, 한상우와 함께 차를 마시며 이야기를 나누었다.

"월정 스님. 한국의 통일을 가로 맞는 장해물 중 하나가 바로 주변 강대국들의 반대 성향입니다. 미국을 제외하고 러시아, 중국, 일본은 한국 통일이 그들에게 전혀 이익이 되지 않는다는 생각을 갖고 있는데, 그런 인식을 바꾸게 만드는 것이 급선무입니다."

"한국의 통일이 장기적으로는 그들에게 이익을 가져다준다는 긍정적인 생각을 갖도록 만들어야 한다는 것이군요."

"네. 중국이나 러시아 역시 평화롭고 자주적인 한국의 통일을 지지한다고는 하지만, 그들은 미국 군사력의 한국 내 주둔 문제 때문에 상당히 민감해하고 있습니다. 정부에서는 사실 흡수통일을 바라고 있는 입장입니다. 한국이 초강대국들과 겨루기 위해서는 인구가 8천만 명이 넘어야 합니다. 그러한 인구구조가 되어야 내수로써 국내 경제의 기초를 다질 수 있고, 경제력이나 군사력에서 기초과학이 튼튼한 러시아와 일본에 밀리지 않는 국가가 될 수 있다는 것이죠. 북한과의 이중체제로 통일이 될 경우에는 그러한 이득이 물거품이 될 수 있습니다. 그러기에 한국 정부는 북한과의 완전한 융합을 선택하는 것이지요."

"제 생각에 통일을 외교로 달성한다는 생각은 계란으로 바위를 치는 것과 같습니다. 아무리 동북아를 지배하는 강대국들에서 우호적인 생각을 이끌어낸다고 해도, 북한 스스로 자신들의 체제 안정을 위해 전쟁도 불사하겠다는 호전적 성향을 버리지 않는 한 한반도의 통일은 어려운 것입니다."

"그럼 월정 스님 생각에 남북한이 주변국들의 간섭 없이 독자적으로 서로 신뢰를 쌓고 점차 통일을 이루어 나간다는 것이 불가능 하다는 말씀입니까?"

"그건 아닙니다. 한국의 통일은 강대국들과의 이해 문제가 얽혀 있지만, 북한 내에서 일어나는 정치적 급변사태나 남북한 간의 독단적 합병 진행이 시작된다면 그들은 한국의 상황에 따라올 수밖에 없을 것입니다. 저희들이 추구하는 것은 바로 이러한 북한 내부에서의 급진적인 변화를 바라는 것입니다. 그런데 지금 현재 북한의 사정은 어떻습니까?"

"현재 북한은 국제사회로부터 많은 제재와 감시를 받고 있고, 핵실험 이후 중국마저도 북한에 등을 돌리게 되어, 외화벌이가 쉽지 않고 식량과 물자가 부족하여, 한 푼이라도 벌기 위해 자국민들을 노동자로 타국에 보내는 일이 비일비재합니다. 이곳 중국 북한 국경 지역은 그래서 북한 노동자들이 수천 명이나 들어와 있습니다."

"같은 민족으로써 참 불쌍한 일이지요."

"북한의 체제가 유지되기 위해서는 중국과 같은 시장경제 체제가 북한에서도 일반화되어, 북한 주민들이, 가난에서 벗어나 굶주려 죽는 일이 없이, 자신들의 자유 의지대로 생산 활동에 참가하며 보람을 느끼는 데 있습니다. 하지만 북한은 중국과 다르게 오로지 공포정치만 하고 있습니다. 저도 국가정보원에서 일하고 있지만 북한 사람들의 생활을 보면 정말 너무 안타까운 생각이 듭니다."

"하지만 최근 북한정부에서 각 가정별로 일인당 농사지을 땅 천 평씩을 주어 국가에 40% 바치고 나머지는 가져가는 가정영농제를 실사하기 시작했는데 그게 북한에 큰 변화를 가져 올까요?"

"가정 영농제요? 아 그것은 북한이 십 년 전부터 이미 해오던 것입니다."

"10년 전부터요?"

"네. 사실 북한의 가정영농제는 중국의 가정 책임 경영제를 본 따서 만든 것입니다. 북한이 중국의 개방정책 초기를 그대로 따라가고 있는 것이지요. 하지만 큰 변화는 없을 것입니다."

"왜 그렇죠?"

"북한 사회는 당 간부든, 군부의 간부든, 더 높은 등급으로 승진하기 위해서는 윗사람들에게 뇌물을 바치는 악습이 있습니다. 그래서 일반 군인이나 간부들은 출세하기 위해서 돈을 모으는 데 총력을 기울이지요. 이와 같이 부패한 사회에서 생산량이 약간 증가되었다고 해서 그들의 생활이 크게 나아지는 것은 없을 것입니다. 다만 생산성이 증가되어 더 이상 굶어 죽는 사람이 나오지 않으면 좋겠습니다."

"그렇군요."

"그런데 불교계에서는 왜 북한 청사진 이란 프로젝트를 만들고 있는 것이죠? 남한 정부에서는 이미 통일 후를 대비하여 북한 재산의 올바른 처리와 법적 문제의 논리적인 적용을 위해 많은 전문가들이 준비를 해오고 있습니다. 헌데 불교계에서 추진하는 북한 전체를 사유화 시킨다는 북한 청사진 프로그램은 비단 북한뿐만 아니라 남한 정부에게도 아주 불편한 것입니다. 비록 한 종교집단에서 제안한 국가경영방법론일 뿐이지만, 점차 북한의 많은 사람들이 그것에 관심을 갖고 정말 그렇게 법제화 될 것처럼 오해를 하고 있기에 점차 문제가 되고 있음을 알고 정부에서 개입하려고 하는 것입니다."

"큰스님들은 통일 후, 균등한 재산 분배를 위한 남한정부의 노력이 있으면, 분명 북한 청사진 프로젝트도 정부의 프로젝트 일환으로 변하여 추진 될 거란 생각들을 하고 계십니다. 다만 외교적 충돌을 피하기 위해 그런 계획을 민간 기관에서 주도하여 북한 사람들에게 알려, 통일에 대한 희망을 더 주자는 것이지요."

"솔직히 한국정부는 무운 큰스님이 계획하신 북한 청사진 프로젝트에 관해 비밀리에 많은 조사를 벌였고, 각 분야 전문가들이 모여 과연 이러한 계획이 남북한 통일에 도움이 되고, 또한 모든 땅을 북한 사람들에게 나누어주는 것이 과연 옳은 일인가 하는 회의를 거듭하였습니다. 사실 공동사유화 제도라는 것 역시 남한의 사회적 구조와 많이 다르고, 남한과의 통일에 부조화를 일으키지 않을까 걱정하는 것입니다. 그건 그렇고 사실 저는 조금 전 단둥에 있는 친구와 전화통화를 했었는데, 단둥은 지금 그 북한 청사진이란 프로젝트보다도 북한 임시정부의 쿠데타 보상에 관한 이야기로 난리가 났다고 합니다."

"저도 그것에 관해서는 무운 큰스님께서 전화를 주어 알고 있습니다."

"단둥에는 북한 무역상들이 천명이 넘습니다. 그리고 이들을 감시하는 사람들도 족히 수 백 명은 됩니다. 북한의 많은 사람들이 중국과 무역을 하는 조선족이나 북한 무역상들을 감시하는 것이지요. 그런데 아이러니컬하게도 그들이 바로 때로는 북한 주민들에게 남한의 일이나 세계가 돌아가는 상황을 알려주는 창구 구실을 한다는 것입니다. 발 없는 말이 천리를 간다고, 모든 소문의 진원지가 바로 그들이기도 하지요.”

“그럼 북한 사람들이 북한 청사진 프로젝트보다 북한 임시정부의 쿠데타 보상 지원설에 더 관심을 가지고 있다는 뜻입니까?”

“네. 맞습니다.”

“왜 그렇죠?”

“그야 돈 때문이죠.”

“네? 돈 때문이라고요?”

“당연히 돈 때문이죠. 먹고 살기 힘든 사람치고, 돈에 미치지 않은 사람이 있겠습니까?”

“인간들의 심성은 정말 저로서는 이해하기 힘든 것 같습니다.”

“솔직히 지금 북한의 일부 고위 간부나 군부의 몇몇 사람들은, 북한 청사진처럼 만약 통일이 될 경우, 통일을 주도한 지도층에게 훨씬 더 많은 재산과 통일 후 사업이나 이익권의 부여를 바라고 있는 사람들이 있습니다. 그들에게 평생 먹고 살만한 이익이 된다면, 군부가 재촉하는 전쟁이나 당에서 지시하는 정치적 악행을 저지르지 않고, 무관심하게 그들의 힘을 줄이는 노력을 할 것이란 말씀입니다. 하지만 북한 임시정부가 제안한 엄청난 보상비가 사실이라면 군부의 쿠데타가 일어나는 것은 그들은 시간문제라고 생각하고 있습니다.”

“그럼 보상비 때문에 군부에서 쿠데타를 일으킬 수 있다는 것인가요?”

“네. 그렇죠, 사실 쿠데타라는 것이 몇 사람의 힘 가지고서는, 아니 연대나 사단 규모 정도에서도 절대 불가능한 것입니다. 목숨 걸고 그들에게 동조를 해주는 사람도 많지 않을뿐더러, 그들을 패퇴시키려는 군에 의해 전멸당하기 때문입니다. 하지만 수십조의 보상비가 걸린 문제라면 또 다릅니다. 먼저 쿠데타를 일으킨 병력이 그 많은 보상비를 가져가므로 서로 먼저 공격을 감행하려는 욕심이 생기게 마련이고, 또 부하들에게 공격을 지시해도, 그들의 인생이 바뀌는 돈을 준다는데, 부하들은 목숨 걸고 정권을 무너뜨리려 싸우려 할 것이고, 또 그들을 막지 않으면 그에 대한 보상도 따라오기에, 많은 군대들이 쿠데타를 일으킨 군대에 동조하여 그들의 행동을 막지 않게 한다는 말씀입니다. 북한 임시정부를 만들고 쿠데타를 위한 보상비를 계획한 사람은 천재이거나 아주 머리가 영리한 사람임에 분명합니다. 남한 정부도 못하는 일을 혼자서 벌이고 있으니 말입니다."

"하지만 그 많은 돈을 조그만 단체에서 어떻게 마련 할 지가 문제라고 무운 큰스님께서 말씀하시더군요."

"하긴요. 저희들도 그래서 그들이 허풍쟁이가 아닌가 하는 농담을 하곤 합니다. 아무튼 오늘밤과 내일 오전은 이곳에서 쉬시고 내일 오후 5시쯤 저와 함께 중국 공안 당국 간부를 만나시지요. 이미 중국 당국은 저희 국가정보원 요원들을 내일 풀어주기로 했습니다, 다만 그 조건으로 북한 청사진 프로젝트 담당자와의 면담을 요청하였던 것입니다. 그들에게 궁금한 것들이 몇 가지 있나 봅니다. 별로 큰일은 없으실 겁니다. 아무튼 정부를 위해 이렇게 와주셔서 정말 감사하고 제가 옆집에서 쉬었다가 내일 오전에 다시 오겠습니다. 그럼 편히 쉬십시오."

"네. 이렇게 환대해 주셔서 감사합니다."

월정 스님이 합장을 올리며 문 앞까지 따라 나섰다.

다음날 오후 늦게 월정 스님은 한상우와 함께 연길시 진달래 광장 뒤쪽에 있는 연길시 공안국에 들어갔다. 공안국 건물은 상당히 컸는데, 월정 스님은 공안국 탈북자 감시 소속부에 있는 한 간부에게 안내되었다.

그는 월정 스님을 녹음 장치가 된 작은 밀실로 안내해 차와 생수를 주며 여러 가지를 물은 다음, 월정 스님이 자신들이 만나고자 하는 사람임이 확인되자, 중국 고위급 간부 한 사람을 모시고 왔다. 중국 고위급 간부는 모든 내용을 녹음하게 하였으며, 조선족 간부를 통해 번역을 시키고 월정 스님에게 많은 질문들을 해나갔다.

"우리 중국은 현재 북한과 남한 모두를 친구의 나라로 생각하고 있습니다. 남한은 경제적인 면에서 중국과 우호적인 관계를 계속 해야 하고, 북한은 지리학적인 면에서 미국과 일본을 견제할 수 있는 사회주의체제이기 때문입니다. 하지만 지금 중국 고위층에서는 북한의 핵 문제에 대해 심각하게 생각하고 있습니다. 물론 일부 당 간부들은 북한이 핵무기를 가져도 미국과 일본만 견제해 줄 수 있다면 북한을 도와주어야 한다는 입장을 취하고는 있지만, 대부분의 간부들은 향후 북한과 남한이 통일되었을 때 북한의 핵무기 기술이나 재료가 남한에 넘어가는 것을 크게 염려하고 있는 것입니다. 남한은 비록 중국과 외교적으로 가까운 나라이나, 미국의 입김을 벗어날 수 없기에, 통일된 한국의 군사력이 곧 중국에게 위험이 될 수 있다고 생각하기 때문입니다."

"그럼 중국 당국은 남한과 북한의 통일을 반대한다는 말씀입니까?"

"평화로운 통일은 바라나, 북한의 핵무기가 남한에 넘어가는 것이나, 미국이 중국 국경근처로 오는 것을 용납하지 못한다는 것입니다."

"그게 통일을 못하게 하는 것과 같은 뜻이지 않습니까? 왜 중국은 대만과의 통일은 바라면서, 한국의 통일은 바라지 않는 것입니까?"

"물론 한국이 통일이 되면 좋지만, 중국에 반하는 일들은 포기해야 한다는 뜻입니다."

"중국에 반하는 일이라뇨?"

"지금 중국 당 간부들은 김정은을 매우 못마땅하게 생각하고 있습니다. 처음 중국은 안정된 북한체제 유지를 위해 어린 나이의 김정은을 받아들여줬지만, 지금 김정은은 핵무기 개발이라는 이슈를 가지고 중국의 심기를 건드리고 있고, 더구나 중국의 간부들과 친한 장성택을 처형하자 급기야 그를 못마땅하게 여기게 되었습니다. 북한이 남한과 통일이 된다면, 북한의 군사적 위협이 없어지므로 미국도 반드시 한국에서 물러나야 하며, 또 북한의 핵무기 재료는 우리 중국에 넘겨야 합니다."

"저는 종교인이라 그런 정치적인 이야기는 잘 모릅니다. 다만 지금 저희들이 하고 있는 일이란 어떻게 보면 지금 중국이 사회주의 체제에서 하고 있는 개방 정책과 비슷한 면이 있습니다. 개인의 모든 재산을 인정하고 보호해 주지만, 이익공유제를 통해 모두에게 사회적 이익이 돌아갈 수 있도록 하는 것입니다."

"우리 중국은 주변국들과 함께 발전한다는 계획을 가지고 있습니다. 하지만 북한을 남한이 흡수한다거나 북한의 모든 것들을 남한이 가져가는 그런 통일은 절대 원하지 않습니다. 그래서 우리 중국 정부에서는 당신들이 북한 청사진 프로젝트를 벌일 때 우리 중국정부에서 요구하는 사항을 받아들여야만 당신들의 중국 내 활동을 보장하고 체포하지 않을 것입니다."

"지금 저희들이 하고 있는 일들이란 단지 통일이 되었을 경우 북한 주민들을 가난에서 구하기 위한 제도적 장치일 뿐이지 그게 중국과 무슨 상관이 있는 것이지요? 그리고 중국정부에서 저희들에게 어떤 부탁을 한다는 것은 중국 정부도 북한이 곧 무너질 것이란 사실을 인정한다는 것인가요?"

"북한이 무너진다는 표현이라기보다는 김정은 체제와 같은 독불장

군 식의 북한 체제는 중국에도 별 이익이 되지 않는다는 생각들을 하고 있기 때문입니다. 사실 지금의 북한 체제가 유지되는 이유는 김씨 일가의 공포정치 때문이라고 중국은 판단하였습니다. 아무리 같은 사회주의이지만, 미래적인 관점에서 봤을 때, 김정은 독재체제보다는 북한도 중국처럼 경쟁을 통한 정치 지도자들을 탄생시키기를 바라고 있습니다. 그리고 그런 정치가들과의 자유로운 교류를 통해서만 중국 역시 북한과 더 친밀해 질 수 있다고 생각하기 때문입니다. 사실 북한이 남한처럼 미국과 친밀한 자본주의 사회가 되는 것을 원치 않기에, 중국 정부는 한국이 통일 되었을 경우, 당신들이 추구하는 재산분배 및 이익 공유제 체제가 지금의 남한 체제보다 훨씬 좋다고 판단하고 당신들의 활동을 금지하지 않기로 한 것입니다. 지금 중국 내에서 체포된 남한 정보원이나 당시들 단체와 관련된 사람들 모두를 풀어줄 생각입니다."

"중국도 북한이 남한에 흡수통일이 되기보다는 저희들이 추구하는 그런 체제로 재탄생 되는 것을 바란다는 말씀인가요?"

"맞습니다. 그리고 지금 당신들이 벌이고 있는 계획들이 성공하였을 경우, 상대적으로 낙후된 동북삼성의 경제에도 큰 이익이 될 것이란 생각도 하고 있습니다."

"그럼 저희들에게 원하는 사항들이 무엇이죠?"

"만약 북한의 김정은 정권이 붕괴될 경우, 당신들이 북한 내에서 행동하게 될 정치적, 경제적 사회적 체제 개편에 중국당국의 전문가들과 함께 일해 주라는 부탁입니다."

"저희들의 활동에 중국당국이 개입하고 싶다고요?"

"그렇습니다. 북한의 핵과 관련된 처리와 사회시스템의 재편에 중국과 함께 해야 한다는 사항을 말씀 드리는 것입니다."

"하지만 비록 저희들이 북한 내 재산이나 사회 시스템을 스스로 구축한다고 해도, 외교적으로는 남한 정부가 한국이라는 나라 대표로써 외교적 힘을 가지게 될 것인데, 왜 저희 같은 민간단체에 이런 요구를 하는 것입니까?"

"남한 정부와 민간단체 모두에게서 미리 확답을 받으려는 중국 정부의 안배입니다."

"네? 그럼 남한 정부가 이미 중국 정부의 요구조건을 들어주기로 했다는 말씀인가요?"

"그렇습니다. 사실 남한 정부는 오래 전부터, 북한 정권이 무너지게 될 경우, 중국의 군사적 행동이 두려워 여러 차례 저희들과 회의를 한 적이 있습니다. 그래서 중국 정부에서 선택하길, 지금의 북한 정부보다는 미래의 통일 한국이 중국의 국익에 더 도움이 될 것이란 판단과 함께, 북한 핵무기와 관련된 모든 것을 중국에게 넘기면, 중국은 남북한의 어떤 일에도 군사적 개입을 하지 않기로 하였습니다."

"그럼 남한 정부도 당신들의 북한 내 정치 제도 수립 참여에 찬성했다는 말씀입니까?"

"아직 그것은 결정되지 않았습니다."

"남한 정부와 아직 결정되지 않는 사항을 그럼 왜 저희들에게 먼저 강요하는 것이죠?"

"통일이 되면 당신들의 힘이 남한 정부의 힘보다 북한 사람들의 민심을 좌지우지 할 것이란 중국정부의 판단 때문입니다."

"북한 청사진 프로젝트가 성공 할 것이란 생각을 중국정부가 하고 있는 것이로군요."

"지금 바로는 아니지만 그렇게 될 것이라고 전문가들이 판단하고 있습니다."

"알겠습니다. 저희는 민간단체이기 때문에 일단 남한 정부가 판단한 모든 정치적 결정에 대해서는 정부의 의견을 따를 것이며, 중국 전문가들과의 협력 문제는 한국에 돌아가 이 단체를 이끌고 계시는 여러 선생님들에게 말하여 답변을 드리도록 하겠습니다."

"지금 당신이 북한 청사진 프로젝트를 담당한 대표로써 왔는데, 이러한 조건들을 문서화 하는데 찬성하십니까?"

"지금 이 자리에서 문서화한다고요?"

"네 그렇습니다."

"제가 비록 대표로 왔지만 그런 큰일들을 저 혼자 판단할 수는 없다고 생각합니다. 한국에 돌아가 결정한 후 한국 정보부에 답변을 드리도록 하겠습니다."

"알겠습니다. 당신의 뜻이 그러시다면 조금 더 기다리도록 하겠습니다. 그럼 오늘은 이 정도로 하고 다음에 또 다시 뵙도록 하겠습니다. 체포된 남한 정부 관계자들은 당신이 이곳에 온 후 바로 석방되었으며, 당신들 단체의 활동도 당분간은 감시하지 않도록 할 것이니, 빠른 기일 내에 답변을 보내주시기 바랍니다."

"고맙습니다. 한국으로 돌아가 바로 상의하도록 하겠습니다."

중국 고위급 간부는 월정 스님과 대화를 마친 후 문을 열고 방을 나갔다. 잠시 뒤 한상우가 들어와 웃으며 월정 스님에게 집으로 가자고 말했다.

"월정 스님. 일이 잘 마무리 된 것 같습니다. 이제 이곳에서 같이 나가시지요. 사실 저희 국정원에서는 몇 년 전부터 무운 큰스님과 월정 스님에 대한 모든 것들을 조사하고 있었습니다. 그런데 무운 큰스님과 월정 스님 주변에는 이미 북한, 중국 스파이들이 맴돌고 있었습니다. 특히 중국에서는 저번에 월정 스님께서 이곳에 오셨을 때 월정 스님을 체포하기 위한 계획도 세웠는데, 공교롭게도 그들이 월정 스님께서 하고 있는 단체를 이용하면 공산당의 가치를 더 높이고, 그들이 바라는 중국과 같은 사회자본주의적 체제로의 전화도 가능할거라는 정치적 판단이 싹트면서, 섣불리 행동을 하지 않고, 북한 청사진 프로젝트의 이용 가능성을 두고 좀 더 생각해보고 있는 눈치입니다."

"중국 정부도 벌써 이렇게 한국을 노리고 있으니 한국의 앞날이 반드시 순탄치만은 않을 것 같군요."

"네. 맞습니다. 사실 저희들은 이 곳 연변에서 활동하며, 죽을 수 있다는 각오로 국가를 위해 일하고 있습니다. 중국은 적이면서 친구인 묘한 관계의 함수 같은 존재입니다."

"머리가 아프군요. 이만 나가시죠."

"네. 가시죠."

월정 스님은 한상우와 함께 공안국에서 나와 바람도 쐴 겸, 바로 앞에 있는 진달래 광장으로 서서히 걸어갔다.

날은 이미 어두워져 가로등들이 켜져 있었다. 진달래 광장에는 조선족들이 모여서 앰프에 음악을 틀어놓고 춤을 추며 노래를 따라 부르고 있었다. 가무를 좋아하는 우리 민족의 모습이었다. 월정 스님은 걸음을 멈추고 한참 동안 구경을 하였다. 연변의 어두운 회색 빛 무게감과 조선족 동포들의 노랫소리가 한데 어울려 어둠이 깔린 공간 속을 날아 다녔다.

10. 천리동풍(千里同風)

　서울 조계사에 도착한 무운 큰스님을 뵙기 위해 정준형은 아침부터 일찍 서둘러 지하철을 타고 종로로 향했다. 조계사에는 이미 월정 스님이 당도하여 큰스님과 대화를 나누고 있었다. 정준형은 최근 벌어지고 있는 일들을 걱정하며 무운 큰스님에게 물었다.

　"큰스님께서 계획하고 계시는 일보다 더 복잡해지는 것 같습니다."

　"모든 일들이란 다 인과관계가 있는 것이지. 그리고 그 인과관계란 반드시 결과를 가져온다네. 너무 조급히 생각하지 말고 섣불리 결과를 예측하지 말게나."

　"큰스님께서는 한국의 통일이 꼭 이루어진다고 생각하고 계시는군요."

　"자네는 우리가 하는 일들이 무엇 때문에 하고 있다고 했는지 기억하는가?"

　"그야 통일을 이루기 위한 희망의 불씨를 북한 사람들에게 심어주기 위한 것이라 하지 않았습니까?"

　"그렇지 그럼, 그 불씨는 북한의 어떤 사람들에게 심어야 한다는 것이지?"

　"그야, 헐벗고 굶주린 북한의……, 아니 북한 모든 사람들에게 심어야겠지요."

"그 모든 사람들이란 공산주의와 주체사상을 이끄는 사람들도 포함이 된다는 뜻인가?"

"네? 그야⋯⋯, 아! 무슨 뜻인지 알겠습니다."

"이제 짐작이 가는가?"

"큰스님께서 하시는 일들은 북한의 지도층에게도 변화를 주기 위한 것이로군요."

"그렇다네. 이제 이해를 하고 있구만. 부처님이 말씀하시는 극락이란 어느 누구라도 만들 수 있는 세상이라네. 그 사람이 통치자이든 강한 권력을 가진 자이든, 만약 자기의 잘못된 과거를 깨닫고 미래의 밝은 모습을 위해 노력한다면, 훗날 반드시 북한의 정치에 큰 변화를 일으켜서 남북통일이 되는 밑거름이 되기도 할 것이네. 부처님의 뜻은 착한 중생에게만 있는 것이 아니라 모든 사람들에게 있는 법이지."

"점점 바뀌어져 가는 북한 사람들의 모습과 가치관을 보고 북한 권력자들도 어쩔 수 없이 변화될 거란 이야기이군요."

"이미 변했다고 보면 됩니다."

조용히 옆에서 듣고 있던 월정 스님이 빙그레 웃으며 말을 했다.

"월정 스님께서도 이미 그것을 알고 계셨는데 아직 저만 깨닫지 못한 것인가요?"

"큰스님께서는 북한의 급작스런 붕괴보다 교류를 통한 융합 쪽으로 마음을 가지시고 계신 듯합니다."

"그들이 마음을 바꾼다면 갑작스런 붕괴와도 같은 것이지. 다만 그 일을 행하는 당사자가 누구냐에 따라 그 시기와 통일을 행하는 방식이 조금 달라지는 것뿐이지."

"그런데 큰스님께서는 북한 임시정부 프로젝트 창립 연회에 참석하실 것입니까? 그 김치수란 사람이 보통이 아닌 것 같은데요? 북한 탈북자들뿐만 아니라 남한의 많은 사람들도 그의 사이트 열혈 지지 회원들이 되어서, 모금액도 엄청 많아졌고, 창립연회도 동대문 디자인 플라자에서 연다고 들었습니다."

"그들이 하는 일들 역시 북한을 자극하는 것이라 아직 판단하기는 그렇지만, 그들의 불규칙적인 룰이 자칫 북한에 큰 부작용을 가지고 올 수 있어, 그들과 충분한 소통을 해야 한다는 생각이 드네. 그곳에 많은 회원들이 와서 행사를 진행한다고 하니, 반드시 내가 찾아가 북한 청사진 프로젝트와 임시정부 프로젝트의 차이점을 명확하게 알려주어, 그들의 실수를 줄이는데 도움을 주어야 할 것 같네."

"알겠습니다. 그럼 저도 그때 취재를 위해 참석하여 기사를 작성하도록 하겠습니다."

"알겠네."

북한 임시정부 프로젝트는 동대문 디자인 플라자의 가장 큰 홀에서 진행이 되었는데, 전국 방방곡곡에서 약 삼천 명 정도의 사람들이 모여 들었다. 그 중 대부분은 탈북자들이었는데, 일부러 북한군 장교 옷을 입은 사람들도 다수 보였다.

김치수는 행사가 시작되자 전면의 큰 스크린을 통해 그 동안 이 단체에서 해왔던 활동들을 동영상으로 모두에게 보여주며 서서히 분위기를 띄우기 시작했다. 많은 관중들이 중간 중간에 박수를 치며 열띤 호응을 했다. 시간이 지날수록 홀은 사람들로 꽉 차 발 딛을 틈도 없었다. 동영상이 끝나자 김치수는 앞에 마련된 연단에 올라 관중들을 향해 큰 소리로 연설을 하기 시작했다.

"조상 대대로 내려오는 민족혼을 아십니까? 공산주의이든 민주주의이든 우리 민족은 이미 모든 본능과 정신능력 속에 우리 민족이 가지고 있는 착하고 끈질긴 정신적 기질을 가지고 태어났다는 것입니다. 하지만 그 기질은 지금 두 갈래로 나누어져 힘을 발휘하지 못하고 있습니다. 그런데 이제 그 기질을 하나로 합쳐 폭발시켜야 할 시기가 왔습니다. 통일을 이루어 모두가 잘 살 수 있는 세상을 만들자는 말입니다. 우리는 앞으로 공산주의, 사회주의, 자본주의, 민주주의를 넘어 이 세계를 선도할 수 있는 위대한 조국을 만들 것입니다. 그러기 위해서는 북한의 독재정권을 반드시 무너뜨려야 합니다. 통일은 우리 민족을 번영시킬 튼튼한 토대가 될 것입니다. 중국은 과거 2000년 동안 아시아와 전 세계에 걸쳐서 가장 탁월한 지혜를 터득하며 찬란한 문화를 형성해 왔지만, 불행하게도 사유재산을 불허하는 공산주의를 택하면서부터 현대문화의 중심축에서 밀려났습니다. 하지만 지금은 어떻습니까? 중국은 개인의 재산권과 자유 시장을 허락하면서 엄청난 발전을 이루지 않았습니까? 우리민족은 그보다 더 큰 번영을 함께 이룰 수 있을 것입니다. 북한의 경제 체계가 바뀌고 남북한의 자유시장이 통합되면, 북한에게도 많은 일자리가 생겨 가난을 물리칠 수 있는 기회가 생기게 되고, 남한의 모든 기업과 자유 상인들도 지금의 2배가 되는 시장을 가지게 되므로,

다른 나라의 도움 없이 스스로 독자적으로 운영할 수 있는 거대한 경제권이 생겨 세계 일류 국가로 나아갈 것입니다."

김치수의 목소리는 점점 더 격앙되어져 갔다. 정준형은 신문에 올릴 사진들을 찍기 위해 그의 연설을 들으며 카메라를 들고 이곳저곳을 촬영하며 돌아다니고 있었다. 처음에는 뒤쪽에서 김치수를 포함한 전체 영상을 위주로 찍었는데, 나중에는 호응하는 관중들의 분위기를 나타내는 사진들을 얻기 위해 주로 벽이나 모퉁이 근처에서 사진을 찍었다.

정준형은 소리를 지르는 군중들 틈을 헤집고 앞쪽 연단 우측 끝 쪽으로 자리를 옮겼다. 그리고 앞에 있는 의자를 끌어다가 그 위에 올라서서, 많은 관중들이 나오도록 대각선 방향으로 사진 구도를 잡고 셔터를 누르기 시작했다.

'월정 스님은 일 때문에 못 오신다고 했고, 무운 큰스님은 김치수를 만나기 위해 먼저 가셨는데 이미 김치수를 만나신 것일까? 두 분이 함께 있는 사진을 찍어 신문에 올리면 좋겠는데…….'

정준형은 큰스님 생각을 하며, 김치수의 연설장면을 좀 더 세밀히 찍으려고 앞으로 가기 위해 의자에서 내려왔다. 그때였다.

'펑'

굉음과 함께 연단 쪽에서 큰 폭발음이 들리며 장내는 순식간에 아수라장으로 변했다. 정준형도 강한 폭발의 힘에 못 이겨 뒤로 튕기며 벽에 오른쪽 어깨를 세게 부딪쳤다.

'악! 무슨 일이지?'

정준형은 갑자기 귀가 먹먹해지며 앞의 폭발로 생긴 매캐한 화약 냄새와 연기 때문에 눈을 뜨지 못했다. 멍한 상태로 정신을 못 차리고 한참을 누워 있던 정준형은 이렇게 있다가는 연기에 질식하여 죽을 수도 있다는 급박한 생각에, 억지로 몸을 일으켜 세웠다. 그리고 웃옷을 벗어 코를 막으며 연회장 바깥으로 기어나오 듯 빠져 나왔다. 안에서는 많은 신음소리와 함께 울부짖는 소리가 계속해서 들려왔다. 정준형은 정신이 몽롱함을 느끼고, 연회장 복도에 쓰러져 천장을 바라보며 드러누웠다.

'테러범이 폭탄을 터트린 것 같은데……, 큰일 났네. 무운 큰스님께서 앞에 계실지도 모르는데…….'

정준형은 어깨 통증 때문에 몸을 뒤척이다가 정신이 몽롱함을 느끼더니 결국 의식을 잃었다.

정준형은 우측 어깨가 찌근거리는 고통에 눈을 떴다. 그는 어느 병원인지는 모르지만 응급실 침대 위에 누워있었고, 입에는 산소마스크가 씌워져 있었다. 숨을 쉬면 가슴이 조금 답답한 느낌이 들었고, 목안에서 텁텁함이 느껴졌다.

"깨어나셨군요."

"어?"

"준형씨……."

정준형의 앞에는 그의 손을 잡은 이선영의 모습이 보였다. 그녀는 근심이 가득한 표정으로 정준형의 상태를 살피고 있었다.

"선영씨……."

정준형은 이선영을 보다가 갑자기 조금 전의 상황을 기억해 내고 그녀의 팔을 잡고 몸을 일으켰다.

"선영씨. 큰스님은 어떠신가요. 선영씨. 큰스님은 괜찮으신가요?"

"네. 큰스님은 괜찮으세요……."

"아……, 다행이군요."

"준형씨. 연기를 너무 많이 마셨어요. 산소 마스크를 계속해야 해요."

"괜찮아요. ……그런데 큰 폭발이 있었는데, 많은 사람들이 다쳤나요? 얼마나 다쳤죠?"

"……앞쪽에 있던 사람들이 무려 백여 명 정도 죽었데요."

이선영은 말을 잇지 못하고 눈물을 흘렸다.

"네? 백 명이나요? 아! 어떻게 이런 일이……."

정준형은 너무나 어이없다는 생각에 눈물이 핑 하고 돌며 화가 치밀어 올랐다. 그는 자신도 모르게 두 주먹을 불끈 쥐었다. 하지만 어깨 통증 때문에 악 소리를 지르며 침대에 다시 누웠다. 허탈한 마음에 그는 응급실 천정만 멍하니 바라보았다.

'아! 대체 왜 이런 일이…….'

그는 다시 분노에 온몸을 떨었다. 그때였다.

"그래 이제 정신을 차렸는가?"

정준형은 낯익은 목소리를 듣고 고개를 들었다. 그의 침상 앞에는 무운 큰스님이 어두운 표정으로 그를 바라보고 서 있었다. 준형은 침대에서 몸을 일으키며 무운 큰스님의 몸을 살폈다.

"큰스님…… 연회장에 계셨을 텐데, 다행히 다치시지는 않으셨군요."

"그렇다네. 연회가 시작되기 전 김치수를 만났기 때문에 폭발 당시에 난 연회장에 없었네."

"아 그러셨군요. 정말 다행입니다."

정준형이 안도의 한 숨을 내쉬며 아픈 어깨를 어루만졌다.

"하지만 김치수를 포함해 너무 많은 사람이 죽어 마음이 너무 아프다네!"

무운 큰스님이 깊은 한숨을 쉬며 두 눈을 무겁게 감았다가 서서히 떴다. 그의 얼굴에는 고통스러운 표정이 역력했다.

"……저도 그렇습니다."

"휴-우! 내가 하는 일들이 이렇게 많은 희생자를 만들게 될 줄은 정말 몰랐네."

"이건 큰스님 때문에 벌어진 일이 아니질 않습니까? 그런데 왜 그런 말씀을……."

"아니야. 모두가 나 때문에 벌어진 일이야."

"네?"

"정기자. 이제 내가 자네에게 꼭 부탁하고자 하는 것이 있네. 위험한 일인데 들어줄 수 있겠는가?"

"갑자기 이 상황에서 저에게 부탁이라뇨?"

"사실 나는 한국의 통일을 위해 다섯 가지를 생각하고 있었다네."

"북한 청사진 프로젝트를 말하시는 것입니까?"

"그건 첫 번째 일이지?"

"네? 그럼 그 외에도 또 다른 몇 가지가 더 있다는 말씀이신가요?"

"그렇다네."

"그럼 제가 해야 될 일은 무엇이죠? 아마도 다른 네 가지 중 하나인가 보군요."

"사실 세 번째라는 표현이 맞을 것이야."

"세 번째라면?"

"두 번째는 바로 김치수가 만든 북한 임시정부이지."

"네? 북한 임시정부를 그럼 큰스님께서 만드셨다고요?"

"내가 만든 것은 아니지만, 북한 쿠데타의 보상에 대한 구상은 사실 다른 사람을 통해 그가 이용하도록 내가 전달한 아이디어라네."

"네―에? 아……."

정준형은 너무 놀라 말문이 막혔다.

"김치수는 나 때문에 죽은 것이야."

"어떻게 그런 일이……."

정준형은 땅이 꺼지듯 긴 탄식을 했다. 옆에 있던 이선영이 그런 정준형의 놀란 표정을 보고 끼어들었다.

"저도 조금 전 큰스님께 들었어요. 하지만 큰스님께서는 정말 이런 일이 벌어질 지는 예상치 못하셨어요. 그리고……."

"잠깐만요."

정준형이 이선영의 말을 끊고 잠시 생각하더니 무운 큰스님을 쳐다보며 느린 어조로 힘을 주며 물었다.

"왜 북한 청사진을 만들고서 또 이런 단체에 그런 무서운 계획을 넘기신 거죠? 그리고 왜 또 저를 이용하시려는 겁니까?"

정준형의 화난 모습에 무운 큰스님은 다 자신의 잘못이라는 표정을 지으며 나직한 어조로 대답했다.

"자네에게 이런 말을 지금 꺼내는 것이 조금 우습긴 하지만……, 사실 역사란 부처의 자비와 함께 고통스러운 지옥불도 필요한 법이라네. 인간들의 마음에 연꽃만 피기를 바라는 것보다, 직접 그 연꽃을 따고 싶어 진흙 밭 연못으로 몸을 던지는 욕심 많은 중생들을 찾는 것도 필요하다는 뜻이야. 나는 머리를 쓰는 선비와, 칼을 휘두르는 무사가 동시에 필요했던 것이네."

"······하지만."

"음! 이런 일이 벌어져 자네가 나에게 큰 실망을 했겠지만, 모든 죄업은 내가 다 짊어지고 갈 것이네. 나는 이미 지옥으로 떨어질 각오를 하고 이런 일들을 하고 있는 것이라네. 설사 지금 죽어도 괜찮다네. 다만 내가 죽기 전에 원하는 것은, 이 나라의 통일이라네, 김치수가 저렇게 나 때문에 죽은 것도 마음이 정말 아프지만, 이 나라가 통일의 기회를 영영 놓치게 된다면, 난 그것이 더 나를 절망케 할 것이네."

"그래도 이해하지 못하겠습니다."

"마음을 이제 풀게나. 하지만 자네가 꼭 해주어야 할 일이 있어."

"지금부터는 큰스님께서 말씀하시는 것들을 절대로 하지 않을 것입니다. 대체 저에게 바라는 것이 무엇입니까? 혹시 김치수가 했던 북한 임시정부와 관계 된 것인가요?"

"미안하지만 그렇다네."

"······."

"짐작이 가지 않는가?"

"정치에 관한 기사로 이슈를 만들기 바라는 것인가요?"

"아니네."

"그럼, 김치수를 대신해 그 단체를 이끌라는 것인가요?"

정준형은 다시 화가 난 표정으로 큰스님에게 버럭 쏘아붙였다.

"자네가 북한 사람도 아닌데 내가 왜 자네에게 그런 부탁을 하겠는가?"

무운 큰스님이 화가 난 정준형의 표정에도 아랑곳하지 않고 잔잔한 눈빛으로 그의 눈을 쳐다보며 대답했다.

"그럼 대체······."

"자네가 30조원이 들어가는 북한 쿠데타 보상기금을, 신문기고를 통해 국민성금으로 모아야 한다고, 충동기사를 작성해 발표 해주시게나. 신문사 책임자에게는 내가 정치가들을 통해 미리 손을 써 놨으니, 자네는 그저 글을 써서 발표만 하면 된다네. 난 자네가 꼭 그 일을 해주었으면 하네."

"네? 쿠데타 보상기금을 국민성금으로 마련해야 한다는 기사를 작성하라고요?"

"그 많은 돈을 다 모으라는 것이 아니네. 나는 그저 국민성금을 모으는 일을 정기자가 시작만 해 달라는 뜻이야. 그 뒤의 일들은 우리 단체에서 알아서 하겠네."

"싫습니다."

"지금 바로 결정하라는 말은 아니네."

"그러면 전쟁이 일어날 수도 있다는 것을 왜 큰스님께서는 모르십니까?"

"우리 단체는 절대 남한과 북한과의 충돌을 바라지 않네, 아니 남북한이 충돌하면 절대 안 되는 것이라네! 그러기에 자네에게 부탁하는 것이야. 쿠데타와 연관된 북한 임시정부에 대한 일들은 남한 정부에서 절대 간섭하여도 안 되고, 오히려 북한에게는 남한 정부가 북한 청사진 프로젝트나 북한 임시정부의 행동을 막는 것처럼 보여야 한다는 것이네. 정부에서는 이번 폭발 사건을 아주 중요시하고 있네. 북한의 동향을 보며 방금 우리의 인터넷 사이트를 잠시 막는 조치를 취했다네. 그래서 나는 민간인이고 신문사 기자인 자네에게 부탁하는 것이야."

"그 말씀은 남한정부도 북한 정권의 궤멸을 바라면서도 전쟁을 피하기 위해 모든 것을 모르는 척 하면서, 우리 단체를 억압하는 연극을 하고 있다는 말씀 같군요."

"그렇다네. 이미 이 부분은 통일부 자문위원회 사람들과 이야기가 된 것이라네. 자네가 이 일을 시작해도 당국에서 자네를 잡아가거나 괴롭히지는 않을 것이야."

"큰스님께서 이미 통일부와 상의하셨다고요?"

"그렇다네. 사실 작년에 이미 상의된 것이라네. 그들도 대부분 정치적인 통일은 어렵다고 생각하고 나의 생각에 동조를 하고 있는 것이지. 다만 전쟁을 두려워하는 국민들의 눈초리가 무서워 아무도 선뜻 나서서 일들을 벌이지 않은 탓이야. 그래서 내가 큰일을 벌인 것이지. 하지만 정말로 많은 정치인들이 나와 같은 공감을 가지고 있다네. 정부에서 이런 남북한 대치 상황에서 할 수 있는 것은 아무 것도 없어. 민간인인 나와 자네와 같은 사람들이 나서 주어야 하네."

"하지만 지금 북한 청사진 프로젝트나 북한 임시정부 사이트는 북한을 엄청 자극하고 있는 것은 맞지 않습니까?"

"맞네. 그렇지만 그러한 자극들이 분명 우리 단체의 최종 목표인 네 번째 일이 벌어지게 만드는 필요충분조건이 될 것이야."

"그럼 네 번째와 다섯 번째 일이란 대체 무엇이죠?"

"다섯 번째는 여기서 말 할 수 없고 네 번째란 바로 남한과 북한 정권의 통일에 대한 협상을 말함이지."

"예? 군사적 대치 상황에서 정치적 통일이 어렵다고 말씀하시면서, 또 쿠데타를 일으키는 단체를 만드시고, 전쟁 위기까지 이 나라를 몰고 가시면서, 다시 남북한을 위한 통일 협상이라뇨?"

"정기자. 냉정히 생각을 하게나. 지금 우리가 행하고 있는 모든 일들은 분명 북한의 정권에 엄청난 압박감을 주게 될 것이야. 그리고 그러

194

한 압박감에서 탈출하기 위해 그들은 전쟁을 일으킬 수도 있지. 하지만 절대 전쟁은 일어나지 않아. 우리나라 외교관이 많이 죽은 미얀마 랑군 테러 사건이나 천안함 사건 때처럼 대치 상황은 가나 전면전을 일어나지 않을 것이네. 사실 북한 군사들은 벌써 전쟁을 하려는 의지가 많이 약화된 상태라네. 김씨 일가는 그런 군대를 가지고서 절대 전쟁을 일으키지는 못할 것이야. 아마도 그들은 오히려 평양을 둘러싸고 있는 군부대의 쿠데타가 무서워, 의심이 가는 군 장성들의 숙청과 공포정치를 지속적으로 반복하다가, 결국 벼랑 끝에 몰리게 될 것이야. 그럼 그들은 반드시 남북한의 협상이나 통일에 대한 조건을 들고 나올 것이네. 그게 바로 우리 단체가 생각하고 있는 네 번째 계획이라네.”

“……그래서 저에게 북한을 압박하기 위해 쿠데타 기금을 마련하는 글을 써서 북한 임시정부의 분위기를 계속 이어서 가라는 것이군요.”

“그렇지. 사실 이렇게 살기 어려운 시대에 국민들이 전쟁을 일으킬 수도 있는 쿠데타 기금을 선뜻 내주지는 않을 것이야. 하지만 일단 그러한 일들이 시작되고, 분위기만 조성이 된다면, 북한의 미사일 발사에 의한 도발이나 핵무기 문제로 인한 미국과의 갈등을 이용해, 미국의 북한 내 쿠데타 지지설과 그 쿠데타 세력에 대한 보상을 책임지겠다는 일부 남한 정치인들의 정치적 발언만 나와도 분위기는 완전히 반전 될 것이네.”

“큰스님께서는 한국의 통일을 위해, 북한에서 쿠데타가 일어나든, 남한과 협상하여 통일이 되든, 모든 목표가 다 남북한이 하나가 되는 것에 있군요.”

무운 큰스님이 대답 대신 고개를 끄덕거렸다. 정준형이 한숨을 푹 내쉬며 말을 꺼냈다.

"……며칠 시간을 두고 생각하여 답변을 드리겠습니다. 제가 하는 일들이 과연 국가의 장래를 위해서 꼭 해야 하는 일인지, ……다시 심사숙고를 한 다음에 실천에 옮기겠습니다."

"알겠네. 난 이번 폭발 사고에 대해 정부관계자와 상의할 일이 있어 먼저 가겠네. 선영양. 정기자가 빨리 회복하도록 옆에서 잘 도와주시게나. 부탁하네."

"네 큰스님, 걱정 마세요."

"훗날 남북한이 통일되어 한반도 모든 곳에 같은 바람이 부는 천리동풍(千里同風)의 태평성대가 되면 모두가 날 이해하게 될 것이야. 난 자네가 날 이해하리라 믿네. 며칠 동안 자네의 대답을 간절히 기다리겠네. 꼭 연락을 주게나, 난 이만 갈 터이니 그럼 몸 조리 잘하게나."

무운 큰스님은 정준형에게 말을 마친 다음 잠시 동안 그윽한 눈길로 정준형을 쳐다보다가 느린 걸음으로 병원 밖으로 걸어 나갔다. 정준형은 멀어져 가는 큰스님의 뒷모습을 바라보면서 깊은 한숨을 다시 내쉬었다. 주위의 모든 공간이 어둠으로 변하며 자신의 몸을 휘감는 듯 했다. 그는 서서히 눈을 감으며 깊은 생각에 잠기기 시작했다.

테러 폭발 사고가 있은 지 며칠 뒤, 정부 조사단에서는 그 폭발이 북한의 소행이거나 어느 급진주의자의 소행이라고 추측보도를 내었다. 폭발 현장에서 사용된 폭탄이 일반인들이 사용하거나 구하기에는 조금 어려운 물질이기에, 북한 군부나 폭발 전문가의 소행으로 생각한 것이다.

몇 주 뒤 정부 관계자가 다시 무운 큰스님과 이선영을 찾아와 북한 청사진 프로젝트를 중단 할 수 없냐고 문의를 해왔다. 정부에서 직접 손을 쓸 수는 없지만, 지금 북한에서의 변화가 심상치 않으므로, 프로젝트 홍보와 북한을 자극하는 행동에 대한 속도 조절을 해달라는 부탁을 그들에게 해온 것이다.

사실 알게 모르게 최근 북한에서는 엄청난 변화가 시작되고 있었다. 북한에서 탈출하는 탈북자의 수가 점차 줄어들고 있었고, 과거 중국으로 탈북을 했던 탈북자마저 북한으로 은밀히 속속 되돌아가고 있었던 것이다. 북한 청사진이라는 프로젝트가 이미 널리 알려져, 통일이 되면 북한에 거주하는 모든 국민들에게 북한의 드넓은 땅과 모든 재산이 배당되게 되므로, 굳이 해외에 나가 어렵게 돈을 벌기보다는, 가난하고 힘들더라도 북한에 머물러 한 재산 잡겠다는 희망에서였다.

이선영은 그러한 사실들을 무운 큰스님과 함께 북한 청사진 프로젝트에 참여하는 모든 사람들에게 알리고, 사후 대책을 논의하기 시작했다. 북한 임시정부 단체는 폭발사고 이후부터 인터넷 세계에서 항상 검색어 1위 자리를 오르내렸다. 동시에 백여 명이 숨진 엄청난 사건이기도 했지만, 북한의 소행을 규탄하자는 반공단체들의 열화와 같은 지지와, 모든 신문과 인터넷 매체에 북한의 행동을 규탄하는 국민들의 댓글로 도배가 되고 있었던 탓이다. 더구나 정준형 기자의 '평화통일을 위한 기금모음에 대한 냉철한 생각'이란 기사가 나가면서부터, 불에 기름을 부은 듯, 모든 국민들의 관심이 북한과의 통일이 과연 가능한가라는 주제에 쏠리기 시작했다.

사실 정준형 기자는 무운 큰스님의 말을 따르지 않았다. 그는 북한 임시정부의 존재에 대해 부정적으로 생각한다고 글을 썼다. 그는 지금부터 남한 국민들이 주도적으로 나서 통일 후 북한을 도울 모금운동을 벌여야 한다고 주장했다. 그런데 이에 대한 국민들의 공감이 의외로 상당히 컸고, 알게 모르게 이를 지지하는 세력들이 생겨나 인터넷을 통해 여러 단체가 생기며 긍정적인 분위기가 서서히 키워져 나가고 있었던 것이다. 북한 임시정부 단체 역시 다른 대표를 뽑아 그 기세를 더 키워나가기 시작했다.

일부 정치인들이나 지식인들의 발걸음은 아주 빨랐다. 급진적인 북한 임시정부의 자극적인 계획보다는, 온화한 북한 청사진 프로젝트에 대한 국민들의 신뢰가 더 높고, 또 정준형 기자의 기사로 인해 국민들의 관심이 통일 후 북한을 돕기 위한 모금운동에 급속히 쏠리자, 그들 역시 국회나 정책 브리핑에서 수시로 전쟁보다는 평화통일을 위해 모금운동이 꼭 필요함을 언급하며 국민들의 관심을 받으려 노력했다. 더구나 남북한 간에 전쟁이 발발했을 경우, 한국의 경제적 손실이 미래 30년간 모두 3000조원에 이른다는 연구 결과가 발표되자, 많은 기업인들조차 정준형 기자의 모금운동에 적극적으로 동참하기 시작했다. 정준형은 다른 신문사의 많은 정치부 기자들과 자주 모여서 한국의 미래를 위해 기자들이 앞으로 어떻게 해야 할 것인지 주도적으로 논의를 하기 시작했다.

이 무렵, 무운 큰스님과 이선영은 큰 고민에 빠졌다. 그것은 많은 사람들이 건의하고 있는 상벌제의 채택에 있었다. 얼마 전부터 북한 청사진의 인터넷 사이트에 급속히 올라오는 건의 사항이 하나 있었는데, 그 건의사항이란 통일 후 마을공동체적 재산을 균등하게 분배하는 데 있어서, 주민들을 억압하고 탄압한 사람은 제외시킨다는 상벌제 항목이었다. 대부분의 국민들과 탈북자들은 이러한 항목이 있어야 서로를 감시하는 강력한 공포정치를 차단 할 수 있는 근거가 생긴다며, 인터넷 사이트를 마비를 시킬 정도로 이슈가 되었던 것이다.

"큰스님. 상벌제를 어떻게 처리하실 건가요?"

"다수결의 원칙에 따라 정하는 것이 옳겠지."

"그럼 이번 주 고문단 회의에 상정하겠습니다."

"그렇게 하세나."

"그리고 한 가지 물어볼 말씀이 있습니다."

"그것이 무엇인가?"

"정준형 기자가 큰스님의 생각과 다르게 북한 임시정부를 반대하고, 북한 쿠데타를 위한 모금운동이 아니라, 북한군의 전쟁 도발을 억제하기 위한 평화통일 모금운동을 할 것이란 것을 아셨습니까?"

"허허허! 정기자의 본성이 원래 굳건한 것은 알았지만 그가 그런 일들을 그렇게 속도감있게 해나갈지는 나도 알지 못했다네. 다만 나는 그의 애국심에 조그만 자극을 주어 불씨를 심으려고 노력만 했을 뿐이지. 허허허! 그런데 그 불씨가 내가 생각했던 방향과는 틀리지만, 통일의 희망을 줄 수 있는 횃불이 되어가고 있고, 더 나아가 온 나라를 밝힐 등대도 충분히 될 것이야. 아무튼 난 지금 벌어지고 있는 모든 것들이 만족스럽다네. 난 사실 다른 사람에게 정기자가 지금 하고 있는 일들을 부탁하는 중이었다네. 다만 그 일을 행하는 사람이 그 사람에게서 정기자로 바뀐 것뿐이지. 세상일이란 모두 인연에서 시작되듯, 평화로운 통일의 기운을 이끌 사람은 정기자와 같은 순수한 영혼을 가진 사람이 해야 맞는 것 같아. 정기자가 자신의 올바른 자리를 찾은 셈이지."

"저는 큰스님께서 정기자가 그런 행동을 보일 거란 것을 짐작하셨다고 믿고 있었어요."

"글쎄……, 하지만 확실한 것은 이 세상에 내가 없더라도 그의 의지는 스스로 한국의 통일을 위해 점점 더 커나가며, 이 나라에 많은 일들을 하게 될 걸세.”

“네? 이 세상에 없다니요? 큰스님 갑자기 무슨 말씀을 하시는 것이에요?”

“허허허! 선영양. 놀라지 말게. 우리 같은 늙은이들은 자신의 운명이 얼마 안 남았다는 느낌을 가끔씩 받곤 한다네. 나이가 들면 이런 허튼 소리를 무의식중에 하기 마련이야.”

“그래도……, 깜짝 놀랐잖아요…….”

“이 나라의 통일은 어느 누가 일을 계획하고 시킨다고 되는 것이 아니라네. 반드시 통일을 이루어야 하고, 통일이 될 것이라는 확신과 노력에 의해서만 가능한 것이네. 난 정기자에게 그 스스로 해야 할 일들을 자극했을 뿐, 꼭두각시처럼 내가 시키는 일들만 하지 않고 자신의 길을 찾아간 정기자가 더 든든하게 느껴진다네. 사실 정기자뿐만 아니라 나와 관련된 모든 사람들은 그들 스스로 통일에 대한 일들을 하고 있는 것이지, 나의 의지와는 상관없는 것이야. 선영양 자네도 그렇고.”

“…….”

“이제 곧 한민족의 선한 집단의식이 빛을 발휘하게 될 것이야. 많은 사람들에게 심어진 불씨들이 연쇄반응을 일으키며, 반딧불이 집단이 함께 모두 빛을 발하는 현상을 보이듯, 한국의 밝은 미래와 통일을 위해 많은 영웅들이 끼어들어, 그들 스스로 이 민족 역사의 큰 수레바퀴를 굴릴 수 있는 능력이 생기며, 미래에는 그 방향마저 마음대로 조절하게 될 것이야.”

“큰스님의 배려가 없었으면 불가능한 일이겠지요.”

“아니야. 나란 존재는 역사에서 단지 매개체로써만 필요할 뿐이야, 이 나라의 운명과 나의 운명과는 아무런 상관이 없다네. 이 나라의 밝은 미래는 선천적으로 착하고 맑은 정신을 가진 이 나라 백의민족의 타고난 운명이라네. 난 단지 그러한 밝은 운명이 기다리고 있음을 기뻐하며, 같은 민족인 우리 백의민족 국민들에게 온 힘을 다하여 하늘의 뜻이 전달되게끔 전력을 다하고 있는 것뿐이라네."

"큰스님, 그런데 왕대수씨가 북한군 장군을 만나 많은 돈을 건넸다고 하는데 그가 과연 약속대로 그 사람의 부하들을 책동하여 쿠데타를 일으킬까요?"

"글쎄, 그건 아무도 모르지."

"정부에서는 북한을 경제적으로 봉쇄하고 정치적으로 압박하여 스스로 무너지게 하는 것과, 평화적 회담으로 그들과 대화를 통해 통일을 준비해 가는 것. 이 두 가지 모두를 추구하고 있는데, 저희들이 벌이고 있는 이런 급진적인 방법으로 과연 한국에 통일이 올까요?"

"백의민족을 위한 모임에는 많은 분야의 사람들이 참석하여 민족의 장래를 위해 상의하고 서로를 돕고 있다네. 그런데 사실 우리가 내린 결론은 김정은 체제에서는 절대 평화통일이 어렵다고 결론을 내렸네. 그렇다고 무작정 북한 체제의 변화를 기다릴 수만은 없지. 그래서 고려를 세우고, 조선을 다시 건국하듯이, 북한도 뜻있는 자들에 의해 반드시 바꾸려고 노력하면 통일이 된다고 다들 믿고 있지. 하지만 아무도 선뜻 자신들의 목숨을 내놓고 그런 일들을 벌이지 않기에, 우리가 과거 고구려인들이 가졌던 기상을 그들에게서 일깨워주려 노력하고 있는 것일세. 고구려의 기상이 다시 살아나면 아마도 김씨 일가의 독재는 곧 끝이 날 것이야. 그래서 공격하는 자에게 당근을 주고, 방어하는 자들을 포기하게 만드는 전형적인 권모술수를 사용하기로 했다네. 아주 낡고 비겁한 전술이지만, 인간들의 본능을 건드리는 데 돈만한 것이 없다네. 슬프지만 인정해야 할 현실이지."

"쿠데타를 일으키기도 힘들겠지만, 설사 쿠데타가 성공하더라도 그 사람이 또 다시 김씨 일가처럼 정권을 잡고 독재를 하면 통일이 어려워지는 건 아닐 지 걱정은 안 되세요?"

"허허허! 구더기 무서워 장을 못 담그겠는가? 쿠데타가 일어날 수도 있다는 분위기 하나 만으로 북한은 엄청난 변화를 겪을 것이네. 두고 보게나. 앞으로 점점 북한의 정세가 더 급박하게 변해 갈 것이네. 그리고 사실 내가 더 걱정하고 있는 것은 북한의 급변사태 후, 압록강과 두만강 주변이 중국에 의해 통제되어 한국이 중국의 영향력 안으로 들어가는 것이네. 그들이 공직자를 통해 남북한 문제에 대해서 개입하지 않겠다고 말하였지만, 중조 우호조약을 근거로 그들이 군대를 이끌고 남하할 수도 있으니, 그 전에 외교적으로 확실하게 막을 묘책을 강구해야 하네."

"통일이라는 것이 남북한만의 문제가 아니고, 중국이나 러시아 등과의 외교적 노력도 굉장히 필요하겠군요."

"그렇지. 우리 민족의 역사란 우리 민족과 관련된 주변국들의 역사와 톱니바퀴 물리듯 함께 돌아가는 것이므로, 통일이 되기 위해서는 계획하고 있는 모든 부분들이 어긋나지 않고, 서로 잘 맞아 돌아가게끔 만들어야 한다네. 사실 남북한이 통일되어 북한의 모든 재산들이 북한 국민들에게 골고루 나누어진다고 해도, 현재 가치로 보는 분배 재산은 그리 많지가 않다네. 그래서 일부 정치가나 언론인들이 우리들이 하고 있는 일들을 비웃고 비판하고 있지만, 대부분의 사람들은 그 분배 재산의 가치보다도, 통일 후 펼쳐지는 한국의 밝은 미래에 엄청난 가중치를 두고 굉장히 적극적으로 지지를 해주고 있다네. 중국에게도 한국이 통일이 되었을 경우, 그들에게도 큰 이익이 됨을 깨우치게 만들면 반드시 우리가 염려하는 그런 일들은 일어나지 않을 것이네."

"……"

"이제 내가 할 일들이 거의 끝나가고 있구만! 마지막 한 가지만 남았어! 이제 그 일도 조만간 곧 마무리 될 것 같아. 앞으로 내가 통일된 한국의 밝은 미래를 얼마나 볼 수 있으려나? 더 늙고 죽기 전에는 꼭 그런 모습들을 볼 수 있으면 좋으련만! 부디 이 늙은이의 소망을 부처님이 헤아려 주시길……"

무운 큰스님이 계획한 북한 청사진은 남북한 간의 팽팽한 긴장을 야기 시켰다. 일부 진보 세력에서는 정부가 나서서 북한과의 전쟁 억지력 증대에, 기존 무기 성능 업그레이드 외에, 혹시라도 전쟁이 발발했을 경우 많은 북한군이 남한에 항복할 수 있는 당근 정책까지 만들어서 문서화 시켜야 한다고 주장하는 반면, 보수 세력에서는 이러한 정책이 남북한의 전쟁을 앞당기는 계기가 된다고 당장 북한 청사진이나 북한 임시정부 관련자들을 반역죄로 체포해야 한다는 궐기대회까지 열렸다.

최근 새로운 대통령으로 뽑힌 남한 정부의 수장은 갈등에 휩싸인 이러한 국민들의 정서와 급변하는 동북아 정세에 하루하루 고뇌 어린 생각과 장관들과의 연속 회의로 눈코 뜰 새 없이 바쁜 나날을 보내고 있었다. 민간인들이 주도하는 북한 청사진과 북한 임시정부 프로그램 때문에 북한과의 관계가 묘한 양상으로 치닫고 있는데, 엎친 데 덮친 격으로 센카쿠 열도에서의 일본과 중국 간의 갈등이 결국 몇몇 어선들의 충돌로 군사적 대치상황으로까지 벌어지게 된 것이다.

미국은 일본과의 군사적 동맹 협약에 의해 중국과 일본이 전쟁을 하게 될 경우 자동으로 전쟁에 개입하게 되어 있다. 이 때문에 미국은 사전에 중일 간의 전쟁을 억지하기 위해 일본에 항공모함 2척과 핵잠수함을 급파하였다.

중국에서는 이러한 일본과 미국의 행동에 연일 반미, 반일 궐기대회가 중국 내에서 대규모로 열리고 있었다. 더구나 미국이나 일본 제품 구매 반대와 여행 금지 운동까지 펼쳐지게 되었는데, 그러한 갈등은 한국에게 까지 불똥이 튀었다. 미국 군인들이 한국에서 철수하지 않을 경우, 남한과 북한과의 통일을 절대 찬성하지 않을 것이란 중국 고위 간부의 외교 정치적 발언까지 나오게 되었고, 급기야 중국 일부 언론들에서 북한을 도와 미국을 견제하는 프로그램을 만들어야 한다는 사설까지 나온 것이다.

한국 정부는 이러한 미국과 중국과의 갈등, 그리고 일본과의 독도와 관련된 영토 싸움 속에서, 마땅한 해결책을 찾지 못하고 수수방관하고 있었다. 대통령은 지금 무운 큰스님이 보낸 서신을 읽으며 끊임없는 갈등 속에 휩싸여 있었다.

'국가 비상사태에 필요한 핵무기 제작 가상 프로그램을 민간단체에서 극비리에 운영하기 시작했습니다. 일본은 이미 조립만 하면 사용할 수 있는 핵무기를 수십 개 보유하고 있고, 북한이나 중국 역시 핵무기를 보유하고 있으므로, 한반도에서 전쟁이 발발하였을 경우, 그 나라가 북한이든 중국이든 일본이든 러시아이든 간에, 남한이 상대방의 핵무기 사용에서 살아남으려면, 남한 역시 핵무기를 가지고 있어야 하기 때문입니다. 다시 말해 그들이 섣불리 핵무기 사용을 하지 못하도록 한국에도 핵 억제 능력이 있어야만 우리 후손들의 미래가 밝다는 것입니다.

 전쟁이 일어날 경우, 미국은 군사적으로 도움이 되나, 절대 한반도에서 핵무기를 사용하지 않을 것입니다. 더구나 미국이 일본과 손을 잡고 중국과 전쟁을 벌이게 될 경우, 한국은 일본을 견제하고, 중국과의 경제적 교류를 계속하며, 북한과의 평화 통일을 위해서 중립적인 위치에서 외교적 갈등을 피해나가야 합니다. 더구나 전쟁이 일어나지 않는다 하더라도, 어떠한 외세의 간섭 없이 남한과 북한이 자발적으로 통일을 이루기 위해서는, 한국의 군사력이 반드시 주변국들과 대등할 수 있는 위치에 있어야만 합니다.

 미국의 감시와 핵무기 확산금지 조약 때문에 한국 정부에서 핵무기를 제조할 수 있는 제도적 장치가 불가능하다는 것을 알기에, 많은 석학들이 한국의 미래를 위해 정부의 도움 없이 가상 핵무기 제조 프로그램을 완성 시켰습니다.

 물론 이러한 계획들이 알려질 경우, 미국 등 우방국들의 반발로 정부에 크나큰 짐이 될 줄은 압니다만, 민간단체에서 시도한 가상 프로그램이기에, 이 계획에 참여한 사람들을 조사하거나 불이익을 주는 행동들을 하지 말아주셨으면 하는 바램입니다.

 지금 대통령님께 플루토늄 전문가들이 어떻게 가압중수로를 이용하여 핵물질을 단기간에 취득하여 저장하고, 또 무기 전문가들이 핵탄두 수십 개를 무슨 방법으로 재빨리 제조하여 국가적 위험 상황에 대치할 것인 지, 그 자세한 방법과 유용한 부품들 및 조립에 관한 설계도면을 보내드리오니, 핵무기를 제조해야 될 상황이 왔을 경우, 정부가 신속히 이 가상 프로그램을 가동할 수 있도록, 관료들과 상의하여 국가 극비 프로젝트로 지정해 주고, 유지해 주시면 고맙겠습니다.

이번 프로그램에 참여하는 많은 분들이 공직에 계신 분들이라, 제 이름 외에는 밝힐 수 없는 점을 대통령께서 양해해 주시길 바라며, 한국의 장래를 위해 주말을 이용하여 몇 년 동안 해 온 과업이라, 비록 이러한 비밀 조직이 국가의 외교정치에 누가 될 지라도, 우리들 모두가 애국하는 마음으로, 우리 민족을 보호하기 위한 핵무기 제작에 몸과 마음을 모두 다 바쳤으므로, 이제는 정부에서 큰 결단을 내리시어, 저희들의 비밀 업무를 보호해 주고 은밀히 지지해 주셨으면 하는 바램입니다.'

그렇게 다사다난 했던 한 해가 끝나갈 무렵 어느 날, 갑자기 평양주변에서 새벽 공기를 뚫고 콩 볶는 듯한 총소리와 육중한 포탄 소리가 여명의 빛을 뚫고 울려 퍼졌다. 남한에서는 긴급 국가안보회의가 소집되었고, 전군에 데프콘 원이 발령되어 실탄이 지급되었으며, 후방의 모든 기갑부대가 휴전선 근처로 전방 배치되었다. 미국의 핵 항공모함 2대는 이미 괌에서 부산으로 급파되었고, 일본은 한반도에 전쟁 물자를 수송하기 위한 비상 프로젝트를 가동시키기 시작했으며, 중국군 10만 명이 압록강 국경으로 대거 이동하고 있다는 CNN뉴스가 토네이도처럼 하루 종일 전 세계를 강타했다. 남한 사회는 전쟁이 곧 터진다는 불안감으로 전국에서 생필품 사재기가 발생하였고, 은행은 현금을 인출하려는 사람들로 북새통을 이루었다.
　그런데 아이러니하게도 이러한 소동은 이틀 밖에 가지 않았다. 평양 주변에서 일어났던 소란이 그 다음 날 쥐 죽은 듯 고요해졌기 때문이다. 북한 국영방송은 그 사건 후 TV나 라디오 등 전혀 전파를 내보내지 않아, 김정은에 대한 소식은 어느 누구도 정확히 알 수 없었다. 한국, 미국,

일본은 북한에서 벌어진 상황을 알기 위해 모든 정보력을 동원하여 사태 파악에 나섰으며, 중국과 러시아 역시 북한에 있는 대사를 통해 김정은의 생사여부를 확인하느라 정신이 없었다.

그렇게 암흑의 장막에 가려져 있던 북한으로부터 갑자기 두 달 뒤, 남한 정부에 회담을 열자는 긴급 제안이 들어왔다. 김정은의 생사여부도 모르는 남한 정부는 곤혹스러웠지만, 일단 그들에게 벌어진 사태를 파악하기 위해 국무회의를 거쳐 회담에 응하기로 했다.

남한의 통일부 장관 이상현의 굵은 눈썹이 잠시 씰룩거렸다. 북한 측 단장인 정인호 역시 그와의 눈싸움에서 지지 않으려는 그의 눈길을 받아 치며 미간을 살짝 찌푸렸다. 남한의 이상현이 먼저 말을 열었다.

"만약 북한이 남한과의 교류를 승낙하고 평화통일을 위한 준비를 시행한다면, 남한에서는 국방예산의 50%를 북한의 공공부문 재건을 위해 투자하기로 했소."

"우리 측에선 먼저 현금을 원하고, 일단 개성처럼 일부 지역만 개방하기로 했소. 남한은 우리나라를 개처럼 먹을 흡수통일만 바란단 말입니까?"

"이미 북한도 자유로운 시장경제 체제의 이득을 아셨지 않습니까? 왜 큰맘 먹고 서로 잘되기를 바리지 않습니까? 남한의 자본과 북한의 인력이 합쳐지고, 또 인구 칠천만의 시너지 효과를 내기 위해서는 더 개방적인 교류가 필요하다는 말이오."

"우리 정부가 당신네 남한사람들이 생각하는 것처럼 북한 주민들을 핍박하여, 우리 배딱지나 채우려 하는 그런 무뢰한 짐승 같은 사람들인 줄 아오?"

"우리는 그렇게 말한 적이 없습니다."

"시끄럽소. 우린 자주적 독립문화만을 위해 살아왔소. 당신네들이 말하는 자유니 행복이니 하는 것은 배딱지 부른 소리고, 우린 미국이든, 중국이든, 그딴 외세 간섭을 안 받고 살아가려고 노력해 왔소. 자주 독립정신 때문에 이렇게 걸어 온 것이란 말이오. 전쟁도 싫지만, 분단이 또 오래간들 일 있겠습니까? 이념이 틀려 전쟁이 일어난 것은 이미 과거고, 지금은 현재가 더 중요 한 것 아니 갔소? 동무. 우린 같은 민족인데, 서로 돕고, 서서히 교류하고, 자주 만나다 보면 나중에 좀 더 좋은 세상이 오지 않겠소? 그러니 지금의 북한을 안정시키기 위한 정책자금을 먼저 주시란 말이오."

"그것은 남북한 사람들의 자유로운 교류가 먼저 선행되어야 가능한 일입니다."

"왜 그렇게 조건을 따지오? 우린 곧 중국보다 더 발전된 나라가 될 것이오. 인민들도 오래 전부터 시행한 자율 경영체제 도입으로, 요 몇 년 동안 만족도가 아주 크고 자신감에 차 있소. 동무는 그것도 모르오?"

"하지만 지금 이 자리는 남북한이 서로 도와 결국엔 평화통일로 가는 기초를 만들자는 것 아니겠습니까? 그러니 과거처럼 북한의 주장만 일방적으로 말하지 마시고, 남한 측 주장도 잘 생각해 보세요. 분명 남북한에 서로 큰 이익이 될 것입니다."

"아무튼 우리 위대하신 김정은 국방위원회 제1위원장께서 큰 결단을 하시고, 민족의 앞날을 위해 우리를 이곳까지 보냈는데, 당신네들은 아직도 우리를 이렇게 대한단 말이오? 알았소. 일단 오늘 회담은 이만하고 내일 다시 하도록 합시다. 상부와 더 상의해 봐야겠소."

"알겠습니다. 그럼 돌아가서 저희들도 더 논의한 후에 내일 다시 뵙도록 하겠습니다."

남북 대표단들은 서로 악수를 나누고 회담장을 나왔다. 숙소로 돌아오는 도중 차 안에서 이상현 장관을 수행하는 황의홍 비서가 물었다.

"장관님. 북한측 대표단이 의외로 강력하게 나오는데, 이 회담 역시 북한에서 벌어진 일들을 감추려는 저들의 계략이 아닐까요?"

"글쎄, 회담을 시작하기 전 우리가 묻지도 않았는데, 김정은이 건재하니 김정은의 신상에 대해서는 절대 회담장에서 묻지 말라는 엄포를 부려서 말을 꺼내지는 않았지만, 아마도 북한에 엄청난 변화가 생긴 것은 확실한 것 같아."

"북한의 정세가 정말 두 달 전보다 많이 변했을까요?"

"나도 잘 모르네. 사실 북한 청사진과 북한 임시정부가 북한에 엄청난 돌풍을 일으키고 있다는 정보는 들었지만, 두 달 전의 쿠데타 시도로 김정은 체제에 어떤 변화 있다는 소식은 듣지를 못했네."

"이렇게 갑작스럽게 회담을 열자고 한 것이 북한 정권이 이미 많이 흔들렸다는 소리겠죠?"

"그렇지. 쿠데타가 아마 성공은 못했더라도, 그 사건으로 인해 북한 사람들의 마음에, 김정은을 몰아내고 북한의 전 재산을 나누어 가질 수 있다는 희망의 불씨가 생긴 것 같아. 그런 분위기는 북한 정권에 큰 위협이 될 거야. 저들이 정권이 위태롭지 않고서는 절대 남한에게 이렇게 먼저 통일에 대한 협상을 벌이자고 나올 그들이 아니거든."

"북한 청사진이나 임시정부가 엄청난 자극을 주기는 했나보군요."

"지금 북한 청사진 사이트에 들어가서 다시 잘 살펴보게나. 과거와 무엇이 그리 달라졌는지."

"저도 가끔은 그 사이트에 들어가 그들이 정하는 규칙 같은 것을 보기는 합니다만, 과거와 큰 차이를 느끼지 못하겠던데요?"

"마을공동체적 재산을 균등하게 분배하는 데, 주민들을 억압하고 탄압한 사람은 제외시킨다. 그리고 평화보다는 전쟁을 원하는 사람도 완전히 제외시킨다는 항목을 보지 못했는가?"

"그거야 범죄자처럼 나쁜 짓을 한 사람은 마을 공동체에 들일 수 없다는 그런 뜻이겠지요."

"바로 그것이네. 북한이란 사회주의가 지금껏 유지되어 온 이유는 단 한가지이네. 공산당원에 의해 북한민들의 일거수일투족을 감시하며 펼친 공포정치 때문이지. 헌데 통일 후 북한 주민들을 괴롭힌 자는 공동체에서 뺀다고 하니 그들이 어찌 겁을 먹지 않겠는가?"

"공산당원들을 겁먹게 하기 보다는 오히려 역효과가 나서 그들의 분노를 일으키지 않을까요?"

"그들이야 항상 분노를 가지고 북한 주민들을 다루어 왔지. 하지만 지금의 상황은 그때와는 달라. 나중에 통일이 되면, 반드시 마을 공동체적 재산에 의해 모든 북한사람들이 먹고 살게 되므로, 그들의 미래를 위해서는 그들에게도 무의식적으로 변화가 필요하다는 것을 알게 모르게 스스로 깨닫고 있는 것이지."

"그렇군요."

"더구나 일부 남한 단체에서 전쟁이 발발했을 경우, 전쟁을 포기하는 북한 군인들에게 많은 현금을 보상할 모금운동까지 한다는 말까지 나와 지금 북한은 아주 어수선한 분위기라고 들었네. 사실 우리 정부에서는 이런 민간단체들의 활동을 모두 알고 있으면서도, 그들의 힘이 얼마나 북한 사회에 영향을 줄 지 짐작하지 못했다네. 하지만 북한에 수시로 드나드는 정보 제공자의 말에 의하면, 지금 북한 군인들의 전쟁에 대한 호전성은 절대 찾아볼 수가 없다는 것이네. 싸움을 해야 할 군인들이 싸움에 대한 관심이 없다면 이미 전쟁은 불가능하다는 것이지."

"혹시 미국의 북한 쿠데타 지지설 때문에 더욱 더 저들이 이렇게 고육지책으로 서둘러 평화회담 제스처를 취하는 것은 아닐까요?"

"그럴 수 있지. 사실 미국은 최근 이란이나 북한의 핵미사일을 막기 위한 방어 시스템 구축에 매년 10억 달러, 즉 1조원이 넘는 돈을 투자하려고 하고 있다네. 그런데 미국정부에서 북한의 쿠데타와 같은 이상한 동향을 파악하고, 그보다 훨씬 많은 돈을 북한의 전쟁 억지력이나 쿠데타에 대한 보상으로 쓸 수도 있다는 발언을 한 달 전 하였다네. 일종의 쿠데타에 대한 보상금을 미국도 언급한 것이지. 그런데 그것이 바로 북한 군인들의 마음을 확실하게 바뀌게 만든 계기가 되었을 수도 있어."

"10억 달러를 군대에 나누면 사실 얼마 되지 않잖습니까?"

"미국의 참여 자체가 그 기금의 보증수표와 같은 것이지. 더구나 미국의 지지만 있다면 국민들의 마음에도 온기가 불어, 임시정부의 쿠데타 기금이 급속도로 증가할 것이고, 설사 돈이 많이 모이질 않더라도, 통일 후 생기는 세금으로 그들의 보상 문제를 확실히 보장해 준다는 국민들의 무언의 약속만 있어도, 그들의 쿠데타에 대한 시도가 또 발생할 것이야."

"아! 그렇군요……."

"그리고 이건 극비사항이라 고위급 관리 몇몇 외에는 알지 못하지만, 자네는 이번 회담에 참석한 사람이라 알아도 될 것 같아 말하는 것인데, 3주 전 북한군 특수부대원들이 남한을 흔들기 위해 휴전선에서 분대급 국지 도발을 한 적이 있었다네."

"네? 그런 위험한 일이 있었나요? 그런데 왜 그 사실을 아무도 모르고 있죠?"

"그건 남한이 그 일을 가지고 떠들 경우에 더 큰 외교적 갈등 속으로 빠질 수가 있어 정부에서 그냥 극비사항으로 처리한 것이라네."

"더 큰 외교적 갈등이요? 그럼 그 북한군들이 남한에 상당히 위협적인 타격을 가했단 말씀입니까?"

"아니야. 그 반대야."

"네? 그 반대요?"

"북한군 중에 몇 명이 나머지 자기 분대원들을 다 몰살 시키고 남한에 투항을 한 것이라네. 남한 군인은 한 명도 다친 사람이 없다네. 그런데 놀라운 건, 그들은 바로 남한에서 주는 보상금을 노리고 한 것이라네. 그들은 전쟁을 억지하거나 투항하는 사람들에게 보상을 해준다는 어느 단체의 말만 믿고 그런 일을 저지른 후 투항하면서 계속 보상을 얼마나 해주냐며 우리 정부 관계자들에게 물었다고 하더군."

"아! 정말 그런 일들이 벌어지는군요."

"그렇지. 사람의 돈에 대한 욕심은 무서운 것이야."

"그럼 정부에서 그 돈을 주기로 했나요?"

"그건 나도 모르지만 정부에서는 그러한 보상이 전쟁을 과연 억지하는 효과적인 방법이 될 수 있는 지 충분히 검토한 후, 다른 탈북자와 같은 대우를 할 지, 아니면 얼마를 더 보상해 줄 지 결정하기로 했다네."

"국지도발이 성공했으면 남북한 관계가 지금과는 달리 이상하게 나갈 수도 있었겠군요."

"그렇지. 그런데 중요한 건 그들뿐만이 아니라 다른 군인들 중에서도 헐벗고 죽느니, 차라리 전쟁을 포기하고 남한으로 월남하여 보상금을 받는 것이 더 좋다거나, 차라리 쿠데타가 일어나 통일이 되어 공평하게 북한의 재산들을 나누어 가졌으면 좋겠다는 생각을 가지고 있는 북한군들이 의외로 많다는 사실이네."

"아─ 그게 정말이라면 북한 정부는 난리가 났겠군요."

"난리가 나다 뿐인가? 정보원에 의하면, 휴전선 근처의 북한 군인들 중 돈 때문에 배신할 수도 있는 젊은 사람들을 후방으로 보내고, 대신에 처자식이 있어 배신 못할 사람들 위주로 재편하고 있다는 소식까지 들리고 있다네."

"그래서 저들이 마음이 급해 우리에게 회담 요청을 한 것이군요."

"그렇지. 쿠데타의 위험과 군인들의 사기력 저하 때문에, 그들이 어떤 돌파구를 찾기 위해 통일 협상을 하자고 우리를 불러낸 것이지. 만약 김정은이 살아있다면 향후 김정은의 급작스러운 변화된 판단력이 한국의 평화통일을 이끌지, 아니면 북한의 쿠데타 격변 속에서 남북한이 통일이 될 지, 그건 아무도 알지 못한다네. 다만 어렴풋이 한국의 통일이 가까워졌다는 느낌은 확실하다네."

"아무튼, 어떻게든 통일이 된다면 여한이 없겠습니다. 장관님."

"음! 통일은 우리 국민 모두가 바라는 소원이지. 그 동안 무수히 많은 고난과 시련을 겪은 우리 민족을 생각해 보게나. 얼마나 서글펐던 운명이었는가! 이제 제자리를 찾아 안정을 취하고 비상을 해야 할 때가 아닌가? 얼마 전 만난 무운 큰스님의 말대로 나는 우리 백의민족이 곧 큰 도약을 할 것이라는 예언이 맞기를 진심으로 바라고 있다네."

"……"

금강산의 날씨는 서늘했지만 하늘은 너무 맑고 쾌청했다. 온화한 봄을 알리는 바람 한 줄기가 불어와 차에서 내리는 두 사람의 얼굴을 스쳐 지나갔다. 천리동풍(千里同風). 이 바람은 서서히 천리를 달려 한반도 전체에 봄의 기운을 알리며 사라져갔다.

11. 백의민족 (白衣民族)

정준형은 아내 이선영과 두 아들을 데리고 아침 일찍 일어나 서울역에서 KTX 고속열차를 타고 청진역으로 향했다. 개성, 평양, 함흥, 김책을 거쳐 청진역까지 가는데 90분밖에 걸리지 않는다. 통일이 된 후, 정부에서는 제일 먼저 서울에서 이곳 청진까지 고속열차를 연결시킨 것이다.

"내일이 바로 6.25 통일기념일이군! 6.25 전쟁기념일을 6.25 통일기념일로 바꾸다니, 과거의 상처를 미래의 희망으로 절묘하게 바꾼 정치인들의 아이디어가 괜찮은 것 같아."

정준형이 이선영을 바라보며 말했다.

"그렇죠? 제가 생각해도 통일의 날을 잘 잡은 것 같아요."

이선영은 곧은 자세를 흩트리지 않고 살짝 준형을 쳐다보고 대답하였다. 그녀는 말을 하는 도중에도 복식호흡 운동을 계속하고 있었다.

"지금 무엇을 하고 있는 거야?"

"네? 아! 월정 스님이 가르쳐준 다이어트 법을 하고 있는 중이에요. 저 두 녀석들 키우느라 남은 음식이 아까워 먹다 보니, 나도 모르게 살이 많이 쪘네요. 좀 빼야겠어요."

"월정 스님이 다이어트 법을 가르쳐줬다고?"

"네. 지난 달 둘째를 데리고 월정 스님을 뵈러 금강산에 갔더니, 저를 보더니 후덕해졌다고 다이어트 하는 법을 가르쳐줬어요. 근데 효과가 있어요. 벌써 3kg 빠졌잖아요."

"하긴. 당신 요새 조금 살이 빠진 것 같기는 해. 근데 스님도 다이어트하시나? 어떻게 스님이 다이어트 하는 법을 알지?"

"다이어트가 뭐 별건가요? 스님도 여기저기서 얻은 정보를 가르쳐 준 것이겠지요. 당신도 요새 뱃살이 나오는 것 같은데 한 번 해보세요. 간단해요. 그냥 다섯 가지만 하면 되요?"

"다섯 가지?"

"네. 자신에게 가장 맞는 몸의 형태를 항상 마음속에 그리고 다니라는 형상법이 첫째이고, 위장의 크기와 식욕을 억제하기 위해 복근의 근력을 기르라는 복근법이 둘째, 숨을 들이 쉴 때 복근이 척추 가까이 가도록 깊이 힘을 주며 들이쉬라는 들숨 호흡법이 셋째이고, 네 번째와 다섯 번째는 모두가 알고 있는 운동과 식이요법이에요. 근데 지금 앉아서 하고 있는 들숨 호흡법이 복근도 강화시켜주면서 꽤 효과가 좋은 것 같아요. 위의 크기도 줄어들어서, 조금만 먹어도 포만감이 있고 과식도 안 하게 되요. 식욕이 다이어트의 최대 적인데, 이 운동을 하면서부터 정말 큰 도움이 되고 있어요."

"그건 이해를 하겠는데 자신에게 맞는 몸의 형태를 항상 마음속에 그리라는 말은 무슨 뜻이지?"

"자신은 원래 이 정도 몸매여야 하는데, 지금 살이 쪄서 몸이 아주 무겁다는 생각을 지니고 산다는 것이죠. 다시 말해 정해진 몸무게를 벗어나면 스스로의 압박감을 주며 자신의 몸에게 대체 내가 뭐하고 있는 거야? 하며 나무라며 식욕을 확 떨어뜨리라는 것이죠."

"무슨 뜻인지 알겠군. 나도 집에 돌아가면 시작을 해 보아야겠군. 그런데 지난 달 월정 스님을 만났을 때 스님의 제자를 만났다면서."

"네. 월정 스님께서 젊은 스님이랑 같이 계시던데 아주 스마트하게 생겼던데요?"

"그 스님의 법명이 무운이라지?"

"네. 아마도 월정 스님이 무운 큰스님을 생각해서 그렇게 지은 것 같아요. 당신도 알잖아요. 불제자들이 이어가는 신비스러운 인연의 사슬 같은 거요."

"알지. 월정 스님이 과연 어떤 제자를 받아들였는지 궁금해지는군. 꼭 한번 만나보고 싶어."

"월정 스님이 말씀하시길 당신이 불교에 뜻만 있었다면 무운 큰스님께서 당신을 좋게 보아 제자의 위치에 있을 수 있었다고 하던데요?"

"무운 큰스님? 그렇지 무운 큰스님께서 나를 아주 이쁘게 보셨지. 정말 대단하신 분인데 그렇게 쉽게 돌아가실 줄은……."

"그래도 무운 큰스님은 통일이 되는 것을 보고 돌아가셨잖아요. 비록 통일 소식을 들은 지 삼일 만에 돌아가셔서 많이 슬프고 아쉽긴 하지만요. 사실 언젠가 무운 큰스님께서는 그분의 운명을 저에게 살짝 말씀하신 적이 있었어요."

"무운 큰스님께서 당신에게 자신의 운명을 말씀하신 적이 있다고?"

"네. 그런데 저는 단지 혼자 하시는 넋두리로만 생각을 했었어요."

"하긴. 연세가 많으시니까 언제 돌아가실 줄은 아무도 모르는 일이지. 하지만 한국을 지탱해 온 옛 고승들처럼 무운 큰스님 역시 대단하신 분이라고 생각하여 아주 오래 사실 줄 알았는데……."

"당신도 무운 큰스님을 무척 좋아하셨나 보죠?"

"그 분을 존경하지 않을 사람이 한국에 있겠는가? 그 분의 첫걸음이 아니었으면 한국의 통일은 십 년이 늦어질 지, 아니 백 년이 늦어질지도 모르는 일인데. 더구나 통일이 된 후에도 북한이 그분의 북한 청사진 프로젝트가 없었다면 지금처럼 잘 살지 못했을 거야."

"하긴요. 지금 북한은 남한 사람들이 살기 좋다고 점점 이사 오는 숫자가 많아지잖아요. 중국 주변의 압록강 주변 도시는 부산 못지않게 번창하고 있잖아요."

"작년에 북한이 남한을 제치고 살고 싶은 나라 10위에 올랐잖아? 마을 공동체적 삶이 자본주의보다 더 좋다는 뜻이 아니겠어?"

"그러게요. 마을 공동체에서 모든 것을 운영하고 이익을 배분하니 빈부의 차도 크게 없고, 대학까지의 모든 학자금을 지역사회에서 부담하다보니 젊은이들의 기백도 넘치며, 방범 공동체를 운영해 범죄율도 제로에 가깝게 만들고 있으니 북한 주민들 사이에 서로간의 믿음과 우정이 싹이 트고 있어요. 정말로 각박한 남한보다 훨씬 더 살기 좋은 나라가 되었지요."

"국민소득이야 남한에 못 미치지만 마을 공동체적 사업운영이 사람들 간의 화목과 단결을 유도하고, 정이 넘치는 사회로 탈바꿈할 지 누가 짐작이나 했겠어?"

"무운 큰스님께서는 이미 그런 것들을 짐작하셨던 것 같아요. 그 당시 저에게 자본주의의 병폐를 없애면서, 자유를 누리고 가난에서 벗어나, 행복한 사회를 만들기 위해서는 부처의 자비처럼 사랑과 우정이 필요하다고 하더군요. 더구나 오랜 시간 동안 감시체제를 통해 서로를 믿지 못하는 사회주의적 체제가 오래되었기에, 가장 다급한 일은 그들의 단결과 화목을 이끌어내야 한다는 것이었어요."

"지금 비록 통일이 되고 대한민국이란 나라 이름을 사용하고는 있지만, 북한 주민들이 남한의 완전한 사유재산에 의한 자유주의 체제를 배우지 않고, 마을 공동체적 집단자본주의를 택한 것이 아주 잘한 일인 것 같아.”

“그렇죠. 남한의 대기업들이 비록 많이 북한에 진출하긴 했어도, 반드시 그 마을 공동체와 이익을 배분하는 파트너적 입장에서 일을 하게 되므로, 남한처럼 재벌들이 국민을 부려먹는 그런 일들은 없겠지요.”

“그래서 남한의 자유주의 경쟁체제에 지친 사람들이, 북한에서 살면 좋겠다고 아우성치는 것이겠지.”

“하지만 집단자본주의의 단점도 있어요. 개인의 창의력이나 완벽한 자유주의가 집단에 의해 약간 억눌리는 경향이 있거든요. 지금 문제가 되고 있는 지역 간 불균형과 인구밀도 차이에 의한 이익금 배분 문제로 다투는 경우도 빈번하잖아요.”

“향후 남한처럼 공동체적 자산이 가구별로 분배되어 사유재산화 될 것이란 보도도 많이 나오지만, 많은 사람들이 아직도 집단자본주의 체제를 지지하는 것 같더군.”

“아마 시간이 더 흐르면 차차 어느 체제가 좋은 지 결정이 나겠죠. 그런데 모든 도시와 산에 부과된 통일비용은 내년에 없어진 다죠?”

“그렇다고 하더군. 북쪽의 삶이 남한과 비슷할 정도로 많이 좋아졌기에 지금까지 북한의 명산과 부가가치세처럼 붙은 각 도시의 숙박업소, 식당들의 통일비용 부담이 곧 없어진다고 하더군.”

“아마도 통일 후 북한 구석구석을 구경하고 싶은 엄청난 수의 남한 사람들이 지불한 통일 비용이 북한사람들에게는 꽤나 도움이 되었을 거예요.”

“그렇지, 통일이 되었다고 따로 세금을 걷지 않고, 북한을 구경하기 위해 돌아다닐 때 내는 통일비용을 남한사람들은 모두 기쁘게 내며 즐

거위했잖아. 어느 누군들 구경하고 싶은 북한 산천을 돈 몇 만원에 마다하겠어? 통일 후 우리는 바로 백두산에 올랐잖아?"

"금강산은 통일 다음 해에 남한에서 천만 명이 구경을 왔데요. 금강산 입장 비용이 5만원인데 그 해에만 3000억 원, 그리고 주변 숙박업소와 식당에서 지불된 통일 비용이 2000억으로, 일 년에 5000억 원의 수익이 생겼데요."

"금강산뿐만 아니라 백두산, 묘향산, 평양 등도 비슷한 수익을 올렸다고 들었어."

"그런데 무운 큰스님께서는 미래를 보는 분이셨을까요?"

"갑자기 왜 그런 말을?"

"무운 큰스님께서 돌아가신 날 저에게 한 말씀이 갑자기 생각이 나서요……."

"무슨 말씀을 하셨는데?"

"큰스님께서 돌아가시기 전 저는 큰스님에게 살며시 한국이 이렇게 통일이 될 것이라는 것을 미리 아셨느냐고 물어보았는데, 큰스님께서는 저에게 우주란 빛의 속도로 만들어지며 함께 반응하는, 모두가 하나로 연결된 홀로그램 같은 세상이므로 우주의 모든 지식들과 미래 역시 마음을 가지고 있는 생명체들의 정신과 연결되어 있다며, 인간들의 의지와 생각이 바로 미래를 만드는 씨앗이 된다고 말씀하시더군요."

"과거에 울금 바위 동굴 앞에서 월정스님이 나에게 말했던 것과 비슷한 말씀을 하셨군……."

"그래요? 당신도 그런 일이 있었어요?"

"응. 있었었지."

"어? 청진역에 다 왔네요."

"응? 그렇군. 고속열차라 정말 빠르군!"

그로부터 몇 년 뒤, 한반도에 사는 백의민족 모두는 TV에서 발표하는 뉴스를 보며 가슴이 벅차오름을 느꼈다. 7년 뒤 하계 올림픽이 드디어 평양에서 열린다는 소식이었다.

나라를 잃고 되찾은 뒤 찾아온 전쟁과 분단, 그리고 이념의 갈등과 서로 간의 불신을 넘어, 이제 세계에서 통일된 단일민족으로 우뚝 선 강대국이 된 것이다. 일인당 국민소득이 지난해 일본을 제치고, 싱가포르에 이어 아시아 2위로 오르더니, 세계 공인기관에서 발표한 GDP(국내총생산)에서도 영국과 프랑스를 제쳤고, 이제 하계 올림픽도 평양에서 열리게 된 것이다.

편집국장 정준형은 TV를 보며 기뻐하다가 문득 자신을 보며 말한 무운 큰스님의 말씀이 갑자기 떠올랐다.

'이보게! 세상의 이치란 움직임에 있는 것이야. 이것이 될까? 하는 의문을 가진 순간부터 이미 실패라는 괴물이 자기 옆에 다가와 있는 것이라네. 절대 의혹을 가지지 말고, 먼저 행동으로 시작 하고, 꼭 성공할 수 있다는 확신을 가지게나. 어떤 일이든 자신감을 가지고 움직임을 행하면, 그게 곧 미래의 행운을 가져와 반드시 성공하게 만들어 주는 것이 이 세상의 법칙이라네. 비록 너무 경쟁이 심한 탓에, 앞으로 갈지, 뒤로 갈지, 옆으로 갈지, 돌아서 가야 할 지, 그 길의 흐름을 정확히 알 수는 없지만, 일단 목표가 생겨 정해진 길을 걷기 시작하면, 자신도 모르게 미래에 자신이 가야 할 길이 바로 눈앞에 나타나는 법이야. 그게 바로 내가 자네에게 가르쳐 주고 싶은 세상의 진리라네. 허허허!'

작가 후기

지금껏 겪어온 생각이나 생활에 너무 연연해하지 않고, 무념무상(無念 無想)이란 울타리 없는 영역으로 들어가고 싶다.

현재의 내 자신이란 존재를 잊어버리고, 큰 의식의 흐름에 마음을 맡 겨, 도대체 이 세상이 어떻게 변해야 살기 좋은 세상이 되는 지, 가장 근 원적인 해답을 얻고 싶다.

얼음처럼 굳어진 나의 고정관념을 녹이기 위해, 틈틈이 나는 내가 살 아가고 있는 목적이 무엇이고, 내 인생이란 것이 이 세상에 왜 필요한 것인지, 그리고 내 영혼이 과연 이 세상을 어떻게 바꿀 수 있는 지, 항상 나 자신에게 묻고 다그치고 사색에 잠긴다.

인간이란 존재는 자신이 태어난 이 세상에 대해 항상 호기심을 가지 고 바라보고 있는 영리한 동물이지만, 너무 욕심이 과한 탓에, 자연을 마음대로 파괴하는 과오를 범하고 있고, 돈과 권력에 미쳐 서로를 구속 하고 학대하는 괴물로 변해가고 있는 중이다.

인간들이란 원래 왜소한 자신의 육체와는 반대로 선천적으로는 자신 의 마음속에 이 거대한 우주를 받아들일 수 있는 능력을 가지고 태어났 다. 그런데 이게 무슨 소용인가? 모두들 짐승보다 못한 짓들을 하고 사 는 사람들이 많은데.

진공묘유(眞空妙有)를 깨닫고 싶다. 진실로 비운 마음에 오묘함이 생 긴다. 그래서 먼저 내 마음을 비워야 한다. 비워야 또 다른 지혜가 생 길 테니까.

동북아시아에 심성이 맑고 착하며, 흰색 옷을 좋아하는 백의민족이 있 었으니, 그들은 다른 민족에 비해 약탈보다는 베품을, 침략보다는 화합을 중요시하는 본성으로 인해, 지구 역사상 가장 큰 슬픔을 겪었으면서도, 가장 큰 일들을 해 나갈 운명을 타고 났다.

백의민족의 본능은 물질의 풍요로움을 떠나, 만물의 변화에 영향을 미칠 신성한 힘을 중요시한다. 백의민족의 선한 기운은 지구의 역사를 올바르게 나아가도록 할 것이며, 보다 깨끗한 지구의 영혼을 탄생시키고, 논리적인 세계의 정신을 만드는데 큰 일조를 할 것이다.

과거 작가로 등단한 후 습작으로 썼다가 출간하였던 정도령이란 소설을 최근에 다시 읽고, 내용 일부를 앞부분에 인용하여 새롭게 쓴 소설이 <소설 백의민족>이다.

나는 모든 사람들의 올바른 생각들이 이 지구의식을 바꾸는데 큰 역할을 하고 있다는 것을 알리고 싶다. 인간의 영혼과 정신은 우리가 느끼지 못하는 큰 의식에 영향을 미치며 우주의 변화를 이끌고 있다는 것을 외치고 싶다.

백의민족이 가지고 있는 착한 운명적 서글픈 역사를 청산하고 통일이 되어 밝은 미래를 향해 힘차게 뻗어가는 시기가 온 것 같다.

모두의 마음속에 통일을 바라면, 이미 통일은 이루어진 것이다. 대중의 마음은 진실을 만들고, 진실은 다시 역사를 탄생시킨다.

아픈 환자들을 돌보며, 틈틈이 쓴 글이라, 아무래도 저자의 필력이 다른 전문적인 작가들에 비해 많이 뒤처지지만, 그래도 이 책이 통일을 바라는 모든 독자들의 마음에, 한 가닥 희망을 되새겨주는 보이지 않는 향기와 같은 작은 존재로 유지만 되어도, 이제 내 할 일을 다 했다는 느낌으로 이 작품을 마친다.

2015년 여름에 임창석 씀

소설 백의민족

1판 1쇄 발행 2015년 9월 1일

지은이 / 임창석

펴낸이 / 임준형

출판사 / 아시아 북스

등록 / 2015년 8월 5일 제 2015-000065 호

주소 / 서울시 송파구 문정동 법원로 55 송파아이파크 오피스텔 C 동 903호

전화 / 02-407-9091

팩스 / 02-407-9091

E-mail : Asiabooks@naver.com

저자와의 계약에 의해 아시아 북스 출판사에서 발행합니다

ISBN 979-11-955956-2-4